드래곤 체이서

드래곤 체이서 2부 5
최영채 판타지 장편 소설

초판 1쇄 찍은 날 § 2006년 10월 17일
초판 1쇄 펴낸 날 § 2006년 10월 24일

지은이 § 최영채
펴낸이 § 서경석

편집장 § 문혜영
편집 § 서지현 · 심재영

펴낸곳 § 도서출판 청어람
등록번호 § 제1081-1-89호
등록일자 § 1999. 5. 31
어람번호 § 제1-0753호

주소 § 경기도 부천시 원미구 심곡1동 350-1 남성B/D 3F (우) 420-011
전화 § 032-656-4452 팩스 § 032-656-4453
http://www.chungeoram.com
E-mail § eoram99@chollian.net

ISBN 89-251-0353-2 04810
ISBN 89-5831-661-6 (SET)

드래곤 체이서

2부

5

최영채 판타지 장편 소설

이스턴 대륙으로

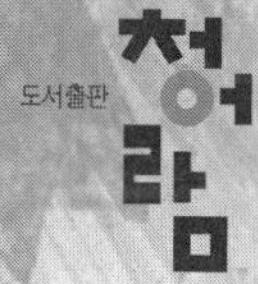

Contents

제1장
자이언트 트렝커터 퀸

달빛마저 구름에 숨은 시각.

어둠이 움직이듯 거대한 검은 그림자들이 야영지를 향해 소리도 없이 다가오고 있었건만 그들의 접근을 눈치 챈 사람은 아무도 없었다.

전날 드넓은 평원에 빼곡하게 뒤덮고 있던 거미줄 가운데 3할 이상을 제거하느라 엄청스럽게 고생한 데다 자코니 자작의 주도로 시작된 술 파티로 인해 깨어 있던 사람은 아무도 없었다. 하물며 철저하게 경계를 서고 있어야만 할 불침번들마저 몰래 마신 술 때문에 꾸벅꾸벅 졸고 있었다.

최초의 희생자는 서로 등을 기댄 채 아예 잠을 자고 있던 두 불침번이었다.

날카로운 끝을 가진 뭔가가 공중으로 들리더니 정신없이 자고 있던 두 불침번의 가슴을 향해 번개처럼 날아들었다.

펙!

팍!

두 불침번의 가슴을 간단히 꿰뚫은 그 물체는 단단하기 이를 데 없는 지면에 깊숙이 파고들었다. 찢어질 듯 눈을 부릅뜬 두 불침번은 비명 한마디 남기지 못한 채 그대로 고개를 떨구었다. 그리고 그들의 몸은 그대로 허공 속으로 사라졌다.

남은 것은 지면에 고인 약간의 선혈뿐이었지만 그마저도 곧 지면 속으로 스며들고 말았다.

전날 약간의 술을 마신 후 천막 안에서 잠을 청하던 카렌은 지면을 통해 전해지는 희미한 진동을 느끼고는 곧바로 잠자리에서 몸을 일으켰다. 거의 동시에 파프와 하크도 자리에서 일어나서는 잠시 서로의 얼굴을 바라보고는 누가 먼저라고 할 것도 없이 자고 있던 용병들을 두들겨 깨웠다.

"기상! 자이언트 트렝커터들이 나타났다!"

"기습이다! 모두 일어나!"

하크와 파프의 외침에 눈을 뜬 용병들은 아직 잠이 깨지 않은 멍한 얼굴로 어리둥절한 표정을 지을 뿐 몸을 일으킬 생각도 하지 않았다. 마음이 급해진 파프와 하크는 아직까지 정신을 차리지 못하고 있는 용병들을 발길로 걷어차고는 곧바로 천막을 빠져나갔다.

"기상! 트렝커터들이 나타났다!"

다시 한 번 하크가 외치는 소리를 듣고서야 상황을 깨달은 용병들은 허겁지겁 일어나 자신들의 무기를 찾았지만 불도 없는 어둠 속에서 무기를 찾기란 그리 쉬운 일이 아니었다.

용병들이 그렇게 허둥대는 사이 이미 밖으로 나온 카렌은 어둠과 동화된 자이언트 트렝커터의 모습을 곧 발견할 수 있었다.

재빨리 소금물이 실려 있는 짐마차로 다가간 카렌은 오크통 안으로 손을 집어넣었지만 손에 잡히는 것은 아무것도 없었다. 낮에 소금물을 담아놓은 주머니를 모두 사용하고는 다시 채워두지 않았기에 오크통은 텅 비어 있었다.

당황한 카렌은 소금을 채워 가지고 왔던 오크통을 살폈다. 다행히도 근처에 있던 오크통에는 소금이 가득 채워져 있었지만 소금물을 만들 수 있는 물도, 그것을 뜰 수 있는 도구도, 또 그것을 담을 수 있는 도구 역시 어디에서도 찾을 수 없었다.

카렌이 뜻하지 않은 상황에 당황하고 있을 때 뒤에서 하크의 음성이 들려왔다.

"뭐 하고 있어? 소금물은 포기해!"

퍽! 우지직~

하크의 외침에 잠시 카렌이 멈칫하고 있을 때 어둠 속에서 날아온 시커먼 자이언트 트렝커터의 앞발은 비스킷을 박살 내듯 너무도 간단하게 마차와 소금이 담긴 오크통을 박살 내버렸다. 그러다 근처에 있던 식수와 섞여 저절로 만들어진 소금물을 뒤집어써 다리 하나가 녹아내렸지만 마치 인간들에게 더 이상의 소금물이 없다는 사실을 알기라도 한 듯 자이언트 트렝커터들은 거침없이 인간들의 야영지를 향해 몰려들었다.

우왕좌왕하던 용병 대부분은 허망하게 자이언트 트렝커터들에게 목숨을 잃었지만, 하크와 파프의 개입으로 피해를 최소한으로 줄인 채 조금씩 안정을 찾으며 겨우 방어진을 구축할 수 있었다. 하지만 그 수는 채 100명도 되지도 않았다. 잠깐 사이라고는 믿을 수 없을 정도로 용병들의 피해는 컸다.

다가오던 자이언트 트렝커터들을 잠시 위협하고는 재빨리 뒤로 물러선 카렌은 상상 밖으로 큰 용병들의 피해에 할 말이 없었다. 아무리 전날 피곤한 데다 술까지 마셨다고 하더라도 이렇게까지 속수무책으로 당할 줄은 몰랐다. 설마 이렇게까지 나태할 줄이야……

터져 나오려는 한숨을 억지로 참던 카렌은 문득 어디에도 자코니 자작의 모습과 기사들의 모습이 보이지 않는다는 것을 깨달았다.

"영주님은 기사들과 함께 이미 후방으로 후퇴를 하셨네."

롱 소드를 마구 휘둘러 자이언트 트렝커터의 접근을 막고 있던 용병 대장 푸겔이 재빨리 카렌에게 말했다.

"예? 후퇴라니요? 대체 어디로 후퇴를 했다는 겁니까? 퇴로는 이미 저 자이언트 트렝커터들로 완전히 가로막혔잖습니까?"

카렌이 샤이닝 블레이드로 가리키는 곳은 어제 용병들과 기사들이 자이언트 트렝커터들을 물리치며 진격한 진격로였다.

"영주님이 기사님들과 후퇴한 곳은 그쪽이 아니라 우리 후방이야."

"예? 하지만 그쪽은 자이언트 트렝커터들의 거미줄을 아직 처리하지 않은 곳이지 않습니까?"

"나도 그런 줄 알았는데 진격로는 거미줄로 막혔고, 후방의 거미줄은 다 없어졌네. 나도 어떻게 된 건지 영문을 모르겠네."

푸겔의 말을 들으며 주위를 둘러보니 하크와 파프가 양쪽에서 용병들을 독려하며 자이언트 트렝커터들의 공격을 막아내고 있었다. 하지만 야영지로 몰려든 자이언트 트렝커터들의 수는 많아도 너무 많았다. 무지막지하게 밀려드는 자이언트 트렝커터들의 거침없는 접근을 제대로 막지 못한 용병들은 어쩔 수 없이 조금씩 밀리기 시작했다.

펙! 펙!

뒤로 물러서는 용병들의 모습을 발견한 자이언트 트렝커터들은 여덟 개의 다리를 마치 창처럼 찍어대며 용병들에게 거침없이 달려들었다.

최대한 방어진을 유지한 채 뒤로 물러서는 용병들과 역시 포위망을 구성한 채 다가오는 자이언트 트렝커터 떼.

정신없이 밀리던 카렌은 왠지 자이언트 트렝커터들이 자신들을 일정한 방향으로 몰고 간다는 느낌이 들었다. 하크와 파프에게 자신의 생각을 말하려 했지만 두 사람은 용병들을 다독이며 후퇴를 하는 데 여념이 없는지라 어쩔 수 없이 카렌도 자이언트 트렝커터의 공격에서 동료 용병들을 보호하는 데 최선을 다했다.

그렇게 하염없이 뒤로 밀린 지 거의 두 시간 정도 지났을 때였다.

"으악!"

"저, 저게 뭐야!"

갑자기 뒤쪽에서 비명 소리와 함께 용병들의 경악성이 들려왔다.

정신없이 날아드는 자이언트 트렝커터들의 다리들을 막아내기에 급급하던 카렌은 갑자기 뒤에서 들려온 비명 소리에 자신도 모르게 고개를 돌렸다. 그런 카렌의 눈에 들어온 것은 작은 동산이었다.

휙! 챙!

잠깐 방심한 사이 날아든 자이언트 트렝커터의 다리를 가까스로 막아낸 카렌은 정신 못 차리고 허둥대는 와중에도 한눈을 파는 용병들의 모습에 정말 할 말이 없었다. 용병들의 멍청한 모습에 막 고함을 치려던 카렌은 갑자기 정적이 찾아들자 재빨리 주위를 둘러봤다.

미친 듯이 공격을 퍼붓던 자이언트 트렝커터들이 어느 순간 갑자기 공격을 멈추고 뒤로 물러선 것이었다.

스스스스~

마치 옷자락이 서로 비벼질 때 나는 듯한 소음이 평야에 울려 퍼지자 금방이라도 인간들을 덮칠 듯 다가서고 있던 자이언트 트렝커터들이 일제히 몇 미터 밖으로 물러섰다. 방금 들려온 소리에 자이언트 트렝커터들이 거의 동시에 행동하는 모습을 보고 지금까지 등장하지 않았던 자이언트 트렝커터들의 우두머리가 근처에 있음을 깨달을 수 있었다.

카렌은 주위를 다시 한 번 둘러보았지만 눈앞의 자이언트 트렝커터들과 다르게 생긴 자이언트 트렝커터의 모습은 보이지 않았다. 일반적으로 이런 몬스터들의 우두머리라면 덩치가 더 크든지, 아니면 생긴 것이 특별하든지 한 것이 보통인데 그런 자이언트 트렝커터의 모습은 어디에도 보이지 않았다.

대체 몇 마리나 몰려든 것인지 확인할 수도 없었다.

자이언트 트렝커터들이 한두 마리에 불과하다면 어떻게든 해치울 수 있겠지만 이렇게 많은 수는 카렌으로서도 어쩔 수 있는 수가 아니었다. 조금은 낙심하고 있던 카렌의 어깨를 누군가가 툭 쳤다.

"카렌, 여기도 문제지만… 뒤쪽은 문제가 더 심각하다."

"무슨 말씀이십니까, 하크님?"

"이건 내 생각이다만… 뒤쪽에 이 녀석들을 조종하고 있는 우두머리로 의심되는 녀석이 있는데…… 너무 엄청나서 엄두가 나지 않는구나."

대체 어떤 녀석이기에 백전노장인 하크가 엄두가 안 난다는 말을 하는 것인지 카렌은 전혀 짐작이 가지 않았다.

"대체 어떤 녀석이기에 하크님께서 그런 말씀을 하시는 겁니까?"

"저 녀석들이 당장 공격을 하지는 않을 것 같으니까 일단은… 직접 가서 보는 게 좋을 것 같구나."

직접 가서 보라는 하크의 말에 카렌은 눈앞에서 배를 지면에 댄 채 주저앉아 있는 자이언트 트렝커터들의 모습을 흘낏 한 번 보고는 천천히 뒤쪽으로 걸음을 옮겼다.

하나같이 겁에 질려 있는 용병들의 모습을 보니 한심스럽기도 하고, 또 안쓰러운 마음이 드는 것을 숨길 수 없었다.

가볍게 혀를 몇 찬 카렌은 하크가 가리킨 곳으로 향하다 그곳에서 몇 명의 기사들에게 보호를 받고 있는 자코니 자작이 있음을 확인할 수 있었다. 하지만 넋이 나간 자코니 자작의 모습도 이해할 수 없었지만 남아 있는 기사들이 겨우 다섯에 불과한 것 역시 도저히 이해가 되지 않았다.

그도 그럴 것이 살아 있는 한 주군을 지키기 위해 목숨을 걸어야 할 기사들이 자코니 자작 곁에 없다는 것은 그들에게 심각한 문제가 생겼다는 것을 의미하는 것이었다.

에스터크를 뽑아 든 채 긴장을 풀지 못하고 있는 파프 곁으로 다가간 카렌이 물었다.

"파프님, 영주님을 지키던 기사들은 어디에 있는 겁니까?"

"저기."

파프는 무뚝뚝한 음성으로 대답하며 전면을 가리켰다.

에스터크의 끝이 가리킨 곳에는 거미줄로 칭칭 동여매진 크고 작은 몇 개의 고치가 쌓여 있는 모습이 보였다. 작은 고치의 크기가 성인의 키와 별 차이가 없는 것으로 봐서는 아마도 자이언트 트렝커터들에게 당한 기사들로 보였다. 그리고 곁에 있는 커다란 고치는 기사들이 타고 다녔던 말들인 듯했다.

"으음~"

생각지도 못했던 모습에 자신도 모르게 신음을 토해내던 카렌은 쌓여 있던 고치 가운데 커다란 고치 하나가 서서히 허공으로 사라지는 것을 발견하고는 자신의 눈을 의심하지 않을 수 없었다.

"저게 뭐지?"

몇 번이나 눈을 비비고 다시 보니 커다란 고치의 크기가 조금씩 줄어드는 것이 아닌가? 게다가 듣기 섬뜩한 소리까지 동시에 들려왔다.

으드득! 으드득!

뼈가 부러지는 소리가 밤의 정적을 깨고 들려왔는데 그렇지 않아도 주위를 포위한 자이언트 트렝커터들 때문에 잔뜩 주눅 들어 있던 용병들은 파골음(破骨音)에 하나같이 몸서리를 치고 있었다.

설마하는 마음에 마나를 끌어올려 고치가 딸려 올라간 곳을 자세히 보니 거대한 바위나 작은 동산처럼 보였던 것이 바로 거대한 자이언트 트렝커터임을 그제야 알 수 있었다. 거대한 자이언트 트렝커터의 입으로 빨려 들어간 말의 사체는 듣기 섬뜩한 소리와 함께 순식간에 사라졌다.

자신도 모르게 몇 걸음 앞으로 다가가 살펴보니 거대한 자이언트 트렝커터는 검은색과 진회색이 뒤섞인 칙칙한 몸 색깔과는 달리 검은색과 밝은 주황색이 선명하게 교차하는 것이 그냥 보는 것만으로도 몸을 움츠리게 만드는 위압감을 느끼게 했다.

주위를 포위하고 있는 자이언트 트렝커터들만 해도 일반적인 것들보다 훨씬 커다란 덩치를 가지고 있었는데 눈앞의 이 괴물은 자이언트 트렝커터들은 비교도 안 되는 크기를 가지고 있었다. 길이만 해도 20미터쯤으로 보였고, 여덟 개의 다리는 거의 15미터에 가까워 신전의 기둥처럼 보여 보는 사람을 압도하는 뭔가가 있었다. 더구나 악마의 눈처럼 번들거리는 여덟 개의 눈은 수박을 수십 배 증폭시켜 놓은 것처럼 컸다.

카렌이 걸음을 멈추자 조금 떨어져 있던 파프가 침중한 음성으로 입을 열었다.

"내가 보기엔… 저 녀석이 이 녀석들의 어미가 아닌가 생각된다."

"그렇다면 저 녀석은?"

"아마도 자이언트 트렝커터 퀸인 것 같다."

"자이언트 트렝커터 퀸……."

파프의 말이 이해가 되면서도 너무나 거대한 자이언트 트렝커터 퀸의 모습에 카렌은 아무 말도 할 수 없었다.

지금까지 카렌이 자이언트 트렝커터를 만나기 전 만났던 상대 가운데 가장 위험하고 덩치가 컸던 상대는 싸일렉스 영지에서 만났던 트윈헤드 오거였지만 그래 봐야 키가 겨우 5미터에 불과했다. 하지만 눈앞에 있는 이 괴물은 배 높이만 해도 거의 7, 8미터에 이를 정도로 정말어마어마한 녀석이었다.

한데 문제는 이 괴물을 처리하지 않으면 이곳에서 빠져나갈 방법이 없다는 것이었다.

자이언트 트렝커터 퀸을 처리한다고 해도 주위를 포위하고 있는 자이언트 트렝커터들이 물러갈지는 의문이지만 현재로서는 자이언트 트렝커터들이 자이언트 트렝커터 퀸의 명령을 받는 것이 확실하기에 자이언트 트렝커터 퀸을 처치하는 것이 먼저였다.

카렌이 그런 생각을 하는 동안에도 자이언트 트렝커터 퀸은 한껏 여유를 부리며 느긋하게 식사를 하고 있었다.

다시 한 번 새끼들을 낳을 시기가 다가오기에 엄청난 체력을 소모할 자이언트 트렝커터 퀸으로서는 시간이 날 때마다 체력을 보충해야만 했다. 한 번 새끼를 낳을 때마다 가지고 있는 체력의 거의 절반 이상을 소모하기에 이미 체력을 보충했어야 할 자이언트 트렝커터 퀸으로서는 오늘이 절호의 기회가 아닐 수 없었다.

사실 이곳에 와서 낳은 첫 번째 새끼들은 체력이 따라주지 않아 겨우 100마리 정도밖에 낳지 못했다. 하지만 지금 눈앞에 널린(?) 먹이들을 모두 먹는다면 만여 마리의 새끼를 낳아 이 일대를 지배하면서 지낼 수 있을 것이란 생각에 입 안에 들어온 커다란 먹이를 꼭꼭 씹어 먹었다.

자이언트 트렝커터 퀸을 바라보던 카렌은 그런 상대를 처치해야 된다고 생각했지만 솔직히 엄두가 나지 않았다. 자이언트 트렝커터에겐 즉효약(?)인 소금물도 없긴 했지만 그보다는 저렇게 어마어마한 덩치의 자이언트 트렝커터 퀸을 어떻게 처치해야 좋을지 아무리 생각을 해 봐도 떠오르는 것이 없었던 것이다.

그렇게 카렌이 망설이고 있을 때 조금은 무겁고, 조금은 강렬한 기운을 가진 두 사람이 자신에게 다가오는 것이 느껴졌다. 그리고 그 기운의 주인이 파프와 하크라는 것을 직감할 수 있었다.

"아무래도 우리가 저 녀석을 처치해야 할 것 같은데…… 네 생각은 어때?"

"내 생각도 그렇다."

"하지만 저렇게 어마어마한 녀석을 어떻게 공격한다지?"

하크의 뇌까림에 파프로서도 선뜻 대답이 나오지 않았다.

그도 그럴 것이 지금까지 수도 없이 많은 경험을 해온 파프도 지금과 같은 상대를 만난 적은 단 한 번도 없었기 때문이다.

"저 녀석을 처치하는 동안 근처에 있던 자이언트 트렝커터들이 공격해 오지는 않을까요?"

"글쎄다. 나도 이런 경험은 처음이니 뭐라 말할 수가 없구나."

"현재 우리의 힘으로 자이언트 트렝커터들의 포위망을 뚫기는 불가능한 일. 택할 수 있는 유일한 방법은… 어떻게든 저 덩치를 처치하는 수밖에 없을 것 같다."

파프의 대답에 하크의 얼굴도, 카렌의 얼굴도 심각하게 굳어졌다.

아마도 그렇게 해야만 할 것이라 생각은 했지만 막상 다른 사람의 입에서도 자신의 생각과 같은 대답이 흘러나오자 긴장이 되는 것을 감출 수 없었다. 동시에 카렌은 얼마 전 자신을 공격하던 자이언트 트렝커터를 막아내던 방법, 즉 라이오너를 소환해 공격하는 것만이 유일하다는 생각이 들었다. 하지만 라이오너가 자신의 소환에 순순히 응해줄지, 또 자이언트 트렝커터 퀸을 공격해 줄지 의문이었다.

"하크님, 파프님. 저에게 방법이 있기는 한데 자이언트 트렝커터 퀸에게 통할지 어떨진 자신이 없습니다."

"방법이 있다고?"

"말해봐라."

"실은 제가 사용하는 이 롱 소드에는 강력한 라이트닝 포스가 인첸트되어 있습니다. 하크님과 파프님이 잠시만 자이언트 트렝커터 퀸의 시선을 끌어주신다면 제가 뛰어올라 머리를 공격하도록 하겠습니다. 그 공격이 성공할 수 있을지 장담할 수는 없지만 방법은 그것뿐인 것 같습니다.”

　카렌의 말에 하크와 파프는 거의 동시에 서로의 얼굴을 쳐다보았지만 그들에게 다른 방법이 있을 리 만무했다. 동시에 잔뜩 주눅 든 채 자신들을 힐끔거리고 있는 용병들의 행동이 한눈에 들어왔다.

　“젠장, 선택의 여지가 없군. 하프, 한번 해보자.”

　“으음~ 할 수 없지. 준비해라.”

　“알겠습니다.”

　대답을 한 카렌은 지체없이 연환상충폭뢰기를 끌어올리고는 거대한 암벽처럼 버틴 채 먹이를 먹고 있는 자이언트 트렝커터 퀸을 노려보았다. 저런 괴물을 과연 자신이 처리할 수 있을까 의심도 들었지만 이제는 도전해 보는 것밖에 다른 방법이 없었다.

　“내가 왼쪽, 하크는 오른쪽을 공격할 테니 너는 스스로 판단해서 기회를 잡도록 해라.”

　“알겠습니다, 파프님.”

　카렌은 대답을 하면서 연환상충폭뢰기를 샤이닝 블레이드에 한껏 밀어 넣고는 자세를 낮추고 공격이 시작되기를 기다렸다. 그런 카렌의 모습을 흘낏 쳐다본 하크와 파프는 잠시 서로의 얼굴을 쳐다보고는 그대로 앞으로 번개처럼 달려나갔다.

　특히 육중한 체격을 가진 하크의 움직임은 믿을 수 없을 만큼 빨랐다. 오러 스매쉬를 한껏 끌어올린 하크는 자이언트 트렝커터 퀸의 다리를 향해 사정없이 모닝스타를 휘둘렀다.

　쾅!

　콰콰쾅!

　하크가 파괴력을 택했다면 파프는 속도를 택했다. 수십 번도 넘게

채찍처럼 날카로운 오러 스메쉬가 자이언트 트렝커터 퀸의 다리에 작렬했다. 역시 두 사람의 예상처럼 심각한 상처를 입히는 것은 불가능했다. 하지만 자이언트 트렝커터 퀸의 관심을 끄는 덴 성공했다.

점점 줄어드는 먹이를 아쉬워하며 입을 놀리던 자이언트 트렝커터 퀸은 갑자기 다리에 따끔함(?)을 느끼고는 고개를 돌려 다리 쪽을 살펴봤다.

자이언트 트렝커터 퀸의 시선이 한쪽으로 쏠리자 카렌은 지체없이 반대쪽 다리를 향해 쏜살같이 달려가 그대로 지면을 박찼다. 허공으로 몸을 날린 카렌은 자이언트 트렝커터 퀸의 다리를 박차고는 그대로 자이언트 트렝커터 퀸의 머리 위에 내려설 수 있었다.

다리를 쳐다보다 갑자기 머리 위에 뭔가가 올라선 것을 느낀 자이언트 트렝커터 퀸은 가볍게 머리를 내저었다. 자이언트 트렝커터 퀸이 머리를 움직이려 하자 카렌은 재빨리 자세를 낮추며 중심을 잡았다.

카렌이 떨어졌다고 생각한 것인지, 아니면 머리 위에 올라탄 존재가 자신에게는 그리 큰 위험이라고 느끼지 않았는지 다시 다리를 공격하고 있는 파프와 하크를 향해 뿌연 안개 같은 가스를 힘껏 내뿜었다.

"석화 가스다. 피해!"

파프의 외침에 하크는 그대로 옆으로 몸을 날렸다. 하지만 자이언트 트렝커터 퀸은 덩치답게 내뿜는 석화 가스의 범위도 당연히 자이언트 트렝커터들보다 훨씬 넓었다. 파프의 외침을 듣자마자 황급히 피했음에도 불구하고 완벽하게 피하지 못했는지 외투 삼아 두르고 있던 망토가 딱딱하게 굳어지더니 곧 잘디잔 조각으로 깨져 나갔다.

그 모습에 안도의 한숨을 쉰 하크는 다시 모닝스타를 잡은 손에 잔뜩 힘을 주고는 다시금 자이언트 트렝커터 퀸을 향해 달려갔다.

잠시 자이언트 트렝커터 퀸의 시선이 하크와 파프에게로 쏠린 것을 확인한 카렌은 크게 심호흡을 하고는 샤이닝 블레이드에 연환상충폭뢰기를 한껏 집어넣은 후 자이언트 트렝커터 퀸의 머리에 힘껏 쑤셔 박았다.

팍!

연환상충폭뢰기의 파괴력은 샤이닝 블레이드를 통해 예리함으로 바꾼 탓인지 샤이닝 블레이드는 어렵지 않게 자이언트 트렝커터 퀸의 머리에 손잡이까지 파고들었다.

쿠오오오오~

자이언트 트렝커터 퀸은 머릿속으로 파고든 이물질이 전하는 지독한 고통에 크게 울음을 터뜨렸다. 그리고는 사정없이 머리를 흔들었다.

심하게 요동치는 자이언트 트렝커터 퀸의 머리 위에서 간신히 중심을 잡은 카렌은 다시 한 번 연환상충폭뢰기를 끌어올린 후 라이오너를 소환했다.

"라이오너! 라이트닝 포스!"

짜짜짜짝~

외침과 동시에 귓전을 자극하는 극심한 소음과 함께 자이언트 트렝커터 퀸의 머리가 눈부신 백색의 광채로 뒤덮였다.

자이언트 트렝커터 퀸의 다리를 공격하던 하크와 파프는 소음과 함께 공기 중으로 방전된 라이트닝 포스에 감전이 되자 질겁하며 황급히 뒤로 물러섰다. 그리고는 눈부신 광채에 뒤덮여 있는 자이언트 트렝커터 퀸의 머리 쪽을 걱정 섞인 눈으로 바라보았다.

온몸이 쩌릿쩌릿한 것을 느끼면서도 카렌은 샤이닝 블레이드를 잡은 손을 떼지 않았다. 자신이 가지고 있는 연환상충폭뢰기의 파괴력이 라이오너가 가지고 있는 라이트닝 포스의 힘을 극대화시킬 수 있지 않을까 하는 생각에 취한 행동이었지만 이렇게나 대단한 광경이 연출될 줄은 전혀 예상하지 못했다.

무섭게 경련을 일으키는 자이언트 트렝커터 퀸의 진동을 발로 느낀 카렌은 최후의 일격을 가하기 위해 자신이 가진 연환상충폭뢰기를 극한까지 끌어올려서는 다시 한 번 샤이닝 블레이드에 머물고 있는 라이오너에게 모든 힘을 전해주었다.

"라이트닝 포스!"

짜짜짜짝~

격렬한 소음과 함께 조금 전보다 훨씬 밝은 빛이 주위를 대낮처럼 밝혔다.

아직 청년이라고도 보기 힘든 카렌이 소드 마스터인 하크나 파프와 함께 다니는 이유를 알지 못하던 사람들은 조금 전의 광경을 보고서야 카렌이 가지고 있던 검이 마법검이라는 걸 알게 되었다.

이유야 어떻게 되었든, 또 누가 되었든 간에 제발 자신들을 이 상황에서 벗어날 수 있게 해주기만을 간절히 바랐다.

영원처럼 길게만 느껴졌던 시간이 지나 주위를 온통 하얗게 물들였던 라이트닝 포스가 완전히 사라지긴 했지만 카렌은 무릎을 꿇은 자세에서 기운이 빠져 전혀 움직일 수가 없었다.

정말 오랜만에 느껴보는 탈진으로 인한 무력감이었다.

단 두 번의 공격이었지만 자신이 가진 힘 모두를 사용한, 약간은 무모한 공격이었다. 만약 이번 공격에 자이언트 트렝커터 퀸이 죽지 않았다면 위험해지는 것은 바로 자신이기 때문이었다.

억지로 무릎을 펴고 일어선 카렌은 조심스럽게 자이언트 트렝커터 퀸의 상태부터 살폈다.

샤이닝 블레이드가 박힌 자리는 두 번에 거친 라이트닝 포스에 의해 완전히 검게 타 샤이닝 블레이드가 움직일 때마다 재가 바람에 날렸다. 샤이닝 블레이드의 손잡이를 움켜잡은 카렌은 힘을 주어 슬쩍 비틀어보았다. 하지만 자이언트 트렝커터 퀸은 꼼짝도 하지 않았다.

다시 샤이닝 블레이드를 몇 번 크게 비틀어 보았지만 여전히 움직임은 없었다. 그제야 마음을 놓은 카렌은 털썩 그 자리에 주저앉았다.

충격이 전해진 탓일까?

카렌은 갑자기 자신의 몸이 급격하게 아래로 떨어지는 것을 느끼고는 황급히 샤이닝 블레이드의 손잡이를 잡았다.

쿠웅~

육중한 소리와 함께 그때까지 절묘하게 균형을 이루어 버티고 있던 자이언트 트렝커터 퀸의 거대한 육체가 드디어 무너져 내린 것이었다.

이미 카렌의 첫 번째 공격 때 자이언트 트렝커터 퀸의 머릿속은 제 기능을 할 수 없을 정도로 곤죽이 된 상태였다. 그 상태에서 첫 번째 공격보다 더욱 파괴력 있는 두 번째 공격에 자이언트 트렝커터 퀸의 뇌는 물론 머리 자체가 완전히 타 숯이 돼버렸던 것이다.

자이언트 트렝커터 퀸이 죽은 것을 확인한 카렌은 그 자리에 주저앉아 재빨리 호흡을 정리함과 동시에 마나를 받아들여 마나 홀로 인도하기 시작했다.

조마조마한 심정으로 카렌을 지켜보던 하크는 마침내 카렌이 자이언트 트렝커터 퀸을 쓰러뜨리자 믿을 수 없다는 표정을 지으면서도 카렌이 그 자리에 주저앉는 것을 보고 황급히 곁으로 이동해 그를 보호하기 시작했다. 그리곤 모닝스타를 잡은 손에 힘을 주면서도 희한한 자세로 앉아 눈을 감고 있는 카렌을 신기한 듯 바라보았다.

찬찬히 카렌이 무릎 위에 올려놓은 은빛을 뿌리고 있는 철판처럼 생긴 샤이닝 블레이드를 살피던 하크는 왜 지금에서야 저것을 발견한 것인지 자신의 안이함을 탓했다. 게다가 날이 한쪽밖에 없는 저런 병기는 난생처음 보는 것이었다.

하크가 자신의 안이함을 탓한 것은 단지 샤이닝 블레이드가 생김새가 지금껏 보아왔던 무기와 다르게 생겼기 때문이 아니었다. 게다가 조금 전 자이언트 트렝커터 퀸을 공격했던 라이트닝 포스 때문도 아니었다.

믿을 수 없게도 카렌의 몸을 감싸고 있는 신성한 기운의 진원지는 샤이닝 블레이드였다. 하지만 계속 보고 있다 보니 샤이닝 블레이드에서 뿜어져 나온 신성한 기운이 카렌을 감싸는 것인지 카렌의 몸에서 흘러나온 신성한 기운이 샤이닝 블레이드로 스며들어 가는 것인지 구별이 되지 않았다.

후광처럼 신성한 기운에 휩싸인 카렌의 모습은 지금껏 알고 있는 그라고는 생각할 수 없을 정도로 경건해, 하크는 자신도 모르게 흐트러진 옷매무새를 바로 할 정도였다.

그런 하크와는 달리 카렌은 텅 비었던 마나 홀이 급격하게 차 오르는 현상에 조금은 당황하지 않을 수 없었다.

지금까지 수도 없이 운공을 해봤지만 이런 적은 단 한 번도 없었기 때문이다. 하지만 곧 이 현상이 무릎에 놓인 샤이닝 블레이드에서 뿜어진 기운 때문이라는 것을 깨달을 수 있었다. 마치 자신이 마나의 바다에 빠진 것처럼 엄청난 양의 마나가 호흡을 통해 스며들었고, 마나 홀로 들어온 마나는 곧 연환상충폭뢰기로 바뀌어 전신으로 무서운 속도로 이동하기 시작했다.

그와 동시에 전신에서 활력이 솟고, 나른했던 근육에 힘이 실리는 것이 느껴졌다. 서른여섯 번의 대주천은 역시나 자연스럽게 끝이 났고, 또 이전과는 달리 상당히 빨리 끝났다.

눈을 떠보니 하크가 꽤나 생경하다는 표정으로 자신을 보고 있었다.

"하크님, 무슨 일이 있습니까?"

"응? 아, 아니다. 몸은 괜찮은 거냐?"

"예, 두 분께서 이 녀석의 시선을 끌어주신 탓에 다친 곳은 없습니다."

자신의 말을 증명이라도 하듯 카렌은 조금 전과는 달리 앉은 자리에서 벌떡 일어났다.

샤이닝 블레이드를 거두어 검집에 집어넣는 카렌의 모습을 잠시 바라보던 하크는 지나가는 말로 슬쩍 물었다.

"상당히 특이하게 생긴 검이구나."

"할아버지께서 만들어주신 겁니다."

"할아버지? 내가 보기엔 마법검이나 봉인검처럼 보이던데… 아니냐?"

"3클래스 급의 라이트닝 포스가 인첸트되어 있으니 마법검이라고 해도 가히 틀린 말은 아니군요."

‘3클래스 급의 라이트닝 포스라고? 이 녀석이 날 놀리나? 밝히기 싫다 이거지? 내 더러워서 안 묻는다.’

카렌의 대답에 하크의 얼굴이 미미하게 찌푸려졌다 곧 펴졌지만 카렌은 나머지 자이언트 트렝커터들이 걱정이 되어 주위를 살피느라 미처 그런 하크의 반응을 알아채지 못했다.

“하크님, 자이언트 트렝커터들이 다 어디로 간 겁니까?”

“뭐? 자이언트 트렝커터들?”

카렌의 말에 황급히 고개를 돌리던 하크는 자신들을 포위하고 있던 자이언트 트렝커터들이 어느새 사라지고 없다는 것을 깨닫고는 황당하다는 표정을 지었다.

“어라? 이것들이 언제 사라졌지?”

하크의 말처럼 일행을 포위하고 있던 자이언트 트렝커터들은 소리도 없이 사라지고 없었다.

“하크님, 자이언트 트렝커터들이 언제 다시 공격을 할지 모르니 우선은 이 자리를 벗어나는 것이 좋을 것 같습니다. 그러니…….”

서둘러 말하던 카렌은 하크가 가리킨 곳을 바라보고는 입을 다물어야 했다.

자이언트 트렝커터 퀸이 쓰러지고, 자이언트 트렝커터들이 사라지자마자 영주인 자코니 자작과 몇 명 남지 않은 기사들은 소리없이 이동을 하고 있었는데, 마치 용병들 몰래 도망이라도 치는 것처럼 보였다. 하지만 그런 영주의 의도는 파프에게 곧 간파당했다.

“지금 즉시 이동한다. 주위의 부상자들을 부축해 즉시 후방으로 이동해라. 푸겔은 사망자들을 최대한 수습해 후퇴하도록 지시를 내려라.”

"알겠습니다, 파프님. 존슨, 잭, 팔머. 너희들은 부상자들을 책임지도록 하고. 닐, 한스, 모리슨. 너희들은 사망한 동료들을 즉시 수습해 후퇴하도록 해라."

푸겔의 지시에 용병들은 서둘러 부상자와 사망한 용병들의 시신을 수습해서는 그 자리를 벗어났다.

혹시 자이언트 트렝커터들의 습격이 다시 있을지 몰라 용병들은 서둘러 그 자리를 떠났고, 남은 것은 박살 난 짐마차와 이제는 필요없게 된 오크통뿐이었다.

*　　　*　　　*

카렌이 카메컬 영지로 돌아온 지도 벌써 3일이 지났다.

영지에 도착하자마자 카렌은 꼬박 이틀 동안 정신없이 잤다. 지옥이 도류를 익힌 후 이렇게 지쳐 보기는 처음이었고, 또 이렇게 오랜 시간 동안 잠을 잔 적도 처음이었다.

처음 잠에서 깬 카렌은 자신이 지금 어디에 있는 것인지 깨닫지 못해 잠시 주위를 두리번거리다가 자신이 여관에서 잠들었다는 것을 기억해 내고는 그제야 크게 기지개를 켰다. 침대에서 일어나 이리저리 몸을 푼 카렌은 시장함을 느꼈다.

그러다 문득 생각난 것은 자신이 친구로 생각하고 있던 실피드의 안위였다.

서둘러 아래층으로 내려간 카렌은 식당 청소에 여념이 없는 어린 소녀와 눈이 마주쳤고, 소녀는 카렌을 보자마자 반갑게 인사를 건넸다.

"일어나셨어요? 이틀 동안 꼬박 주무셨으니 꽤 시장하시겠어요."

"이틀? 내가 이틀이나 잤단 말이오?"

"기억 안 나세요? 손님은 저희 여관에 들어오자마자 깨우지 말라고 말씀을 하고는 그때부터 계속해서 주무셔서 지금 일어나신 거예요."

자신이 이틀 동안 꼬박 잤다는 소녀의 말에 카렌은 어이가 없어 하면서도 그럴지도 모른다는 생각을 했다. 하지만 문제는 그것이 아니었다.

"혹시… 내가 이 여관에 왔을 때 검은 말 한 마리와 같이 오지 않았소?"

"말이오? 아니에요, 손님은 혼자 오셨어요."

소녀의 대답에 카렌은 자리에 앉아 그날 있었던 일을 곰곰이 생각해 봤다.

후퇴할 때 자이언트 트렝커터들의 공격을 우려해 서둘러 퇴각을 하느라 미처 실피드가 어디에 있는지 챙길 틈이 없었다. 누가 자신과 실피드의 관계를 물으면 친구라고 당당히 밝혔던 것과는 달리 막상 위급한 상황에서는 전혀 챙기지 못했다는 사실에 스스로를 탓하지 않을 수 없었다. 그러면서도 실피드가 자이언트 트렝커터들에게 당하지는 않았을 것이란 생각에 조금은 마음이 놓였지만 그래도 친구에게 미안한 마음이 드는 것은 어쩔 수 없는 사실이었다.

서둘러 아침 식사를 마친 카렌은 조금은 다급한 발걸음으로 영주의 성으로 향했다.

가는 길에 커다란 오크통을 여러 개 실은 20여 대의 짐마차가 줄지어 영주의 성에서 빠져나오는 것을 볼 수 있었다. 짐마차들의 앞뒤에는 50여 명의 용병과 100여 명의 병사가 비교적 가벼운 무장을 한 채 이동하고 있었는데, 그런 사람들의 표정은 마치 여행이라도 가는 것처럼 한가롭기 이를 데 없었다.

그 사람들을 지나친 카렌은 성으로 향하는 발걸음을 서둘렀다.

용병들이 대기하는 곳으로 찾아가던 카렌은 무엇인가를 보고는 자신도 모르게 발걸음을 멈췄다. 카렌의 시선이 향한 곳에는 시커먼 말 한 마리가 30여 마리의 말을 이끈 채 내성과 외성 사이를 달리고 있었다.

제법 빠른 속도로 달리던 실피드는 누군가 자신을 바라보는 눈길을 느끼고는 즉시 다리를 멈추고 고개를 돌렸다. 그러다 상대가 카렌인 것을 확인하고는 그야말로 번개처럼 달려왔다.

히히히힝~

"걱정하지는 않았지만… 역시 아무 일도 없었구나."

연신 투레질을 하는 실피드의 목덜미를 쓰다듬어 주는 카렌과 반갑다는 듯 연신 카렌의 몸에 실피드가 머리를 비비는 모습을 사람들은 물론 실피드가 이끌고 왔던 말들도 고개를 갸웃거리며 쳐다보고 있었다.

잠시 후 앞서거니 뒤서거니 하던 둘은 곧 용병들의 막사로 향했고, 막사 밖에서 햇볕을 쬐고 있던 용병들은 카렌을 발견하고는 반갑게 그를 맞이했다.

"이게 누구야? 카렌 아니야?"

"어이~ 어서 와라."

"이틀이나 소식이 없어서 무슨 일이라도 있는 줄 알았잖아."

용병들의 인사말에 카렌은 일일이 대꾸해 준 후 하크를 찾았다.

“저어… 하크님은 지금 어디에 계십니까?”

“하크님? 아마 영주님을 만나러 가셨을걸?”

“그럼 여기서 기다리면 만나뵐 수 있겠군요.”

“그럴 거다.”

“참! 남은 자이언트 트렝커터들을 어떻게 되었습니까?”

“이틀 전 네가 두 분과 자이언트 트렝커터 퀸을 물리친 후 자이언트 트렝커터들은 모두 자기 집에 숨어서 도무지 나올 생각을 하지 않더라고. 덕분에 자이언트 트렝커터 굴에 소금물을 부어 모두 간단히 처치할 수 있었지. 단 한 명의 피해도 없이 말이야.”

“그럼 조금 전 성에서 나왔던 그 병력들은 뭡니까?”

“아! 그거~ 확인 작업을 하러 간 거야. 혹시 빠뜨리고 소금물을 붓지 않은 자이언트 트렝커터의 구멍은 없나 하고 말이야.”

“그랬군요.”

아직도 자이언트 트렝커터들을 물리치지 못한 것은 아닐까 하는 자신의 생각과는 달리 자이언트 트렝커터 퇴치 작업을 순조롭게 마쳤다는 말에 카렌은 마음을 놓을 수 있었다.

“저기 하크님이 오시는군.”

용병이 가리키는 곳을 보니 느긋한 표정으로 걸음을 옮기는 하크의 모습이 보였다.

“하크님, 이제야 인사를 드리게 되었습니다.”

“음, 몸은 괜찮으냐?”

“예, 푹 쉬었더니 지금은 괜찮습니다.”

카렌의 대답에 하크는 고개를 끄덕이면서도 그가 자신을 찾은 것엔 이유가 있지 않을까 하는 생각을 했다.

"제가 하크님을 이렇게 찾은 이유는…… 자이언트 트렝커터 퇴치가 모두 끝났다면 그만 떠났으면 하기 때문입니다."

"떠나? 어디로? 또 무슨 일로?"

"이번에 자이언트 트렝커터들을 상대하면서 제 실력이 얼마나 보잘 것없는지 뼈저리게 깨달았습니다. 해서 조용한 곳을 찾아 좀 더 수련을 하려고 합니다."

카렌의 대답을 듣고 있던 하크는 어이가 없다는 표정으로 카렌을 노려보듯 쳐다보았다.

그도 그럴 것이 현재 소드 마스터로 명성을 날리고 있는 자신도 거의 50이 넘어서야 겨우 소드 마스터가 될 수 있었다. 그런데 이 건방진 꼬마는 벌써 소드 마스터에 육박하는 실력을 가지고 있으면서도 만족을 못하고는 자기 실력을 보잘것없댄다.

너무나 황당하고 얄미운 생각에 꿀밤이라도 한 대 때리고 싶은 생각이 굴뚝같았다.

그런 탓인지 대꾸를 하는 하크의 말투가 별로 곱지 않았다.

"그런데?"

"페인야드의 동반자 길드에 제 소식을 대신 전해주시면 감사하겠습니다."

"그거야 어려운 일은 아니다만…… 대체 어디에서 훈련을 할 생각이냐?"

"사람의 왕래가 빈번한 곳만 아니라면 큰 상관이 없을 것 같습니다."

"식량은 어떻게 할 건데?"

언제 나타났는지 테일러가 카렌에게 질문을 던졌다. 그리고 그런 테일러 곁에는 드갈스키가 카렌을 쳐다보고 있었다.

"가까운 마을에서 구하면 돼. 사냥으로 해결해도 되고 말이야. 얼마나 있게 될지는 모르지만 식량은 그리 문제가 될 거라고는 생각하지 않아."

"그래? 그럼 나도 같이 가자."

"뭐?"

"왜 그렇게 놀라? 혼자서 훈련하는 것보다는 둘이 낫잖아. 심심하지도 않고 말이야."

"훈련을 한다면 나도 함께하고 싶군."

테일러의 말에 멍한 표정을 짓고 있던 카렌은 말이 끝나기도 전에 끼어드는 드갈스키의 말에 화를 낼 수도 없었다. 드갈스키의 경우에는 라이오너에 대해 배울 수도 있지만 테일러의 경우에는 자신에게 전혀 도움이 될 것이 없기 때문이었다. 오히려 자신의 훈련에 방해가 될 요지가 더 많았다.

잠시 고민하던 카렌은 갑자기 이런 생각을 하는 자신이 혐오스럽다는 생각에 몸을 부르르 떨었다. 대체 언제부터 자신에게 도움이 되는 사람은 좋은 사람이고, 도움이 되지 않는 사람은 골칫덩어리로 생각을 했단 말인가?

자신의 말에 아무 말도 없이 고민스럽다는 표정을 짓던 카렌이 느닷없이 몸을 떨자 드갈스키로서는 의아스러운 생각이 들지 않을 수 없었다. 드갈스키가 그런 생각을 하고 있을 때 테일러는 카렌이 아무 대답도 하지 않자 답답하다는 듯 입을 열었다.

"같이 수련하는 것이 뭐가 그렇게 어려운 일이라고 그렇게 고민하는 거야? 같이 지내면 심심하지도 않고 좋잖아."

"폐를 끼치게 될지 모르지만 그래도 함께 지내자고 부탁하고 싶네."
두 사람의 말에 카렌은 곧 고개를 끄덕였다.
"알겠습니다. 그렇게 하도록 하겠습니다."

제2장
블러드 피스트와 쉐도우 블러드

블러드 피스트와 쉐도우 블러드

“야! 이 자식아, 뒤로 빠지라니까 뭐 하고 있어?”

“하지만……..”

“하지만이고 저지만이고, 당장 뒤로 빠지라니까!”

자신의 말에도 젊은 용병이 우물쭈물하기만 할 뿐 좀처럼 뒤로 물러설 생각을 하지 않자 조장을 맡고 있던 중년 용병은 이를 한 번 부드득 갈고는 재빨리 젊은 용병의 뒷덜미를 움켜잡고는 거칠게 뒤로 잡아당겼다.

휙!

“어? 어?”

젊은 용병이 연신 ‘어’라는 소리를 내뱉으며 뒤로 끌려가자마자 젊은 용병이 있던 공간을 가르며 지나가는 녹슨 롱 소드가 있었다.

취익?

"취익은 무슨 취익. 죽어라!"

자신의 공격이 빗나갔다는 것을 믿을 수 없다는 표정을 짓고 있던 오크는 곧이어 날아온 한 용병의 배틀 엑스에 단숨에 목이 잘려 허공으로 치솟으며 사방으로 붉은 선혈을 뿌렸다.

"조금만 더 힘내라! 금방 끝난다!"

조장의 외침에 피곤에 절어 있던 용병들은 이를 악물고 오크들을 향해 무기를 휘둘렀다.

일진일퇴를 거듭하며 반나절 동안 지속되던 전투가 드디어 종말을 맞이했다.

조금씩 뒤로 밀리던 오크들은 집요한 용병들의 공세를 더 이상 견디지 못하고 마침내 두 무리로 나뉘었다. 작은 무리는 순식간에 용병들에게 포위를 당했지만 100여 마리쯤 되어 보이는 큰 무리는 용병들을 피해 계곡을 향해 재빨리 후퇴했다.

포위되었던 작은 무리의 오크들은 순식간에 용병들에게 도륙당했고, 오크들이 모두 죽은 것을 확인하고서야 용병들은 쓰러지듯 그 자리에 주저앉으며 겨우 지친 몸을 쉴 수 있었다.

조금 전 조장에게 구함받았던 젊은 용병은 오크들이 사라진 계곡을 바라보고는 안타깝다는 표정을 짓고 있었다. 그런 태도가 마음에 들지 않았는지 조장은 그의 뒤통수를 사정없이 갈겼다.

퍽!

"컥! 아니, 왜 때리시는 겁니까?"

"네놈 표정이 하도 꼴 같지 않아서 때렸다. 왜? 불만있냐?"

"제 표정이 뭐가 어떻다고 저만 보시면 못살게 구시는 겁니까?"

얼굴이 잔뜩 상기된 채 따지고 드는 젊은 용병의 태도에 조장을 맡고 있던 중년 용병은 치미는 분노를 참을 수 없었는지 다시 한 번 청년의 뒤통수를 갈겼다.

펙!

"크악! 이번엔 왜 또 때리시는 겁니까?"

"이 멍청한 자식아, 내가 아침에 뭐라고 그랬냐? 절대 앞으로 나서지 말라고 했냐 안 했냐? 실력도 없는 자식이 흥분해서 앞으로 뛰어나가면 어쩌자는 거냐? 네놈 몸뚱이가 칼로 쑤셔도 안 들어가는 쇳덩이라도 되는 줄 아냔 말이다!"

폭포수처럼 쏟아내는 중년 용병의 말에 청년은 아무런 말도 못한 채 고개를 푹 숙이고 있었다. 이번 기회에 흥분을 잘하는 청년의 버릇을 아예 뜯어고칠 생각을 했는지 중년 용병의 잔소리는 좀처럼 멈출 생각을 하지 않았다.

"이봐, 그 정도 했으면 저 녀석도 알아들었을 테니 이제 그만 하라고."

곁에서 쉬고 있던 동료의 말에 잔소리를 하던 중년 용병도 입을 다물었다.

"그건 그렇다 치고, 조금 전에 왜 그런 표정을 지었던 거냐?"

"조금 전? 아~ 그거요? 다름이 아니라 조금 전에 도망친 오크 녀석들을 몽땅 처치했으면 저희에게 의뢰를 했던 마을 사람이 한동안 마음 놓고 살 수도 있었을 텐데 하는 생각이 들어서 쳐다봤던 겁니다."

"후후후. 자식, 흥분만 잘하는 녀석인 줄만 알았더니 그래도 생각은 제법 제대로 박힌 녀석이었네."

"도망친 오크들은 걱정할 필요 없다."

"예? 그게 무슨 말입니까? 아저씨, 계곡으로 도망을 간 오크 녀석들이 자그마치 100마리가 넘는단 말입니다!”

“멍청한 놈, 방금 주의를 주었는데도 또 흥분부터 하기는…….”

청년은 찔끔하는 표정을 지으며 중년 용병의 눈치를 살피고는 궁금한 점을 슬며시 물었다.

“조장님, 그런데 도망친 오크들을 걱정할 필요가 없다는 말씀은 뭡니까?”

“이쪽 산은 우리가, 그리고 건너편 산은 포루 길드 녀석들이 맡기로 했다.”

“하지만 계곡은 비었지 않습니까?”

“쯧쯧쯧, 하여간 네 녀석은 사람 말을 끝까지 듣지 않는 그 급한 성격 때문에 언젠가는 큰코다치게 될 거다.”

중년 용병의 혀 차는 소리에 청년은 어색한 표정을 지으며 뒷머리를 긁었다.

“계곡은 블러드 피스트(Blood Fist)와 쉐도우 블러드(Shadow Blood)가 맡기로 했으니까 우리가 할 일은 다했다는 이 말이다. 이제 알겠냐?”

중년 용병의 핀잔 섞인 말이 이해가 되지 않는지 청년의 얼굴은 어리둥절함 그 자체였다.

“블러드 피스트? 쉐도우 블러드? 그럼 저렇게 넓은 계곡을 딸랑 두 사람이 맡고 있단 말입니까? 그게 말이 되는 소립니까? 100명의 용병으로도 오크들이 도망치는 것을 막지 못했는데, 겨우 두 사람으로 뭘 한단 말입니까?”

흥분해서 떠들어대는 청년의 말에 근처에 있던 용병들은 별 황당한 녀석을 다 본다는 듯 청년을 쳐다보고 있었다. 하지만 청년은 그런 용병들의 태도를 도저히 이해할 수 없었다.

"당장 그들을 구해야 하지 않습니까?"

"구해? 누가? 그리고 뭘?"

"누구긴 누굽니까? 계곡을 지키고 있다는 그 두 명이지."

"휴우~ 너처럼 그렇게 종합적으로 멍청하기도 힘들겠다. 그리고 아무리 멍청해도 그렇게 그 유명한 블러드 아이스(Blood Eyes) 용병단 이름도 못 들어봤냐?"

"블러드 아이스? 분명 어디서 들어보긴 들어본 것 같은데……."

머리를 긁적이는 청년을 바라보는 용병들의 시선에는 오직 한심하다는 감정뿐이었다.

"이 멍청한 녀석아, 아무리 멍청해도 용병계의 살아 있는 전설이라고 불리는 블러드 피스트와 쉐도우 블러드도 모른단 말이냐?"

"정말 멍청한 녀석이야."

"그러게 말이야. 어떻게 그 괴물들의 이름을 모를 수 있지?"

"저 자식은 대체 어디서 온 놈이야?"

주위 용병들의 질책이 일시에 쏟아지자 청년은 찔끔하면서도 궁금증을 감추지 못했다.

"저는 얼마 전까지만 해도 남쪽 지방에 있었습니다. 그래서 블러드 아이스 용병단에 대해서는 전혀 들어보지 못했습니다. 설명을 좀 해주십시오."

청년이 솔직하게 이야기하자 나이를 좀 먹은 용병들 가운데 하나가 비교적 자세하게 설명을 해주었다.

"블러드 아이스 용병단은 말이다……."

중년 용병의 말을 대략 정리하자면 다음과 같다.

블러드 아이스 용병단이 만들어진 것은 지금으로부터 약 3년 전, 좀 더 정확하게 말하자면 만 2년밖에 안 되는 햇병아리 용병단이었다. 그리고 세상 사람들에게 본격적으로 이름이 알려지기 시작한 것도 겨우 1년이 조금 넘었지만 블러드 아이스 용병단을 무시하거나 우습게 여길 용병단이나 용병 길드는 단 하나도 없었다.

제국에서만 해도 한 해 동안만 수십 개에서 수백 개의 용병단이 생겼다 없어지는 상황에서 새로운 용병단 하나가 생긴 것이 뭐가 그렇게 특별하겠는가? 게다가 용병단의 이름마저 겉멋만 잔뜩 든 그런 용병단은 그야말로 발에 걸리고 차일 정도로 많았다. 더더욱 용병단의 인원이 달랑 두 명뿐이니 더 이상은 말할 필요도 없었다.

사람들이 블러드 아이스 용병단이란 이름을 처음 듣기 시작한 것은 해마다 몬스터들 때문에 골머리를 앓고 있던 길포레 영지에서 들려온 소문을 듣고 난 다음부터였다.

인근에 있는 케레미르 산에서 시도 때도 없이 몰려 내려오는 몬스터들 때문에 길포레 영지는 이전부터 사람이 살 수 없는 곳으로 소문이 자자한 곳이었다. 재산상의 피해는 어떻게든 복구를 한다고 하더라도 몬스터들과 전투가 한 번 있을 때마다 적게는 수십에서 많게는 수백 명이 목숨을 잃으니 어떻게 사람이 살 수 있겠는가?

원인은 세력 싸움에서 밀린 몬스터들이 케레미르 산에서 쫓겨 내려와 마을을 덮치게 되면서 인간과 몬스터들 사이의 싸움이 끊이지 않고 계속되는 것이지만 어쨌든 길포레 영지는 시간이 지날수록 황폐화될 수밖에 없었다.

황궁의 지원과 길포레 영지에 사는 영지민들, 그리고 군대가 하나로 힘을 합쳐 몬스터들의 난입을 막아내고는 있었지만 그들만의 힘으로 몬스터들을 막아내기란 결코 쉬운 일이 아니었다. 그런 이유로 당시에도 길포레 영지에서는 용병들을 모집해 몬스터를 토벌하려 했고, 그렇게 모여든 500여 명의 용병들 사이에는 블러드 아이스 용병단도 끼어 있었다.

믿을 수 없을 정도로 아름답지만 마치 얼음으로 깎은 것처럼 싸늘하기 이를 데 없는 미녀와 그레이트 엑스를 등에 멘 근육질의 거한은 사람들의 이목을 끌기에 충분했다. 하지만 그보다 더욱 사람들의 관심을 끈 것은 그들이 바로 1급 용병들이란 점이었다.

물론 세상에 1급 용병들은 헤아릴 수 없을 정도로 많다. 하지만 이제 20대 초반의 나이에 1급 용병패를 가지고 있는 사람은 거의 없다고 봐도 무방할 정도로 그야말로 극소수에 불과했다. 그렇다고 제국 아카데미에서 발행한 1급 용병패를 의심할 수도 없는 상황이니 사람들의 관심은 과연 두 사람의 실력이 1급 용병패를 받을 수 있을 정도로 뛰어날까 하는 것에 쏠렸다. 그러나 그런 사람들의 생각은 몬스터들과의 첫 번째 전투가 벌어졌을 때 기우였음이 밝혀졌다.

몬스터를 토벌하기 위해 케레미르 산으로 출발한 용병들은 얼마 지나지 않아 곧 산에서 내려오던 몬스터들과 조우하게 되었다. 양쪽 모두 너무나도 빨리 적과 만난 탓에 당황한 나머지 서로를 노려보기만 할 뿐 그 자리에서 꼼짝도 하지 못했다.

이때 몬스터들을 향해 가장 먼저 달려간 사람이 바로 그레이트 엑스를 들고 있던 거한이었다. 마치 자신의 어쭙잖은 실력만 믿고 날뛰는 애송이 용병처럼 미친 듯이 달려가는 거한의 모습에 근처에 있던 용병들은 너무나 황당한 나머지 그를 말릴 사이도 없었다.

약 1,000마리쯤으로 보이는 오크들 사이로 홀로 뛰어든 거한.

그런 그의 행동은 누가 봐도 미친 짓이었다.

얼마 지나지 않아 목숨을 잃을 것이라 생각했던 용병들의 예상과는 달리 거한은 눈부신 활약을 펼치며 오크들을 도륙하기 시작했다. 잠시 후 오크들의 비명 소리에 정신을 차린 용병들은 그제야 오크들을 향해 달려들었고, 그렇게 그날의 전투는 시작되었다.

비록 용병들끼리의 전투라고 해도 기본적인 작전 회의는 한다. 하지만 이날의 전투는 충동적인 거한의 돌발 행동과 베테랑 용병들의 지휘로 시작되었고, 거한의 압도적인 무력과 베테랑 용병들의 유기적인 협조 아래 커다란 승리를 거두게 되었다.

그날 거한의 손에 죽은 오크들의 수만 거의 150마리가 넘었다. 하지만 그날 오크들을 가장 많이 죽인 사람은 뜻밖에도 거한이 아닌 그의 동료인 가녀린 체구를 가진 싸늘한 표정의 미녀였다.

500명의 용병들이 배나 되는 수의 오크들과 싸운 상황에서 그녀에게 죽은 오크들을 발견한다는 것이 불가능할 것 같았지만 나중에 오크들의 사체를 태우기 위해 한곳에 모았을 때 용병들은 오크들의 시체에서 큰 특징을 발견했다.

그것은 도저히 전투 상황에서 발생할 수 없는, 그러니까 오직 한 곳에 치명적인 상처를 입은 오크들의 수가 하나둘이 아니라는 것이었다. 자연사를 했다고 해도 믿을 정도로 오크들의 목과 머리에 남은 상처는 작았지만 하나같이 치명적인 상처뿐이었다. 그런데 그 수가 무려 200구가 넘는다는 것을 확인한 용병들은 하나같이 몸서리를 쳤다.

1,500이나 되는 생명체가 서로를 죽이기 위해 날뛰는 상황에서 적에게 이렇게 작고도 치명적인 상처를 입히려면 대체 어느 정도의 실력을

가지고 있어야 하는 것인지 짐작도 되지 않았다.

더구나 용병들을 두렵게 만든 것은 그 누구도 그녀가 오크들을 죽이는 장면을 목격한 이가 없다는 것이었다. 물론 혼란한 상황이었으니까 그럴 수 있다고 해도 3,000개나 되는 눈을 피해 적의 목숨을 빼앗는다는 것은 용병들의 입장으로서는 상상할 수도 없는 일이었다.

이렇게 해서 두 남녀의 이름은 세상에 알려지기 시작했고, 본격적으로 이름을 날리기 시작한 것은 그때부터였다.

사내는 블러드 피스트로, 여인은 쉐도우 블러드로 세상에 알려졌는데, 사실 이 이름들은 그들의 본명이 아니었다. 사실 두 사람은 바로 러셀과 알리샤로, 특히 러셀은 제국 아카데미를 졸업하자마자 블러드 아이스라는 용병단을 만들고는 곧장 트레디날 제국의 북쪽으로 향했다.

두 사람이 제국의 북쪽을 택한 이유는 간단했다.

그동안 자신들이 배우고 익힌 무공이 어떤 경지에 도달한 것인지, 또 얼마만 한 위력이 있는 것인지, 그리고 제대로 익힌 것인지 확인하고 싶은 생각 때문이었다. 러셀은 지옥마제에게서 배운 벽력패황공과 광혈마부(狂血魔斧)의 진정한 위력에 대해 알고 싶었고, 알리샤는 현재 자신의 몸을 유지하고 있는 사령마공을 좀 더 익히고 싶어했다.

그렇게 시작된 두 사람의 행동(수련)은 세인들의 관심을 끌기에 충분했다.

그도 그럴 것이 근육질의 러셀이야 몬스터 토벌과 상당히 어울리는 인물이었지만 아름답고 가냘픈 알리샤는 어떻게 보아도 몬스터 토벌과는 어울리는 사람이 아니었다. 어지간한 무기는 힘에 부쳐 들지도 못할 것처럼 생긴 알리샤지만 막상 전투만 벌어지면 순식간에 그림자로 변해서는 치명적인 상처로 너무도 간단히 적의 목숨을 빼앗았다.

러셀이 정면에서 부딪쳐 적을 물리친다면, 알리샤는 철저하게 모습을 감추고 적의 목숨을 빼앗는다. 두 사람이 투입된 전장은 항상 두 종류의 시체뿐이었다. 철저하게 망가지고 난도질당한 시신들과 상처를 찾기 힘든 시신들.

해서 사람들은 이들이 남긴 흔적을 보며 언제나 공포에 몸을 떤다.

보기만 해도 욕지기가 치밀 정도로 잔인한 시신과 죽었다는 것 자체를 의심하게 만드는 시신을 보고서 어떻게 태연할 수 있겠는가.

비록 그들은 단 두 사람에 불과하지만 어지간한 중, 소형 용병단을 고용한 것보다 월등히 나은 결과를 얻을 수 있기에 그들을 고용하려는 사람들이 적지 않았다.

그런 사람들 가운데에는 자신의 정적(政敵)이나 원수들의 목숨을 원하는 사람들도 적지 않았지만 러셀과 알리샤는 철저하게 몬스터 퇴치 청부만을 받아들일 뿐이었다. 그리고 1년이 지났을 때 북부 지방에서 활동하는 용병 가운데 두 사람의 이름을 모르는 사람이 없게 되었고, 그들의 실력을 의심하는 사람 또한 없었다.

물론 여러 사람들이 모여 사는 세상에 알려진 모든 것을 모두 순순히 사실로 받아들인다면 아무 일도 일어나지 않을 것이다. 하지만 자신의 눈으로 직접 본 것이 아닌 것을 절대 믿지 못하는 사람들도 있기 때문에 말썽이 끊이지 않고 일어나는 것 아니겠는가.

알리샤와 러셀이 비록 1급 용병으로 분류되기는 하지만 실질적으로 특급 용병 대우를 받고 있었는데 그런 대우에 대해 불만을 가지고 있는 용병들도 적지 않았다. 그들은 자신도 받지 못하는 특급 용병 대우를 겨우 스무 살밖에 안 된 러쎌과 알리샤가 받는다는 사실에 강렬한 적의를 가지게 되었고, 그런 생각은 곧 행동으로 옮겨졌다.

특히 가장 적의를 드러냈던 길드는 바로 다크 리자드라는 다소 혐오스러운 이름을 가지고 있는 길드였는데, 이들과의 싸움은 알리샤와 러쎌의 이름을 본격적으로 알리게 된 사건이었다.

사건의 발단은 식당에서 식사를 하고 있던 알리샤의 미모에 반한 다크 리자드 길드 소속 용병들이 듣기 거북한 농담을 건네면서 시작되었다. 러쎌이 그들에게 경고를 했지만 그렇지 않아도 러쎌과 알리샤를 시기하던 용병들은 좋은 기회를 잡았다고 판단하고는 시비 걸기를 멈추지 않았다. 그런 그들의 행동은 곧 처절한 응징을 당했는데, 바로 알리샤에게 단 한 명의 열외 없이 팔과 다리가 부러지는 중상을 입은 것이었다.

부상을 입은 용병들은 곧 신전으로 운반되어 치료를 받을 수 있었지만 한동안 몸조리를 해야 할 정도였다. 다크 리자드 길드의 길드장은 이 사건을 자신들에 대한 도전으로 판단하고는 알리샤와 러쎌에게 정중한 사과와 함께 배상을 요구했다. 만약 자신의 요구를 들어주지 않으면 그냥 두지 않겠다는 협박장과 함께 말이다.

그런 다크 리자드 길드장의 요구를 두 사람은 당연히 무시했고, 다크 리자드 길드장은 두 사람을 돕는 사람은 다크 리자드 길드의 적임을 공식적으로 밝혔다.

길드 소속 인원만 해도 거의 200여 명에 달하는 길드와 단 두 사람과의 전쟁.

이 말도 안 되는 전쟁은 시장통에서 다크 리자드 길드 소속 용병들이 두 사람을 만나자마자 시작되었고, 다크 리자드 길드 소속 용병 10여 명이 전원 부상을 입고 신전으로 옮겨지는 것으로 일단락되었다. 분노한 길드장이 소속 용병들을 모두 소집시키고 있을 때 러쎌과 알리샤가 다크 리자드 길드의 건물을 급습했다.

무기들이 부딪치는 소리와 고함 소리, 비명 소리가 밤새도록 들려왔고, 시민들의 제보를 받은 경비대에서 현장에 출동했지만 흉흉한 분위기 때문에 길드 건물에 들어가지도 못한 채 밖에서 발만 동동 굴러야 했다. 마침내 아침이 되었을 때 경비대장은 길드 건물을 빠져나오는 두 남녀를 발견하고는 그들을 체포하려고 했다. 그러나 체포는 경비대장의 생각일 뿐, 두 남녀는 거칠게 반항했다.

50여 명의 경비병으로 두 사람을 체포하는 것이 불가능한 것임을 알게 된 경비대장은 서둘러 길드 건물을 수색했고, 피투성이가 된 채 사방에서 뒹굴고 있는 용병들을 발견하고는 그야말로 기절할 듯이 놀랐다. 하지만 다행히도 죽은 사람이 없는 것을 확인하고는 황급히 경비병들로 하여금 신전의 신관들을 모시고 오도록 조치를 취해 용병들의 목숨을 구할 수 있었다. 나중에 알고 보니 비록 생명에는 지장이 없다고 하더라도 팔과 다리의 근육을 심하게 다쳐 신관들의 신속한 조치가 아니었다면 용병 생활을 더 이상 할 수 없을 정도였다고 했다.

러쎌과 알리샤는 정당방위를 주장했고, 경비대장은 잠시 골머리를 썩히다가 곧 영지의 관리자인 영주에게 보고를 했다. 사건의 원인과 발단을 따져 보던 중 영주는 러쎌이 제국 아카데미의 전설로 불렸던 챔피언인 것을 알게 되었다.

그런 과정에서 이 사건은 중앙 귀족들에게 알려졌고, 황태자인 실렉

턴에게까지 알려지게 되었다. 일개 용병이 일으킨 사건에 제국의 황태자가 관심을 보이는 말도 안 되는 상황이 발생한 것이었다. 게다가 트레디날 제국의 영웅이라는 싸일렉스 공작이 직접 사건이 벌어진 영지까지 찾아와 영주와 밀담을 나눈 다음날 두 사람이 풀려나게 되자 혹시 두 사람이 싸일렉스 공작과 무슨 관계가 있는 것이 아닌가 하는 소문이 나게 되었다.

사건이 이렇게까지 발전되자 다크 리자드 길드의 길드장과 소속 용병들은 싸일렉스 공작과 관련이 있을지도 모르는 두 사람을 감히 건드릴 용기가 없었다. 그렇게 해서 사건은 간단하게 종결되었고, 그 사건이 사람들의 입을 통해 전해지면서 더욱 부풀려져 두 사람이 알려지지 않은 소드 마스터란 이야기도 있었고, 싸일렉스 공작가에서 비밀리에 키운 용병들이란 이야기도 있었다.

이유야 어찌 되었든 그 사건이 있은 후 감히 알리샤의 미모에 흑심을 드러내는 간이 부은 자는 현격하게 줄어들었다. 물론 간혹 알리샤가 누군지 모르고 농담을 건네다 따귀를 맞아 이빨이 부러지는 용병들이 아주 없어지지는 않았다.

문제는 그 사건이 있은 후 두 사람의 명성을 꺾고자 그에게 도전하는 용병들이 끊이지 않고 나타났다는 점이었다. 이때 러셀은 건틀릿만을 사용한 채 도전자를 상대했는데, 결투가 끝났을 때 그의 건틀릿이 피에 젖지 않고 끝이 난 적이 없어 '블러드 피스트'란 살벌한 별명을 얻게 되었다. 그에 반해 알리샤는 순식간에 모습을 감춘 채 언제 당한지 깨달을 새도 없이 치유할 수 없는 깊은 상처를 남긴다 하여 '쉐도우 블러드'란 별명으로 불리게 되었다.

지옥마제에게 전수받은 무공을 끌어올리게 되면 눈이 금방이라도 피를 흘릴 것처럼 시뻘겋게 충혈(Blood-shot Eye)되어 적에게 무한한 공포를 준다는 사실을 두 사람은 미처 몰랐다. 이것은 두 사람에게 무공을 전수해 준 지옥마제조차 몰랐던 사실이었다.

결국 두 사람이 충동적으로 지은 블러드 아이스라는 이름은 아주 적절한 이름이라는 것이 증명이 되었다. 그렇게 그들은 조금씩 명성을 쌓아가고 있었다.

중년 용병의 긴 설명이 끝나자 청년의 시선은 다시 한 번 계곡을 바라보고 있었다.

*   *   *

태양이 서산 너머로 지며 지면에 길게 땅거미를 드리우고 있었다.

러셀과 알리샤가 있는 계곡은 산 위보다 거의 한 시간 이상 빠르게 일몰이 시작되어 지금은 거의 한밤중을 방불케 할 정도로 어두워졌다.

바위에 기대어 쉬고 있던 러셀이나 근처의 커다란 나뭇가지에 앉아 대거를 만지작거리며 휴식을 취하고 있던 알리샤의 모습은 3년 전과 비교해 크게 변한 것은 없는 듯 보였다. 그러나 러셀에게서는 더욱 무겁고 노련한 분위기가, 알리샤에게서는 보는 것만으로도 얼어붙을 것 같은 싸늘함과 날카로운 분위기가 풍겨나고 있었다.

무료한 시간을 보내고 있던 두 사람은 지면을 뒤흔들며 달려오는 존재들이 있음을 깨달았고, 천천히 자리에서 일어난 러셀은 곁에 세워두었던 그레이트 엑스를 잡으려고 하다가 그냥 두고는 건틀릿을 낀 손을 몇 번 폈다 오므렸다를 반복하며 몬스터들이 나타나기만을 기다렸다.

그러면서 알리샤가 있던 곳을 둘러봤지만 어느새 사라졌는지 그 어디에도 알리샤의 흔적은 찾을 수 없었다.

자신이 지옥마제에게 전수받은 무공에서 강력한 파괴력을 얻었다면 알리샤는 어떤 것에도 관심을 보이지 않는 그녀의 성격과 무공이 결합되자 은밀하면서도 치명적인 형태로 나타나게 된 것이다.

언젠가 만약 그녀가 적이라면 어떻게 상대해야 할까 생각해 본 적이 있었다. 5미터 밖에서는 그녀의 흔적을 찾을 능력이 되지 않지만 5미터 안에서라면 그녀가 어떤 공격을 하든 그 공격을 피함과 동시에 반격할 자신이 있었다.

그때였다.

두두두두두~

흙먼지를 일으키며 다가오는 존재들은 바로 용병들에게 쫓겨 도망치던 오크들이었다.

정신없이 도망치던 오크들은 나무 사이로 난 좁은 길을 가로막고 서 있는 큰 체격의 사내를 발견하고는 고개를 갸웃하지 않을 수 없었다.

2미터가 넘는 키에 하드 레더 밖으로 드러난 팔은 웬만한 아가씨의 허리보다 굵었다. 하지만 금속으로 만든 장갑을 끼고 있을 뿐 무기는 그 어디에도 보이지 않았다. 오크들이 판단하기엔 자신들의 앞길을 막고 있는 저 덩치는 세상에 싫증을 느낀 인물이거나 자신들의 손을 빌려 자살을 하려는 인간이라고 판단됐다.

한쪽 다리를 뒤로 뽑아 자세를 낮춘 러쎌은 천천히 호흡을 정리하면서 왼쪽 주먹은 앞으로 오른쪽 주먹은 오른쪽 옆구리에 가져간 채 오크들이 다가오기만을 기다렸다. 비록 알리샤의 모습이 보이지는 않았지만 알아서 스스로를 보호할 수 있는 능력이 있음을 알기에 특별히 걱정하지는 않았다.

오크들과의 거리가 급속하게 좁혀지자 자세를 낮춘 러쎌은 그대로 앞으로 뛰쳐나갔다.

갑작스러운 러쎌의 행동에 가장 앞쪽에서 허름한 글레이브를 휘두르려 했던 오크의 눈이 커졌고, 순간 러쎌의 오른손 주먹이 회전을 하며 오크의 턱에 꽂혔다.

퍽!

둔탁한 소리와 함께 오크의 머리가 사라졌다. 동족의 머리가 박살나 산산이 흩어지는 모습에 깜짝 놀란 오크들이 황급히 발걸음을 멈추려 했지만 뒤에서 밀려드는 다른 오크 때문에 맥없이 앞으로 밀려갈 뿐이었다.

한 오크의 머리를 날려 버린 러쎌은 자세를 낮춰 벽력권의 일초 삼수삼환을 펼칠 생각을 했다. 과거 철인대회에서 벽력권을 사용할 때 겉으로 보기엔 단순한 주먹질처럼 보였던 이 초식에 상상도 할 수 없는 무지막지한 파괴력이 숨겨져 있다는 것을 얼마 전에야 깨닫게 된 것이다. 그런 러쎌의 눈은 어느샌가 벌겋게 충혈되어 있었다.

마나를 끌어올린 러쎌은 주먹에 밀어 넣고는 지체없이 그대로 삼수삼환을 펼쳤다.

파파팟!

힘차게 앞으로 내뻗는 러쎌의 주먹에서 흐릿한 연기처럼 보이는 것 세 개가 무서운 속도로 회전을 일으키며 뻗어나갔다.

펑! 펑! 펑!

한껏 불어넣은 가죽공이 터지는 것 같은 소리와 동시에 오크 세 마리가 가슴이 으깨진 채로 뒤로 날아갔다.

그 모습에 흥이 오른 러셀은 재차 주먹을 뻗었다.

벽력권의 제2초인 혈영팔뢰(血影八雷)였다. 재차 뻗은 러셀의 주먹은 다시 몇 마리의 오크를 죽음으로 인도했다. 그러는 사이 러셀과 오크들 사이의 거리는 완전히 사라졌고, 오크들 틈으로 파고든 러셀은 벽력권의 운용에 따라 마나를 움직이며 오크들을 향해 주먹, 팔꿈치, 발차기를 퍼부었다.

마나에 싸인 러셀의 주먹과 발길질이 오크의 몸에 작렬할 때마다 오크들은 마치 바위에 던져진 수박처럼 박살 나 사방으로 흩어졌다. 두려움을 모르는 저돌적인 생명체라고 불리는 오크였지만 잠깐 사이에 거의 40여 마리나 산산이 부서져 버리는 모습은 그야말로 공포, 그 자체였다.

주춤주춤 물러서는 오크들 가운데 가장 뒤쪽에 있던 오크는 지금 심하게 갈등하는 중이었다. 싸움터에서 적을 두려워해 도망쳤다는 것은 오크로서는 절대 용서받을 수 없는 죄악이라는 사실 때문에 동족들을 박살 낸 저 괴물(?)을 피해 도주할 것인지, 아니면 동족과 힘을 합쳐 싸울 것인지 결정 내려야 했다. 하지만 지금까지의 경험으로 봐서는 자신들만의 힘으로 저 괴물을 이길 수 있는 가망성은 눈곱만큼도 없었다.

고민에 빠진 오크 뒤로 검은 그림자가 나타났지만 오크는 전혀 깨닫지 못하고 있었다.

오크가 자신 이외의 존재를 느낀 것은 차갑고 날카로운 뭔가가 자신의 경동맥을 가르고 난 뒤였다.

스윽!

귀를 기울여 들어도 들릴까 말까 한 작은 소음과 함께 오크는 작은 경련을 일으키며 굳어갔고, 죽어가는 오크의 눈에 어느새 자리를 옮긴 검은 그림자가 동족의 목을 대거로 자르고 있는 모습이 들어왔다. 마치 과수원에서 과일을 따듯 너무도 간단히 생명체의 목숨을 끊는 검은 그림자의 모습은 도저히 인간의 모습처럼 보이지 않았다. 하지만 몸이 움직일 때마다 바람결에 날리는 저 금발은 인간이라는 생물에게만 있는 특징이었다.

안쪽에서는 러쎌이, 바깥쪽에서는 알리샤가 일방적으로 오크들을 도륙해 갔다.

처음부터 대항을 포기하고 도주를 선택했다면 상당한 수의 오크들이 살았을지도 모른다. 하지만 오크들은 자신들의 앞길을 막고 있고 러쎌을 처치하려는 실수를 했고, 그보다 더 큰 실수는 러쎌이 강하다는 것을 알면서도 끝까지 그에게 덤볐다는 것이었다.

결국 한 시간 정도가 지나자 마지막 남은 오크가 러쎌의 주먹에 가슴이 함몰된 채 최후를 맞이했다. 러쎌의 몸 곳곳에는 싸움의 흔적인 오크들의 피가 튀어 있었고, 특히 피로 물든 건틀릿에서는 지금도 핏방울이 떨어지고 있었다.

"모두 처치한 것인가?"

"일단 이곳으로 온 녀석들은 모두 처치했어."

러쎌의 말이 끝나는 순간 모습을 드러낸 알리샤가 감정이 조금도 실리지 않은 무덤덤한 음성으로 대꾸했다. 그녀의 음성만 들어서는 방금 수십 마리의 오크를 도륙을 낸 사람이라고는 믿을 수 없을 정도로 담담했다.

"어떻게 할 거야? 이곳에 계속 있을 거야?"

"글쎄, 계곡 위의 상황을 모르니 함부로 자리를 떠날 수도 없고……."

대답을 한 러쎌은 신경이 쓰인다는 표정을 지으면서 어둠에 물들기 시작한 계곡 입구 쪽을 바라보았다. 두 사람 모두 널브러져 있는 오크의 사체는 아랑곳하지 않은 채 근처의 바위에 앉아 휴식을 취했다.

러쎌이 근처의 잔가지들을 모아 불을 막 피우려고 했을 때였다.

"러쎌님! 러쎌님!"

누군가의 외침에 고개를 돌리고 보니 젊은 용병 한 명이 계곡의 입구에서 목청껏 자신을 부르고 있는 모습이 보였다.

"누군가?"

주위가 워낙 조용한 탓인지 러쎌의 음성은 꽤 멀리까지 퍼졌고, 러쎌의 음성을 들은 젊은 용병은 연신 주위를 두리번거렸지만 러쎌이 보이지 않는지 다시 한 번 고함을 질렀다.

"저희가 퇴치하기로 한 몬스터를 모두 퇴치했으니 그만 철수하시랍니다!"

"알았다. 알리샤, 가자."

러쎌의 말에 알리샤는 가볍게 고개를 끄덕이고는 걸음을 옮겼고, 러쎌은 그때까지 세워두었던 그레이트 엑스를 어깨에 둘러메고는 알리샤의 뒤를 따랐다.

계곡 밖은 보름달이 뜬 탓에 주위는 멀리 있는 사람도 식별할 수 있을 정도로 밝았다. 계곡 안에서 나오는 알리샤의 모습을 보고 달려오던 젊은 용병은 뒤이어 걸어나오는 러쎌의 모습을 발견하고는 그 자리에 얼어붙은 듯 멈추고야 말았다.

밝은 달 아래 드러난 러쎌의 모습은 그야말로 소름이 끼칠 정도로 무시무시했다. 머리끝에서 발끝까지 오크의 피를 뒤집어쓴 데다가 달빛에 번쩍이는 커다란 도끼를 어깨에 둘러멘 모습은 정말 꿈에서라도 볼까 두려울 정도였다.

"다른 사람들은?"

"이, 이미 철수했습니다. 두 분을 숙소로 안내해 드리기 위해서 저만 남았습니다."

"수고가 많군."

"아, 아닙니다."

황급히 대답을 한 용병은 고개를 돌려 서둘러 걸음을 옮겼다.

용병의 뒤를 묵묵히 따라가던 러쎌은 근처에서 물소리가 들리는 것을 깨닫고는 걸음을 멈췄다.

"잠깐만 기다려 주겠나?"

"예?"

"오크들의 피를 뒤집어써서 말이야. 좀 씻어야 사람들이 놀라지 않을 것 같군."

"아~ 예."

"잠시만 기다리게."

말을 마친 러쎌은 즉시 길옆의 개울로 향했다.

막상 도착하고 보니 말이 개울이지 가슴까지 물이 차이는 깊이를 가진 강의 상류쯤 되는 곳이었다. 물을 본 러쎌은 그레이트 엑스를 개울가에 내려놓고는 그대로 뛰어들었다.

늦가을이라도 이곳은 북쪽에 위치한 곳이라 개울 곳곳에는 살얼음이 얼어 있었지만 러쎌은 아랑곳하지 않고 물속에서 격렬하게 몸을 움직였다. 개울물은 거친 물결을 일으키며 심하게 요동쳤다.

그 모습을 지켜보던 용병은 몸서리를 쳤다. 그냥 있기에도 소름이 돋는 이런 날씨에 저렇게 차가운 물에 뛰어들다니⋯⋯. 아마 자신은 뛰어든 그 즉시 얼어버렸을 거라고 생각하고 있을 때 러쎌이 물에서 걸어나왔다. 물을 뚝뚝 흘리며 나온 러쎌은 갑자기 가볍게 뛰면서 주먹질과 발길질을 하기 시작했다.

달밤에 체조도 아니고, 저게 대체 뭔 짓인가?

러쎌을 제지하려던 용병은 러쎌이 갑자기 행동을 멈추자 어리둥절한 표정을 짓다가 금세 경악스러운 표정으로 변했다. 그도 그럴 것이 멈춰 선 러쎌의 전신에서 무럭무럭 김이 올라오면서 흠뻑 젖었던 그의 전신이 서서히 말라가기 시작한 것이다.

잠시 후 몸이 완전히 마르자 러쎌은 조금 전 자신이 내려놓았던 그레이트 엑스를 다시 집어 들고는 그때까지 멍한 표정으로 자신을 바라보고 있는 용병에게 말을 건넸다.

"뭘 그렇게 보고 있나?"

"예?"

"안내를 부탁하겠네."

"아, 알겠습니다."

황급히 대답한 용병은 걸음을 떼었고, 러쎌과 알리샤는 용병을 따라갔다.

*　　　*　　　*

"이봐, 저 덩치가 정말 맨주먹으로 오크를 박살 냈단 말이야? 도저히 믿지 못하겠는데?"

"나도 그런 말은 들었지만 솔직히 못 믿겠어. 오크가 뭐냐? 비스킷이나 쿠키도 아닌 오크가 어떻게 박살이 나서 부서진다고 소문이 난 건지… 혹시 저 자식이 직접 소문낸 것 아닐까?”

알리샤와 식사를 하고 있는 러쎌의 모습을 훔쳐보며 근처 테이블에 앉아 있던 용병들이 수군거렸다. 물론 러쎌은 그들의 대화를 모두 들었지만 그냥 못 들은 척하고 있었다. 그도 그럴 것이, 이런 일이 오늘 처음 있는 일도 아니었고 자신을 시기하는 인간들은 지금껏 수도 없어 겪어봤기에 이제는 별다른 감정도 생기지 않았다.

간단하게 식사를 마친 알리샤와는 달리 러쎌은 자신의 몫으로 나온 식사를 끝까지 다 먹고서야 포크와 나이프를 내려놓았다.

“왜, 식사를 그만 하는 거야?”

“내 몸의 특성을 잊은 거야?”

무감각한 알리샤의 대답에 러쎌은 자신의 기억력을 탓해야만 했다.

전혀 식사를 하지 않아도 되는 알리샤의 특성을 알고 있으면서도 항상 잊어버리는 자신의 기억력이 한심스럽기만 했다. 음식을 섭취해 몸을 움직이는 것이 아니라 마치 드래곤처럼 마나를 흡입해 사는 사람이 바로 알리샤였다. 다시 말해 식사를 전혀 하지 않아도 되는 사람이 바로 알리샤였다. 그저 다른 사람의 이목 때문에 약간의 식사를 할 뿐이었다.

종업원이 식탁을 치우는 모습을 말없이 지켜보던 알리샤는 종업원이 사라지자 럼주를 섞은 과일주스를 마시는 러쎌에게 말을 건넸다.

“카렌을 만나기로 한 것이 내년이지?”

“그래, 한 8개월쯤 남았나?”

“카렌은 얼마나 변했을까?”

“글쎄? 나는 카렌이 얼마나 변했을까 보다 얼마나 더 강해졌을까 그게 더 궁금해. 알리샤, 넌 그게 궁금하지 않아?”

“그것도 궁금하지만 그동안 어떻게 살아왔는지가 더 궁금해. 그리고 카렌의 누나는 언제 다시 만날 수 있는 것인지…… 하루하루가 정말 답답해서 미치겠어."

답답해 미치겠다는 말을 하는 알리샤의 얼굴은 여전히 무표정했다.

보는 사람의 눈을 의심할 정도의 아름다움을 가지고 있었지만, 그 아름다움은 결코 손으로 만질 수 없는 얼음과 칼날의 아름다움 같은 차갑고 섬뜩한 것이었다. 그렇기에 그녀의 아름다움에 취한 사람들도 그런 차갑고 섬뜩한 기운 때문에 접근할 생각도 못하고 있었다.

지금도 식당 안에는 있는 사람들은 연신 그녀의 얼굴을 힐끔거리고 있었지만 그녀와 눈이 마주칠까 봐 상당히 조심하고 있었다. 물론 그녀의 분위기도 심상치 않았지만 그보다는 러쎌의 살벌한 모습 때문이었다.

그가 걸치고 있는 하드 레더를 조금만 자세히 본다면 원래부터 검은 색이 아니라는 것은 용병 생활을 조금만 한 사람이라면 누구든 눈치 챌 수 있을 것이다. 피가 묻고 또 묻어 기름을 잔뜩 먹인 하드 레더의 색마저 변하게 했다는 것을 말이다. 아니, 그게 꼭 아니더라도 탁자 곁에 세워둔 무지막지한 그레이트 엑스만 하더라도 보통 사람은 감히 들엄두조차 내지 못할 정도였기에 애써 러쎌과 알리샤의 시선을 피할 수밖에 없었다.

그렇게 두 사람이 대화를 나누고 있을 때 조금은 거칠게 식당 문을 열고 들어오는 사람이 있었다. 용병들이 일반적으로 걸치는 하드 레더가 아니라 가슴 부분에 철판으로 댄 브레스트 메일을 걸친 근육질의 사내였다.

잠시 주위를 둘러보던 사내는 곧 러쎌과 알리샤가 앉아 있는 테이블로 다가왔다.

두 사람에 대한 감정이 별로 좋지 않은지 사내의 표정은 딱딱하게 굳어 있었다.

"너희들 청부 대금이다."

쿵!

사내는 어른 주먹 둘을 합친 것보다 더 큰 가죽 주머니를 테이블 위에 던져 놓았다. 살짝 열린 가죽 주머니에서 몇 개의 골드가 테이블 위에 빙그르르 돌다가 멈췄다.

"그리고 맡은 임무는 다 끝났으니까 너희들은 이만 이곳을 떠나라."

사내의 음성에는 희미하지만 적의가 실려 있었다. 하지만 러쎌과 알리샤는 상대가 자신들에게 적의를 보이든 말든 신경도 쓰지 않았다.

그런 두 사람의 태도에 사내의 적의는 더욱 불타올랐다.

사내의 그런 태도에는 나름대로 이유가 있었다.

두 사람의 실력을 의심하는 것은 아니지만 그렇다고 단 두 사람이 70명을 동원한 자신들 길드보다 더욱 많은 대금을 받는 것까지 용납할 수는 없는 일이었다. 게다가 몬스터들을 토벌하는 과정에서 자신들은 사상자까지 발생한 지금 왠지 두 사람이 자신들 몫까지 차지한 것 같아 불쾌한 기분이 드는 것을 감출 수 없었다.

"우리 일은 우리가 결정한다. 건방 떨지 마라."

"이……!"

감정이 전혀 실리지 않은 음성에 사내는 치미는 분노에 몸을 떨며 알리샤를 노려보았다.

그런 사내의 태도에 알리샤는 천천히 고개를 들어 사내와 시선을 맞췄다. 순간 사내는 몸을 부르르 떨었다. 유리알처럼 투명하게 변한 알리샤의 눈동자와 마주치는 순간 전신으로 밀려드는 공포감을 도저히 견딜 수 없었던 것이다.

　전신에서 소름이 오싹 돋고 마치 보이지 않는 밧줄에 전신이 꽁꽁 묶인 것처럼 그 자리에서 꼼짝도 할 수 없었다.

　온몸의 근육이 한계까지 오그라드는 것 같은 지독한 통증이 느껴졌지만 알리샤의 그 유리알 같은 눈동자에서 도저히 도망칠 수 없었다. 몸서리를 치면서도 그 자리에서 꼼짝도 못하고 있는 사내의 모습을 잠시 쳐다보던 러쎌이 입을 열었다.

　"알리샤, 그 정도 했으면 됐어. 처음 있는 일도 아니잖아."

　"힘이 없을 땐 부당한 대우를 받아도 어쩔 수 없이 참아야 되지만 왜 힘을 가지고 있는 지금도 참아야 되는 거지? 난 그러고 싶지 않아."

　"그렇지만 힘이 있다고 함부로 행동한다면 우리가 그들과 다를 것이 하나도 없잖아. 네 말대로 힘이 없을 때 직접 당해봤기 때문에 그런 사람들의 심정을 누구보다 잘 아는 사람이 바로 우리잖아. 그러니까 그만 해."

　러쎌의 말에 잠시 눈빛이 흔들리던 알리샤는 천천히 고개를 돌렸는데, 그 얼굴에는 역시나 아무런 표정도 떠올라 있지 않았다.

　그녀가 고개를 돌리고서야 사내는 크게 숨을 내쉬며 부르르 몸을 떨면서 안색이 겨우 정상으로 돌아왔다.

　"어차피 이곳에서 우리의 일이 끝났으니 더 이상 머무를 생각 없어. 시간이 되면 떠날 테니까 우리에게는 신경을 끄도록 해. 그리고 부하들에게도 내 말을 분명히 전하도록 해. 내 주먹은 운이 좋아 피할 수 있어도 알리샤의 검은 용서가 없다는 것을 잊지 말고."

　마치 친구한테 이야기하듯 러쎌의 음성은 담담하기만 했다. 하지만 그 말을 들은 사내는 밀려드는 공포감으로 다시 한 번 부르르 몸을 떨지 않을 수 없었다. 동시에 언젠가 들었던 그녀에 대한 소문이 생각났다. 그녀에게 적의를 드러낸 사람치고 목숨을 부지한 사람이 없다는 것 말이다. 그것이 사실인지 아닌지 알 수는 없지만 적어도 그녀에게 적의를 드러낸 사람 가운데 다음날 모습을 보인 사람은 아무도 없다는 점만은 사실이었다.

"아, 알겠소."

서둘러 대답을 한 사내는 황급히 식당을 빠져나갔다.

"내일 바이샤르 제국을 향해 출발할까 하는데…… 어때?"

"내일 간다고?"

"그래. 가면서 여행비도 좀 벌고, 부족한 훈련도 좀 하면서 가려고 하는데…… 어떻게 생각해?"

"하긴, 여기서는 할 일도 없으니까 차라리 일찍 무디스 항구에 가서 카렌을 기다리는 것도 나쁘진 않겠지."

"알았어. 그럼 내가 시장에서 필요한 물건들을 살 테니까 너도 필요한 것이 있으면 같이 가서 사도록 해."

"특별히 필요한 건 없어."

"그럼 방에서 쉬고 있어. 갔다 올게."

러셀이 장을 보기 위해 나가고도 한참 동안 알리샤는 자리에 앉아 생각에 빠져 있었다.

카렌과 러셀을 만난 지도 벌써 4년이란 시간이 지났다.

강해지기 위해서 무공을 익힌 두 사람과는 달리 자신은 생명을 유지하기 위해서 무공을 익혔다. 지옥마제가 가르쳐 준 사령마공은 순수한 마기를 체내로 받아들일 수 있게 만들어 붕괴해 가던 육체를 구할 수 있었다. 그 덕분에 얼마 전에는 검은 피가 아닌 붉은 피를 흘리는, 남들로서는 도저히 이해할 수 없는 경험도 하게 되었다.

때문에 무공 수련에 더욱 매달리게 된 것이지만 그 이면에는 자신을 이렇게 만든 자에 대한 사무치는 원한이 깔려 있었기 때문이다. 힘든 시간이긴 했지만 복수를 떠올리면 그리 힘들지만은 않았다. 무엇보다 자신을 아껴주는 카렌이 있었고, 함께 수련을 하면서 친하게 된 러셀이 있었기 때문이다.

러셀에 대한 것은 친한 친구란 일반적인 말로 정의할 수가 있었다. 때에 따라서는 자신의 목숨이라도 기꺼이 맡길 수 있을 정도의 친구 말이다. 그에 반해 카렌에 대한 감정은 정말 복잡미묘해 한마디로 뭐라 정의할 수가 없는 것이었다.

그를 생각하면 가슴이 답답해졌다. 그렇다고 기분이 나쁜 것은 절대 아니었다. 다만 너무나 답답한 나머지 어떻게 해야 좋을지 모르겠다는 것이 솔직한 심정이었다.

카렌을 만나기 전까지 알리샤는 사람이나 사물에서 느끼는 감정은 아주 단순한 것이었다.

자신에게 위협이 되는 것과 아닌 것.

또한 그에 대한 대처 역시 두 가지밖에 없었다.

그런 감정을 느끼게 만든 대상을 죽이거나 신경을 끊고 지내거나. 하지만 카렌은 어느 쪽도 아니었다.

철저하게 단절되었던 외부와 연결하게 만들었던 존재.

인간들은 믿을 수 없을 정도로 많은 감정들을 주고받는다는 것을 알려준 존재.

무엇보다 절절한 그리움이란 감정을 느끼게 만든 존재가 바로 카렌이었다.

오히려 함께 지낸 기간만으로 따져 보면 러셀과의 시간이 더 길었지만 그에게서는 친구 이상의 감정은 생기지 않았다. 하지만 알리샤에게 동료가 무엇인지 알려주고, 동료의 소중함과 친근감을 느끼게 한 사람은 바로 러쎌이었다.

알리샤가 그런 생각을 하고 있을 때 물건을 사러 갔던 러쎌이 생각보다 일찍 돌아왔다.

"알리샤, 바이샤르 제국에 편히 갈 수 있는 방법이 생겼어."

"상단 호송?"

"어? 어떻게 알았어?"

"우리를 필요로 하는 사람들이 보호할 물건이 있는 상인들이나 몬스터에게 당할 지경에 있는 사람들밖에 더 있어? 누군데?"

"북극성 상단."

"북극성? 거기서 왜 용병들을 구하는데?"

"얼마 전에 몬스터들에게 습격을 당해서 호송을 담당하던 용병들이 꽤 부족한 모양이야. 용병 길드에 가봤더니 호송에 참가할 용병들을 모집하고 있더라고. 마침 목적지도 바이샤르 제국의 수도인 로스바인까지 간다고 하더라고. 그래서 내가 신청했어."

러쎌의 말을 듣던 알리샤는 곰곰이 뭔가를 생각했다.

"그럼 이곳에서 로스바인까지 곧바로 가는 거야?"

"그건 아니야. 여기서 수도 페인야드로 가서 루벤트 제국의 수도인 윌라인을 거쳐 바이샤르 제국의 수도 로스바인까지 가는 장거리 호송이야."

"음~ 거의 5, 6개월은 충분히 걸리겠군."

"아마도 그 정도는 걸리지 않겠어."

"출발 날짜는?"

"모레 정오."

"그래? 그럼 앞으로 호송 기간 동안 더 열심히 수련을 해야겠군."

알리샤의 말에 러쎌은 비록 대꾸를 하지 않았지만 자신도 좀 더 수련에 신경 써야겠다고 생각했다. 그도 그럴 것이, 지금까지는 끈기를 가지고 꾸준하게 훈련하면 성과를 거둘 수 있었지만 어느 정도 수준에 도달한 지금은 깨달음을 동반한 수련이 아니고는 한 걸음도 앞으로 나갈 수 없기 때문이었다.

러쎌의 경우 벽력권이 수련이 막히면 광혈부를 수련했다가, 그 광혈부 수련의 진척이 보이지 않으면 다시 벽력권을 수련하는 방식으로 번갈아 수행했었다. 그 방법이 지루하지도 않고 진척을 보이지 않는 무공 수련에 대한 나름대로의 방식이었는데, 솔직히 자신의 수련 방식이 옳은 것인가 하는 의문과 함께 좀 더 효율적인 수련 방법은 없는가 고민이 되었기 때문이다.

이전에 만났던 스승 데미안은 자신과 알리샤가 지극히 정상적으로 수련하고 있다고 평가를 해주었다. 자신의 무공에 대한 자질이 부족해 벽력패황공을 완벽하게 익히지 못한 것인지, 아니면 원래 완전히 익히는 데 시간이 오래 걸리 것인지 도무지 알 도리가 없었기 때문에 조금은 조급한 마음이 드는 것도 사실이었다.

"오늘은 이만 쉬고 필요한 것은 내일 준비해야겠어."

러쎌이 방으로 돌아가고도 한참 동안 알리샤는 자리에 앉아 밖을 쳐다보고 있었다.

제3장
몬스터 파티

"당신들이 정말 블러드 아이스란 말인가?"

"그렇습니다, 브라이튼님."

"호오~ 설마 명성 높은 블러드 아이스 가운데 침묵의 칼날이라고 불리는 쉐도우 블러드가 이렇게 젊고 아름다운 레이디일 줄은 상상도 못했군."

러셀의 대답에 30대 중반으로 보이는 사내는 믿지 못하겠다는 듯 알리샤의 얼굴을 쳐다보았지만 알리샤는 여전히 무표정한 얼굴로 서 있을 뿐이었다. 그렇기는 호송에 참가하고 있는 다른 용병들도 마찬가지였다.

소문에 자자했던 블러드 아이스 용병단의 두 남녀가 이렇게 나이가 어릴 줄은 예상하지 못했기에 두 사람의 모습을 살피기에 여념이 없었다.

러셀이야 소문대로 건틀릿을 차고 있는 데다 엄청난 크기의 그레이트 엑스까지 들고 있었으니 쉽게 블러드 피스트임을 알아볼 수 있었지만 알리샤는 그저 아름다운 여인이라는 점 말고는 쉐도우 블러드임을 알아볼 수 있을 만한 특징이 없었다. 하지만 두 사람이 항상 같이 다닌다는 사실을 소문으로 들었기에 그녀가 쉐도우 블러드임을 믿어 의심치 않았다.

"가만히 있어봐라… 내가 듣기로 두 사람은 특급 용병 대우를 받는다고 들었는데… 사실인가?"

"맡은 청부가 어려우면 특급, 그렇지 않은 경우에는 1급 대우를 받고 있습니다."

"조금 애매하군. 실은 이번 상단 호송의 책임을 맡은 이도 특급 대우를 받고 있어서 말이야…… 누굴 호송대장으로 삼아야 할지 모르겠군."

"그렇다면 계속 그 사람에게 맡기십시오. 저희는 상관없습니다."

"그렇게 하겠나?"

사내가 비록 나이는 30대 중반쯤으로 보였지만 말이나 행동은 노회한 대상처럼 빈틈이 없었다. 용병들 사이에서 발생할 수 있는 알력을 염려한 듯 먼저 거론을 했고, 러셀 역시 그런 젊은 상인의 염려를 짐작했기에 특별히 불만을 표시하지는 않았다.

"호송대장은 모자라는 용병들을 보충하기 위해 잠시 용병 길드로 갔으니까 잠시 쉬고 있도록 하게."

상인이 자리를 떠나자 러셀과 알리샤는 말에서 내려 줄지어 늘어서 있는 마차들과 마차 주위에 서 있는 용병들을 살피기 시작했다.

짐이 가득 실린 마차의 수가 모두 60대, 용병들은 약 90여 명, 그리고 마차의 상태를 점검하고 있는 마부들이 60명, 마지막으로 의뢰주인 젊은 상인이 타고 갈 마차와 마부까지 합치면 200명에 달하는 대규모 상단이었다.

주로 몬스터 퇴치를 하며 수련에 치중하던 러쎌과 알리샤로서는 이렇게 대규모 상단의 호송은 처음이었다.

우선 짐마차에는 산더미처럼 짐이 쌓여 있었는데 부피가 큰 것을 보면 모피류나 각종 원단들이 꽤나 많은 모양이었다. 짐을 많이 실은 마차는 행렬의 앞뒤 쪽에 배치되어 있었고, 비교적 부피가 적은 짐마차는 행렬의 중앙 앞, 뒤쪽에 배치되어 있었다. 중앙에는 7, 8명은 족히 탈 수 있을 것처럼 보이는 커다란 마차가 있었는데, 의뢰주 혼자 타기엔 너무 커 보여 왜 그런 마차를 이용하는 것인지 의문이었다.

다시 고개를 돌려 용병들을 살펴보니 역시나 제각각의 무기에, 각종 방어구에, 각종 복장을 하고 있었는데, 문제는 용병들의 수준이 흔히 볼 수 있는 수준이 아니라는 점이었다. 물론 수준으로만 따지만 2급이나 3급이 대부분이었지만 눈빛이나 태도를 보면 실력은 조금 달릴지 몰라도 나름대로 상당한 경험을 쌓은 베테랑들 같았다. 다만 상단 호송에 동원된 용병들의 수가 너무 과한 것이 아닌가 여겨졌다.

북극성 상단이 제국에서 세 손가락 안에 드는 거물 상단이긴 했지만 보통 짐마차 한 대에 한 명의 용병들이 고용되다시피 하니까 이번에도 약 50에서 60명 정도 고용하면 충분한 일이었다. 물론 조심성이 많은 의뢰주라면 좀 더 많은 용병들을 고용하는 것이 당연한 일일 수도 있지만, 브라이튼이라는 젊은 상인의 경우에는 더욱 심해 이미 통상적인 수 이상의 용병을 고용하고도 추가적으로 용병을 더 고용했다는 점을 보면 호송해야 될 물건 가운데 상당한 고가의 어떤 물건이 있지 않나 생각되었다.

러쎌이 그런 생각을 하는 동안 알리샤는 팔짱을 낀 채 지그시 눈을 감고 있었는데, 두 사람의 모습을 지켜보던 용병들은 자신도 모르게 몽롱한 얼굴이 되었다. 그녀가 눈을 뜨고 있을 때는 싸늘함, 그 자체였지만 눈을 감고 있는 지금 그녀의 모습은 그야말로 지상으로 내려온 여신의 모습, 그대로였다.

불어오는 바람에 등 뒤까지 늘어뜨린 금발이 살랑거리는 모습이나 조각상처럼 아름다운 얼굴이나 방심한 듯 말 위에 앉아 있는 모습이나 꼬리를 흔들며 풀을 뜯고 있는 백마의 모습 등, 그 모든 것이 마치 그림에서 튀어나온 듯 너무나도 아름다웠다.

가만히 바람을 느끼던 알리샤는 꽤 많은 수의 사람들이 다가오는 것을 깨달았다.

'훈련된 인간들 28명, 그중 한 명은 거의 러쎌과 같은 수준, 1급에 근접한 두 명과 2급 10명을 제외한 나머지는 모두 3급.'

"브라이튼님, 돌아왔습니다."

"어서 오시오, 웨스터 대장."

브라이튼은 우람한 체격에 하드 레더를 걸친 30대 후반으로 보이는 사내를 반갑게 맞이했다. 그런 사내의 뒤로는 알리샤가 느낀 대로 27명의 갖가지 복장을 한 사내들이 조금은 긴장한 표정으로 늘어서 있었다.

"일단 호송에 필요한 용병들은 모두 고용했습니다. 만약 더 필요하시다면 수도에 들렀을 때 보충하도록 하겠습니다."

"인원 보충에 대해서는 웨스터 대장이 모두 알아서 해도 좋소. 그리고 웨스터 대장에게 소개할 사람이 있소."

브라이튼의 말에 웨스턴은 떠날 때 보지 못했던 두 사람이 다가오는 것을 그저 무심한 시선으로 바라볼 뿐이었다.

"웨스턴 대장도 블러드 아이스 용병단이란 이름을 들어본 적이 있을 것이오. 여기 두 사람도 호송에 참가할 테니까 인사를 나누도록 하시오."

"웨스턴이오."

"러쎌입니다."

"알리샤."

평온한 표정으로 인사말을 건네는 러쎌과는 달리 알리샤는 여전히 팔짱을 낀 채 자신의 이름만 짧게 말했다. 그럼에도 불구하고 웨스턴은 표정의 변화 없이 그저 고개만 끄덕일 뿐이었다.

"우선 수도까지는 웨스턴 대장이 호송을 맡도록 하고 그때까지 앞으로 누가 호송을 인솔할 것인지 상의를 해서 결정을 내리도록 하시오."

"알겠습니다, 브라이튼님."

웨스턴의 대답을 들으며 브라이튼은 자신의 마차에 올랐고, 잠시 러쎌과 알리샤에게 목례를 취한 웨스턴은 곧 일행들에게 지시를 내렸다.

"모두 이동 준비! 출발!"

천천히 이동하던 마차들이 절반 정도 지나자 웨스턴이 두 사람에게 손짓을 했다.

"갑시다."

두 사람은 곧 웨스턴과 어깨를 나란히 해 말을 몰았고, 길게 늘어진 행렬은 그리 빠르지 않은 속도로 도시를 빠져나갔다.

"소문으로 듣기에 두 사람은 주로 몬스터 토벌만 한다고 들었는데… 상단 호송도 해본 적이 있소?"

"몇 번 있습니다. 이렇게 큰 상단은 처음이지만 말입니다."

"그렇소? 경험이 있다니 다행이오. 상단이 크거나 작거나 기본적인 것은 같으니까. 아까 브라이튼님 말씀대로 일단 페인야드까지는 내가 지휘를 맡도록 하겠소. 두 분 가운데 내가 지휘를 맡는 데 불만이 있으신 분은 말하시오."

"아닙니다. 웨스턴님께서 계속 맡도록 하십시오. 저희는 상관없습니다."

"그렇소?"

러쎌의 담담한 대꾸에 웨스턴은 가느다랗게 눈을 뜨고는 그를 쳐다봤다.

소문으로 알려진 러쎌의 성격은 사람들과 이야기도 잘 하지 않을뿐더러 난폭하기 이를 데 없어 가까이하기 어려운 사람이라고 했다. 하지만 오늘 만나본 그는 오히려 상당히 겸손해 어찌 보면 덩치에 맞지 않게 소심해 보이기까지 했다.

"그럼 앞으로도 내가 계속 지휘를 맡아도 되겠소?"

"저희는 웨스턴님의 지휘를 기꺼이 받도록 하겠습니다. 앞으로 잘 부탁드리겠습니다."

"잘 알겠소. 그럼 바이샤르 제국에 도착할 때까지 잘해봅시다."

"알겠습니다, 웨스턴님."

"이건 노파심에서 말하는 것인데, 물론 두 사람도 잘 알겠지만 상단을 호송할 때 가장 우선되어야 할 것은 누가 뭐래도 의뢰주와 호송 물품의 안전이오. 그 점만 잊지 않는다면 별문제는 없을 거요."

"저희도 잘 알고 있습니다. 안전한 호송에 만전을 기하겠습니다."

"별일은 없겠지만 두 사람은 페인야드에 도착할 때까지 후미에서 상단의 안전을 책임지도록 해주시오. 부탁하겠소."

"알겠습니다."

알리샤와 러셀은 즉시 말 머리를 돌려 후미로 갔다. 그런 두 사람의 모습을 잠시 바라보던 웨스턴은 부대장이라고 할 수 있는 랑스를 불러 상단의 선두를 맡도록 했다. 상단의 선두를 맡는 것은 보통 사람이 생각하는 것처럼 아무나 맡을 수 있는 것이 아니었다.

목적지에 대한 정확한 지형 숙지도 중요하지만 무엇보다 전체 일행들의 피로 정도를 미리미리 알아서 이동 속도를 조절해야 한다. 경험이 부족한 사람이 맡을 수 있는 일은 결코 아니었다.

페인야드를 향해 느릿느릿 이동하는 상단의 가장 뒤쪽으로 간 러셀과 알리샤는 주위를 경계하면서 자신들에게 필요한 수련이 무엇인지 곰곰이 생각하기 시작했다.

페인야드까지는 열흘이 걸렸다.

물론 이동 속도를 높였다면 열흘까지 걸릴 거리는 아니었다. 그럼에도 불구하고 열흘이란 시간이 걸린 것에 의뢰주인 브라이튼은 아무런 불만을 나타내지 않았고, 손쉽게 돈을 벌 수 있었던 용병들 역시 불만을 나타내지 않았다. 그 점이 조금 이상하기는 했지만 페인야드에서 웨스턴이 보충한 것은 식량과 여행에 필요한 잡다한 것, 그리고 비상용으로 사용할 말 서너 필이 전부였다.

페인야드에서 얼마간 쉴 것이라는 러셀과 알리샤의 예상과는 달리 필요한 것을 보충하자마자 웨스턴은 지체없이 루벤트의 수도 윌라인을 향해 상단을 출발시켰다. 랑스의 선도가 탁월했는지, 아니면 도시와 도시 간의 경비가 철저한 탓인지 트레디날 제국과 루벤트 제국의 국경선에 도착할 때까지 아무런 문제도 일어나지 않아 조금은 따분하기까지 했다.

특히 몬스터가 나타났다는 말을 들으면 설사 누군가의 요청이 없다고 하더라도 달려가 토벌하는 것을 하루 일과로 삼았던 러쎌과 알리샤로서는 처음으로 느껴보는 편안한 생활에 근질거리는 몸을 참기 힘들 정도였다. 하지만 자신에게 부족한 훈련을 보충할 생각을 출발 전부터 하고 있었기에 겨우 참고 지낼 수 있었다.

루벤트 제국의 국경선과 하루 거리를 남겨두었을 때 여전히 상단의 선두를 맡고 있던 랑스가 일행들 가운데 조장 급 인물들에게 주의를 주었다.

"이제 내일이면 트레디날 제국을 벗어나 루벤트 제국의 영토로 들어서게 됩니다. 루벤트 제국에 가본 적이 있으신 분들은 잘 알겠지만 오아시스가 있는 곳에만 도시가 형성되어 있습니다. 다시 말해 오아시스가 아닌 곳에서는 물을 구할 수 없으니 모두 잊지 말고 자신의 식수는 자신이 챙겨야만 합니다. 그리고 사막 횡단에 적합한 의복으로 갈아입어야 합니다. 만약 현재 복장을 고집하다가는 심각한 탈수증으로 고생을 하거나 심할 경우 목숨을 잃을 수도 있다는 것을 명심하십시오. 의복은 내일 국경선을 통과한 후 지급할 테니 한 사람도 빠짐없이 갈아입도록 하십시오."

중년 용병 랑스의 설명을 들으면서 러쎌은 한 번도 사막 지형을 경험해 본 적이 없음을 떠올렸다. 지옥마제가 자신에게 남긴 수정 구슬의 내용 가운데에는 되도록 다양한 지형에서 훈련해 익숙해지는 것이 무엇보다 중요하다는 말이 생각났다.

지금까지 몬스터들과 싸운 곳은 산악 지형이나 숲 지형이 대부분이었다. 몬스터의 서식지가 대부분 산악 지형인 것을 두고 보면 당연한 이야기겠지만 다른 지형에 사는 몬스터들이 어떤 식으로 행동하는지 모른다는 것이 조금 신경 쓰였다.

"특히 사막 지형에 사는 갖가지 몬스터들을 조심해야 되는데, 그 가운데에서도 세 종류의 몬스터는 조심하고 또 조심해야만 합니다."

"세 종류라면?"

"첫째가 바질리스큽니다."

"바질리스크라면 사막에 사는 거대한 도마뱀 아닙니까?"

랑스의 말에 용병 가운데 젊은 용병 하나가 질문했다.

"단순히 몸만 큰 도마뱀이 아닙니다. 웬만한 무기는 그대로 튕겨 버릴 정도로 단단한 껍질을 가진 데다가 입으로는 석화 가스를 내뿜기 때문에 상대하기가 아주 까다로운 몬스텁니다. 루벤트 제국에서는 데저트 드래곤(Desert Dragon), 즉 사막 드래곤이라고 부를 정도로 두려움의 대상이 되는 것이 바로 이 바질리스크란 놈이지요. 그렇지만 그 수가 그리 많지 않으니 아마 만날 일은 없을 것으로 예상됩니다. 그리고 두 번째 조심해야 할 몬스터는 샌드 리자드라고 불리는 대략 어린아이 팔만 한 크기를 가진 도마뱀입니다."

"또 도마뱀입니까?"

"이 도마뱀은 바질리스크와는 조금 다릅니다. 크기가 작은 탓에 인간들을 직접 공격하는 일은 드물지만 무리를 이루게 되면 때때로 인간들을 습격하기도 합니다. 크기가 조금 전에 말한 대로 40에서 80센티미터밖에 되지 않지만 몸 전체가 비늘로 덮여 있고 동작 또한 상당히 빨라 무기로 죽인다는 것이 쉽지 않습니다. 하지만 그것보다 위험한 것은 샌드 리자드가 가진 맹독입니다."

랑스의 자세한 설명에도 용병들의 반응은 그저 시큰둥하기 이를 데
없었다. 독을 가지고 있는 동물이나 몬스터들이 하나둘이 아니었고,
크기가 그리 크지 않다면 조금만 조심하면 될 것이라 생각했기 때문이
었다.

"여러분들은 샌드 리자드가 가진 맹독이 얼마나 지독한지 몰라서 그
러신 것 같은데, 일단 샌드 리자드에게 물리면 물린 부분의 윗부분을
즉시 잘라내야 합니다. 손을 물리면 팔을, 발을 물리면 다리를 자라야
만 목숨을 구할 수 있습니다. 아마 지상에서 독을 가지고 있는 동물이
나 몬스터 가운데 샌드 리자드가 가진 독이 가장 지독할 겁니다. 어떤
독보다 빨리 퍼지는 것은 물론이며, 물린 즉시 상처가 썩기 시작하는데
그 진행 속도가 어떤 독보다 빠르다는 것을 명심해야만 합니다. 게다
가 평소엔 모래 속에 몸을 감추고 있는데 모래 속에서의 이동 속도는
평지에서 말이 전력으로 달리는 속도와 거의 비슷합니다. 이번 호송에
서 만나지 않으면 다행이지만 만약 만나게 된다면 어설프게 공격할 생
각은 버리고 전력으로 도망치는 것만이 현명한 판단일 겁니다."

랑스의 이어진 설명에 사람들은 그제야 자신들이 생각한 것보다 상
황이 훨씬 심각하다는 것을 깨달을 수 있었다. 하지만 랑스의 설명은
끝나지 않았다.

"그리고 마지막으로 조심해야 할 몬스터는 바로 와이번입니다."

"와이번이 나타난단 말입니까?"

와이번이 출몰한다는 말에 사람들의 얼굴에는 두려운 기색이 어렸
다.

굳이 랑스가 말하지 않아도 와이번의 강력함이나 흉포함은 용병이
라면 누구나 잘 알고 있었다. 아마 드래곤이 존재하지 않았다면 지상

최강의 몬스터로 손꼽혔을 것이 분명할 정도로 강력한 몬스터였다.

갑옷이나 방패의 재료 가운데 최상급으로 꼽히는 와이번의 비늘이나 비록 드래곤의 브레스와는 비교할 수 없지만 연약한 인간의 살 정도는 단숨에 태울 수 있는 와이번의 숨결은 왜 와이번이 지상 최강의 몬스터라고 불리는지 증명하는 것이었다.

"와이이번들의 둥지가 어디에 있는지는 모르지만 간혹 한 마리에서 서너 마리까지 나타나 대상 행렬을 습격하기도 한다니까 항상 조심해야만 합니다. 요즘 한동안 와이번이 나타나지 않았다니까 아마도 더욱 조심해야만 할 겁니다. 그리고 마지막으로… 몬스터는 아니지만 사막에서 가장 조심해야 할 것은 바로 유사(流砂)를 들 수 있습니다."

"유사? 유사가 뭡니까?"

"유사란 말을 처음 들어본 모양이군요. 유사란 말 그대로 흐르는 모래입니다."

"모래가 흐른다고요?"

질문을 던졌던 청년은 눈을 동그랗게 뜨고 랑스에게 반문했다.

"여러분께서 믿으실지 모르겠지만 사막에서는 마치 강물처럼 모래가 흐르는 지형이 있습니다. 물론 모래 속을 모래가 흐르는 것이기 때문에 육안으로 식별하기가 상당히 곤란한 것이 사실입니다. 루벤트 제국의 국경선을 통과하면 루벤트 제국의 수도까지 안내할 안내자를 따로 구하겠지만 여러분들도 항상 조심해야 한다는 것을 잊지 마십시오."

"내일 루벤트 제국의 국경선을 통과하면 잠시 동안 휴식을 취할 테니까 그때 필요한 것들을 보충하도록 하지. 이상, 해산!"

웨스턴의 말에 일행들은 곧 흩어져 다시 이동하기 시작했고, 다음날 국경선도 별문제없이 통과할 수 있었다.

국지전이 끊이지 않았던 과거였으면 이렇게 간단하게 국경선을 통과한다는 것은 상상할 수 없는 일이었을 것이다. 하지만 갑작스럽게 개체수가 증가해 인간을 공격하는 몬스터들로 인해 국가 간 상호불가침 조약을 맺은 탓에 군사적 목적이 아닌 상인들의 이동은 특별한 이유가 없는 한 제지하지는 않았다.

하여튼 북극성 상단은 국경선에서 약 15킬로미터 정도 떨어진 나스온이라는 작은 마을에 도착을 했다. 그리고 그 마을에서 사막을 횡단할 준비를 갖추었다.

말에게는 모래에 쉽게 빠지지 않게 바닥이 넓고 얇은 가죽신을 신겼고, 마차바퀴 역시 보통의 마차바퀴 서너 배 정도 폭이 넓은 바퀴로 전부 교체를 했는데 의외로 시간이 걸려 일행들은 하루 더 나스온에 머물다 다음날 아침이 되어서야 겨우 준비를 마치고 출발할 수 있었다.

모두 랑스가 미리 준비한 얇고 통풍이 잘되는 의복으로 갈아입었지만 단 두 사람, 러쎌과 알리샤만은 이전의 복장을 고집하고 옷을 갈아입지 않았다. 랑스가 다시 한 번 주의를 주었지만 두 사람은 들은 척도 하지 않았다.

비교적 지열이 낮은 아침에 출발을 했건만 따가운 햇살에 일행들은 눈도 제대로 뜨기 힘들 정도로 눈부심을 느껴야 했다.

그런 상황은 러쎌과 알리샤도 마찬가지였는데, 두 사람은 말 위에 최대한 몸을 고정시킨 채 언제든 운공을 중지할 수 있는 소주천을 하기 시작했다. 그러자 조금 전까지 뜨겁다 못해 따갑던 햇살이 그저 따뜻하게 느껴짐을 깨닫고 지옥마제가 자신들에게 가르쳐 준 무공의 대단함을 다시 한 번 느낄 수 있었다.

랑스는 나스온에서 구한 길잡이 두 사람과 상의해 일행들의 이동 속도를 최대한 늦추었는데, 이는 고온으로 인한 탈수증을 대비하기 위해서였다.

그렇게 시간이 지나 한낮이 되었을 때 지면의 온도는 그야말로 상상을 초월해 달걀을 모래 위에 던져 놓으면 그대로 익어버릴 정도였다. 일행들 가운데 일부는 더위를 참지 못하고 쉴 새 없이 미리 준비한 물을 마시고는 그대로 축 늘어져 버렸다. 그들 중의 일부는 탈수증으로 인해 심한 고열과 함께 설사까지 하면서 결국 기절하고 말았다.

일행들을 안내하던 길잡이들은 그런 환자들을 기가 막힌 듯 쳐다봤다. 이제 겨우 사막 여행의 첫날 저렇게 퍼져 버렸으니 두 달도 더 남은 앞으로의 여행을 어떻게 견딜지 걱정이 되지 않을 수 없었다. 용병들 가운데 10여 명, 마부들 가운데 20여 명 정도가 지독한 탈수증으로 쓰러진 탓에 용병들 가운데 일부가 마부 대신 짐마차를 몰아야 했다.

환자들이 발생한 탓에 첫날은 일찍 야영할 준비를 해야만 했다.

다행히 물과 식량은 넉넉하게 준비를 했지만 길잡이들의 말에 의하면 한 번 쓰러진 환자들은 족히 4, 5일은 누워 안정을 취해야 한다니 일행의 안전과 호송을 책임져야 할 웨스턴으로선 고민이 되지 않을 수 없었다.

설사 환자들이 아니더라도 일행들 대부분이 난생처음 경험하는 일사병 때문에 녹초가 되어 저녁 식사를 하는 둥 마는 둥 하고는 그대로 쓰러져 잠이 들어버렸다.

지긋지긋하게 괴롭히던 태양이 모래언덕 저편으로 지면서 금세 지면의 온도가 떨어져 선선한 바람이 불어오기 시작하자 그제야 잠들었던 사람들의 표정이 편안하게 바뀌었다. 그러는 동안 길잡이를 한 두 사내는 간단하게 수건에 물을 묻혀 얼굴을 닦고는 물을 한 모금의 머금어 입 안을 헹궜다. 그리고는 바짝 마른 육포를 천천히 침에 불려가며 씹기 시작했다.

조금 떨어진 곳에서 달아오른 몸을 불어오는 바람에 식히고 있던 러쎌은 까맣게 얼굴이 탄 두 길잡이를 바라보고 있었다. 똑같은 거리를 이동했건만 무술로 단련된 자신보다 오히려 더 체력을 비축하고 있는 듯 보여 어떤 방법으로 체력을 유지할 수 있는 것인지 그것이 상당히 궁금했다.

육포 몇 조각을 제법 오랜 시간 동안 씹던 두 길잡이는 서둘러 짐마차에서 나무 한 단을 내려 모닥불을 피우기 시작했다. 잠을 자지 않고 있던 사람들은 생각지도 못했던 그들의 행동에 하나같이 눈을 크게 뜨고 그 두 사람의 행동을 쳐다봤다.

불어오는 바람에 모닥불이 활활 타오르는 것을 확인한 후에야 두 사람은 조금 떨어진 곳에 자신들의 잠자리를 마련했다. 잠자리라고 해봐야 모래 위에 담요 한 장 깐 것이 다였지만 두 사람은 마치 푹신푹신한 침대에 누운 것처럼 한껏 편안한 표정을 지으며 잠을 청하는 것이었다.

"대, 대장님, 지, 지금 저게 뭐 하는 짓입니까? 그렇지 않아도 하루 종일 햇볕에 시달리다 이제 겨우 살 만한데 모닥불을 피우다니요? 대장님, 저 인간들 혹시 미친 것 아닙니까?"

"자넨 처음이라 잘 몰라 그러는 것 같은데 조금만 더 있어보면 저들이 왜 모닥불을 피운 것인지 곧 알게 될 것이네."

웨스턴의 말에 질문을 던진 20대 후반의 젊은 용병은 그저 고개만 갸웃거릴 뿐 영문을 모르겠다는 표정을 지었다. 하지만 그런 젊은 용병의 태도는 불과 30분도 안 되어 변할 수밖에 없었다.

조금 전까지만 해도 시원하던 바람이 어느새 싸늘하게 느껴지더니 급속히 온도가 떨어져 온몸이 덜덜 떨릴 정도로 추워졌기 때문이다.

피곤해 쓰러져 잠이 들었던 용병들도 깜짝 놀라 일어나서는 장작을 꺼낸다 불을 피운다 난리법석을 떨고서야 20여 개의 모닥불을 피웠고, 모닥불 주위에 다시 잠자리를 마련하고서야 얼어붙은 몸을 겨우 녹일 수 있었다. 설마하니 사막의 밤이 이렇게 뼛속까지 시릴 정도로 추울 줄은 몰랐기에 놀라 잠에서 깬 용병들과 마부들은 좀처럼 잠을 이룰 수 없었다.

사막 기후를 경험해 본 웨스턴은 태연한 표정으로 용병들과 마부들에게 주의를 주었다.

"날이 추워 잠들기가 쉽지 않겠지만 그래도 잠을 자두는 것이 좋을 거다. 내일도 예정했던 거리를 이동하려면 꽤나 고생을 해야 할 테니까."

주의를 주면서 웨스턴은 러쎌과 알리샤 쪽으로 시선을 돌렸다. 그들 역시 다른 용병들처럼 급변하는 사막의 기후에 놀랐을 것이라 생각하고는 당황하는 그들의 모습을 기대했다. 하지만 웨스턴의 눈에 보이는 모습은 기대와 전혀 달랐다.

바닥에 담요도 깔지 않은 채, 또한 모닥불 근처도 아닌 조금 떨어진 곳에 팔을 베고 누운 러쎌은 금방이라도 쏟아질 것처럼 보이는 밤하늘의 별을 보고 있었다. 그런 러쎌에게서 조금 떨어진 곳에 누운 알리샤 역시 그냥 모랫바닥에 누워 눈을 감고 있었다.

러쎌이야 사내니까 그럴 수 있다고 쳐도 가만히 있어도 저절로 몸이 움츠러드는 이런 날씨에 라이트 레더를 걸친 채 잠을 청하는 알리샤의 태도는 도저히 이해가 되지 않았다. 그녀는 추위도 안 탄단 말인가?

아마도 자존심이 강해 자신의 실수를 인정하지 않으려 하기 때문이라고 생각한 웨스턴이 말을 건넸다.

"레이디 알리샤, 그곳에서 잠이 든다면 아침에는 일어나기도 힘들 거요. 그러니 이쪽에서 자도록 하시오."

하지만 알리샤에게서는 어떠한 대답도 들려오지 않았다.

웨스턴이 재차 입을 열려는 순간 근처에 누워 있던 러쎌이 여전히 밤하늘에 고개를 고정시킨 채 말을 건넸다.

"알리샤는 신경 쓰지 않아도 되니까 그만 주무십시오."

"이보게, 자네들은 아직 사막의 밤이 얼마나 추운지 몰라서 그런 것 같은데, 체력이 조금만 떨어져도 불을 피우고 자지 않는다면 그대로 얼어 죽을 수 있다는 것을 알아야만 되네."

"나와 알리샤는 특별한 검술을 익혔기 때문에 이 정도 날씨는 문제가 되지 않습니다. 그러니 대장님이나 편히 쉬십시오."

자신의 충고에도 러쎌이 꼼짝도 하지 않자 웨스턴은 고개를 몇 번 젓고는 잠을 청하는 수밖에 없었다.

동쪽 하늘이 붉게 물들어 있는 새벽.

태양이 떠오르려면 아직도 한 시간 이상이 남았을 때 미동도 하지 않고 있던 알리샤가 갑자기 잠자리에서 일어나 앉았다.

"일어났어?"

"부탁해."

여전히 자신이 할 말만 하고는 가부좌를 틀고 앉아 눈을 감아버리는 알리샤의 태도에 러쎌은 쓴웃음을 짓지 않을 수 없었다. 그녀가 운공을 하는 동안 러쎌은 만약에 있을지 모르는 사태에 대비해 주위를 경계하기 시작했다.

잠시 후 알리샤가 눈을 뜨자 이번에는 러쎌이 가부좌를 틀고 앉아 운공을 시작했다.

불침번을 서던 용병은 러쎌과 알리샤가 번갈아 묘하게 앉아 눈을 감고 있자 대체 무엇을 하는지 상당히 궁금했지만 두 사람에게 감히 물어볼 엄두를 내지 못했다. 소문으로 들은 두 사람의 무시무시한 실력도 실력이지만 무엇보다 겉으로 느껴지는 살벌한 위압감 때문에 쉽사리 가까이 할 수 없었던 것이다.

러쎌은 보통 사람 둘 정도를 합쳐 놓은 체격 때문에, 알리샤는 금방이라도 고드름이 매달릴 것 같은 싸늘한 표정 때문에 겁이 나 도저히 말을 걸 수 없었다. 게다가 일전에, 그러니까 여행을 시작한 후 두 사람이 저렇게 묘한 자세로 앉아 있을 때 접근했던 선배 용병 하나가 알리샤에게 걸려 어디 부러지지 않은 게 이상할 정도로 심하게 맞은 적이 있었기에 더욱 접근하기가 어려웠다.

당시 동료 용병들이 발끈하고 나서 상당히 험악스러운 상황까지 벌어졌지만 알리샤와 러쎌은 평소와 같은 표정으로 무기를 뽑아 들었을 뿐이었다. 물론 숫자상으로는 상대가 되지 않는다는 것을 두 사람도 알고 있었을 텐데 그럼에도 불구하고 왜 싸우려고 했는지, 그리고 어떻게 그 상황을 두려워하지 않을 수 있는지 불침번은 정말 궁금했지만 감히 러쎌이나 알리샤에게 물을 생각은 전혀 들지 않았다.

러쎌이 눈을 뜰 때쯤 드디어 붉은 태양이 사막 동쪽에서 모습을 드러냈다.

해가 뜬 것을 확인하자마자 불침번은 서둘러 사람들을 깨웠고, 용병들이 자신들의 짐을 챙기는 동안 마부들은 둘로 나눠 한쪽은 잠자리를 정리했고, 다른 한쪽은 간단히 식사를 준비했다. 식사라고 해봐야 묽게 끓인 스튜에 엄청나게 딱딱한 빵과 육포가 전부였지만 사람들은 서둘러 식사를 마쳤다.

마부들이 식기를 챙기는 동안 용병들은 짐마차에 실린 물건의 이상 유무를 체크한 후 곧바로 출발을 했다. 하지만 전날 탈수증으로 쓰러진 마부와 용병들을 대신해 용병들이 대신 마차를 몰아야 했다.

작렬하는 태양과 사람을 미치게 만드는 복사열, 그리고 사정없이 불어닥치는 모래바람은 끊임없이 일행들을 괴롭혔다. 어젯밤에 느꼈던 추위가 오히려 그리울 지경이었다. 추위야 모닥불을 피우면 몸을 녹일 수 있지만 이렇게 넓은 사막에서 작렬하는 태양을 피하기란 애초부터 불가능한 일이었다.

끝없이 펼쳐진 모래구릉은 보기만 해도 사람을 질리게 만드는 묘한 힘이 있었다.

그것이 대자연의 위대함인지는 모르지만 일행들은 묵묵히 길잡이들의 뒤를 따라 이동할 뿐이었다. 그러다 더위를 참기 힘들면—전날의 경험 때문인지—물은 최대한 적게, 그리고 간신히 입을 축이는 정도로만, 깊게 숨을 들이키며 천천히 마셨다.

점심 시간이 되어도 일행들은 멈출 생각을 하지 않았다. 그저 탈수증을 예방하기 위해 짭짤하게 양념을 한 육포와 약간의 물을 마시는 것으로 식사를 대신했다. 더위에 말들이 지친 기색을 보이면 말에게 물을 먹이기 위해 잠시 멈췄을 뿐 일행들은 서쪽을 향해 느릿느릿 이동해 갔다.

복사열이 최고조에 이른 오후 3시쯤 약 10미터 정도 앞서 일행들의 앞에서 그들을 인도하던 두 명의 길잡이가 동시에 타고 있던 낙타를 갑자기 멈췄다. 그리고는 앞쪽을 유심히 살피기 시작했다.

영문을 모른 용병들은 조금은 불안해하는 얼굴로 길잡이들을 보고 있었고, 마부들은 그 틈을 타 재빨리 지친 말들에게 물을 먹였다. 그러기를 10여 분, 그럼에도 불구하고 길잡이들이 움직일 생각을 하지 않자 웨스턴이 앞으로 나섰다.

"무슨 일인가?"

"근처에 샌드 리자드가 있는 것 같소."

"샌드 리자드?"

반문을 하던 웨스턴은 시선을 돌려 전면을 바라보았지만 그의 눈에는 그저 모래가 쌓여 있는 지형으로만 보일 뿐 특별한 점은 전혀 보이지 않았다. 잠시 고민을 하던 웨스턴은 일단 길잡이들의 말을 믿기로 했다.

"샌드 리자드가 있는 지형은 뭔가 특별한 것이 있는가?"

"샌드 리자드가 머물렀던 곳은 다른 곳에 비해 그들이 가지고 있는 맹독 때문에 약간 거무스름하게 보인다는 특징이 있소."

길잡이의 말에 웨스턴은 다시 한 번 주위를 둘러봤지만 그의 눈에는 그저 모래 더미로만 보일 뿐 별다른 점은 전혀 느낄 수 없었다.

"자네들은 어떻게 하면 좋겠는가?"

"능력만 된다면 샌드 리자드들을 제거하고 길을 출발하면 좋겠지만…… 그냥 조심해서 출발하는 수밖에 없을 것 같소."

두 길잡이 가운데 조금 더 나이가 들어 보이는 사내의 말에 웨스턴은 자신의 지시를 기다리고 있는 일행들에게 명령을 내렸다.

"모두들 샌드 리자드들을 조심해라. 출발!"

웨스턴의 명령에 일행들은 다시 천천히 출발을 했다. 뱀처럼 길게 늘어선 행렬이 꼬리에 꼬리를 물고 이어져 가장 끝에 있던 짐마차가 막 출발을 하려고 할 때였다.

히히히힝~

갑자기 행렬의 중간에 위치한 짐마차에 매어 있던 말들이 앞발을 쳐들고는 울부짖기 시작했다. 당황한 마부가 말들을 진정시키기 위해 마차에서 막 내려 모래를 디뎠을 때 마부의 발 부근에 있던 모래 속에서 붉고 푸른 뭔가가 무서운 속도로 튀어나와 마부의 발목으로 날아갔다.

"악!"

마부가 비명과 함께 쓰러지자 마차에 타고 있던 두 용병 가운데 젊은 용병은 지체없이 마차에서 뛰어내려 서둘러 마부를 부축했다. 동시에 젊은 용병은 난생처음 보는 괴상한 생물체가 마부의 발목을 물고 있는 것을 발견할 수 있었다.

전체적인 생김새는 꼬리가 잘린 도마뱀처럼 생겼다. 하지만 무엇보다 특징적인 것은 몸 전체를 뱀의 비늘처럼 생긴 작은 비늘이 빼곡하게 덮고 있었는데, 뱀처럼 매끄러운 것이 아니라 두꺼비의 살갗처럼 우둘투둘하게 생겨 혐오스럽기 그지없다는 것이었다. 또한 검고, 붉고, 노란 줄무늬가 몸 전체를 덮고 있었는데 햇빛에 번들거리는 모습은 정말 구역질날 정도로 기분을 불쾌하게 만들었다.

어찌 됐든 마부가 정신을 잃고 있는 것은 지금 마부의 발목을 물고 있는 괴상한 생명체 때문이라고 판단한 젊은 용병은 지체없이 대거를 꺼내 괴생명체의 목을 향해 휘둘렀다. 하지만……

챙!

“안 돼!”

“당장 물러서!”

젊은 용병의 대거가 괴생명체의 목을 자르지 못하고 튕겨 나오는 순간 누군가의 비명 같은 외침이 들렸다. 동시에 누군가가 젊은 용병에게 빠르게 다가와서는 그대로 뒷덜미를 움켜잡고는 짐마차 위로 잡아당겼다.

갑작스러운 상황에 젊은 용병은 제대로 된 반항 한 번 못하고 맥없이 짐마차 위로 끌려 올라가는 수밖에 없었다.

정신을 차리지 못하는 와중에도 발목이 갑자기 뜨거워지는 것을 발견하고는 본능적으로 고개를 돌려 밑을 바라보았다. 그곳에는 조금 전 그가 보았던 괴생명체가 자신의 발목을 물고 있는 모습이 보였다.

“움직이지 마!”

누군가의 고함 소리에 젊은 용병은 멍한 표정으로 고함 소리가 들린 곳으로 고개를 돌렸다가 소스라치게 놀랐다. 길잡이 가운데 한 명이 살벌해 보이는 대거를 뽑아 든 채 막 내려치고 있었기 때문이다.

휙!

턱!

“무슨 짓인가? 서둘러 잘라내지 않으면 이자는 목숨을 잃는단 말이야.”

중년 길잡이는 자신의 팔을 잡은 러쎌에게 사나운 음성으로 말을 내뱉었지만 러쎌은 한마디 변명도 없이 여전히 팔을 움켜잡은 손을 풀지 않았다. 그럼과 동시에 오른손으로 젊은 용병의 허벅지 혈도를 신속하게 눌러 독이 더 이상 퍼지는 것을 막았다. 러쎌이 하는 행동을 지켜보던 중년 길잡이는 어이가 없다는 표정으로 러쎌을 노려봤다. 그러다 경고라도 하듯 곧 딱딱하게 표정을 굳힌 채 러쎌을 노려봤다.

"자네의 어설픈 행동이 한 사람의 목숨을 잃게 만들었다는 것만 알아두게."

중년 길잡이의 말에도 러쎌은 아랑곳하지 않고 젊은 용병의 상세를 확인하기 시작했다.

어느새 다가왔는지 러쎌의 등 뒤에는 알리샤가 팔짱을 낀 채 내려다보고 있었는데, 그 기세가 얼마나 냉랭했는지 러쎌에게 한 소리를 하려고 했던 중년 길잡이가 움찔하고 뒤로 물러섰을 정도였다.

"어때?"

"글쎄… 일단 치료는 가능할 것 같은데 자신할 수는 없어. 잠시 보호를 해줘."

챙!

러쎌의 말이 끝나자마자 알리샤는 대거를 뽑아 들었는데 그녀의 전신에서 풍기는 냉랭하고 살벌한 기세에 다른 용병들은 접근할 생각도 하지 못했다. 그러는 사이 어리둥절한 표정을 짓고 있던 젊은 용병의 다리는 시커멓게 변함과 동시에 퉁퉁 부어 누가 봐도 중독된 것을 알 수 있을 정도였다. 하지만 중독 증세를 보이는 것은 종아리까지였고, 허벅지는 의외로 멀쩡했다.

일단 러쎌은 그때까지도 젊은 용병의 발목을 물고 있던 샌드 리자드를 움켜잡았다.

"이런 미친……!"

팍!

중년 길잡이의 경악성이 끝나기도 전 샌드 리자드는 러쎌의 건틀릿 사이에서 마치 토마토처럼 터져서는 으깨졌다. 가볍게 손을 턴 러쎌은 마나를 건틀릿으로 끌어올렸다.

치익!

뜨거운 냄비에 물이 떨어졌을 때처럼 순식간에 달아오른 건틀릿은 샌드 리자드가 으깨지며 남긴 체액을 단숨에 태워 버렸다. 천천히 지옥마제가 가르쳐 준 치료법—마나 치료법—을 떠올린 러쎌은 크게 심호흡을 하고는 마나를 끌어올려 젊은 용병의 무릎에 손을 대고는 천천히 마나를 보내기 시작했다.

그 모습을 지켜보고 있던 알리샤는 재빨리 샌드 리자드에게 물린 젊은 용병의 발목에 대거로 근육과 신경을 피해 몇 군데 상처를 냈다. 그리고 잠시 후, 고약한 냄새와 함께 젊은 용병의 발목에서 시커멓게 죽은 피와 누런 고름이 흘러나와 모래 위로 떨어지기 시작했다.

그러기를 얼마나 지났을까?

젊은 용병의 발목에서 드디어 빨간 선혈이 흘러나온 것을 확인하고도 러쎌은 마나 주입을 멈추지 않았다. 10분 정도가 지나서야 러쎌은 재빨리 혈관을 차단시켜 지혈을 했다. 그리고는 깨끗한 천으로 상처를 묶어주고는 그때까지 자신을 쳐다보고 있던 중년 길잡이에게 질문을 했다.

"혹시 해독제 가진 것 있소?"

"어? 뭐, 뭐라고 했나?"

"해독제 가진 것 있냐고 물었소."

"샌드 리자드의 독에는 해독제는 있을 수가 없네."

말과 함께 그가 가리킨 곳에는 샌드 리자드에게 먼저 물렸던 마부가 쓰러져 있었는데, 전신이 퉁퉁 부어 이미 이 세상 사람이 아님을 드러내고 있었다. 그런 마부의 시체를 모래 속에 반쯤 몸을 묻은 샌드 리자드 서너 마리가 열심히 팔과 다리를 뜯어먹고 있었다.

"독사의 해독제는 가지고 있지만 그것이 샌드 리자드의 독에 과연 효과가 있을지 나도 잘 모르겠군."

"일단 대부분의 독은 제거했지만 혈관 내에 혹시 독이 남아 있을지 몰라 해독제를 복용시키려는 거요."

러쎌의 말에 고개를 끄덕인 중년 길잡이는 다른 용병에게 작은 그릇을 받아 물을 반쯤 채운 후 품에서 꺼낸 작은 가죽 주머니 안에 든 흰색 가루를 약간 타서 기절해 있던 젊은 용병에게 먹였다.

"일단 우리가 할 수 있는 일은 모두 다 했네. 프리스트나 마법사가 있으면 도움이 되었겠지만 지금은 아무도 없으니 이제부터 죽고 사는 것은 저 녀석의 운명대로 결정지어지겠지."

중년 길잡이의 조금은 매정한 말에도 근처에 있던 용병들의 태도는 무덤덤하기 이를 데 없었다. 샌드 리자드에게 물린 용병의 처지가 안타깝기는 했지만 그가 지금 상황에 처한 것은 조심성없는 그의 행동 때문이라는 것이 다른 용병들의 생각이었기 때문이다.

"일단 응급처치는 끝난 것 같으니 오늘 목표로 한 곳까지 이동을 하기로 한다. 한스, 자네가 대신 마차를 몰게. 모두들 준비되는 대로 이동한다."

웨스턴의 말에 용병들은 뿔뿔이 자신들의 마차로 향했고, 그 모습을 지켜보던 웨스턴은 러쎌에게 감사의 인사를 했다.

"자네 덕에 빅터의 목숨을 구한 것 같군. 정말 고맙네."

"아직 감사받기는 이른 것 같습니다. 저 사람이 오늘 저녁을 무사히 넘길 수 있다면 그때 가서 인사를 받도록 하겠습니다."

러쎌의 무덤덤한 태도는 도저히 그 나이 때의 청년이 가질 수 있는 태도가 아니었다.

덩치가 조금 클 뿐이지 얼굴을 보면 이제 겨우 20대 중반에 불과한 러쎌이 방금 한 사람의 목숨을 구했음에도 불구하고 마치 아무것도 아닌 것처럼 행동하는 것이 너무 신기하기만 했다. 손톱만 한 작은 은혜를 베풀어도 마치 생명의 은인이라도 되는 양 으스대는 인간들이 어디 하나둘인가?

샌드 리자드 때문에 지체되었던 행렬은 다시 이동을 시작했고, 그런 그들의 이동은 태양이 모래구릉 너머로 사라질 때까지 계속되었다.

유사를 피해 몇 번이나 멀리 돌아가기도 하고, 다시 일사병 환자가 몇 명이나 생기고서야 북극성 상단은 루벤트의 수도 윌라인에 도착할 수 있었다. 그래도 최악의 몬스터라고 알려진 와이번과 사막의 제왕이라고 불리는 바질리스크를 피할 수 있었던 게 다행이었다.

윌라인에 도착한 후 러쎌과 알리샤, 그리고 일단의 용병들이 여관에서 쉬는 동안 웨스턴이 브라이튼과 함께 어디론가 사라졌다 나타났다. 알리샤와 러쎌은 별다른 관심을 나타내지 않았지만 브라이튼의 지시를 받은 웨스턴의 설명으로 어느 정도 내막을 알 수 있었다.

북극성 상단이 트레디날 제국에서 싣고 온 것은 골동품이 대부분이었는데, 고색창연한 도자기에서 갖가지 보석 세공품, 그림, 가구, 의복의 원단을 루벤트 제국의 거상인 블루 스카이 상단에 넘겼다. 그리고는 그들에게서 상당히 부피가 큰 물건을 받았는데 그것은 비밀이라고 전혀 밝히지 않아 용병들의 궁금증을 자아냈지만 그 점에 대해서만큼은 웨스턴도 철저하게 입을 다물었다. 만약 러쎌과 알리샤가 질문을 하면 그들에게만은 가르쳐 주려고 했지만 두 사람은 아예 관심이 없는

지 그저 무덤덤하기만 했다.

한 달 가까운 사막 여행에 지쳤을 용병들과 마부들의 체력 회복을 위해 웨스턴은 브라이튼에게 며칠간의 휴식을 건의했고, 브라이튼도 특별히 반대를 하지 않았다.

샌드 리자드에게 물린 젊은 용병은 러셀이 재빨리 응급조치를 취했음에도 불구하고, 거의 보름 이상을 지독한 고열과 오한에 시달려야만 했다. 겨우 몸을 추스를 정도는 되었지만 아직까지 체력이 완전히 회복되지 않아 거의 짐마차에 누워 이동을 해야만 했다. 비록 20일 가까이 정신을 차릴 수 없을 정도로 고열과 지독한 고통 때문에 고생하긴 했지만 샌드 리자드에게 물리고도 살아남은 최초의 인간으로 기록되는 영광을 차지했다.

알리샤와 러셀이 각자의 방에서 운공과 무공에 대한 고심으로 시간을 보낸 반면 대부분의 용병들은 수도와 근처 관광지를 관광하거나 술로 하루를 보냈다. 또한 브라이튼은 용병들에게 지급될 임금 가운데 일부를 미리 지급해 용병들의 환영을 받기도 했다.

개인적으로 무슨 일을 하면서 시간을 보냈든 다시 바이샤르 제국의 수도인 로스바인으로 출발할 시간이 되었고, 다시 모인 용병들과 마부들은 체력을 회복한 듯 활기찬 모습을 보였다. 유일하게 변화가 없는 사람은 러셀과 알리샤, 그리고 웨스턴뿐이었다.

이전에 고용했던 길잡이들은 고향으로 돌아갈 다른 상단을 찾아가 버렸고, 웨스턴은 수도 윌라인에서 바이샤르 제국과의 국경선까지 일행들을 안내할 다른 길잡이를 다시 구해야 했다. 이번에 고용한 길잡이는 오랜 시간 동안 길잡이를 한 듯 보이는 노인 두 명이었다. 또한 일부 지친 말들을 팔아버리고 다시 새로운 말들을 구했는데, 사막에서 짐을 운반할 때 흔하게 사용하는 낙타보다 귀한 말은 상당한 고가에 거래되고 있어 브라이튼의 이맛살을 찌푸리게 만들었다.

그렇게 해서 출발한 일행들이 일생일대의 위기에 봉착한 것은 수도 윌라인을 출발한 지 보름 정도가 지났을 때였다.

일행들이 여행을 시작한 지도 한 달이 훨씬 지났지만 사막의 무더위에는 좀처럼 적응하기 힘들었다. 그래도 다행인 것은 지금은 유령 도시가 되어버린 곳을 발견할 수 있어 그날 저녁은 그곳에서 지내기로 결정을 했다는 것이다.

짐마차를 황량하기 이를 데 없는 도시의 광장 한쪽에 세워둔 채 마부들이 저녁 식사를 준비하는 동안 도시가 폐허가 된 이유를 조사하던 몇몇 용병들은 아무리 주위를 둘러봐도 도저히 그 이유를 찾을 수 없었다. 일행들에게 온 용병들은 용병대장인 웨스턴에게 그 이야기를 했고, 웨스턴은 도시가 폐허가 된 이유를 길잡이 노인들에게서 들을 수 있었다. 하지만 그 이유라는 것이 허망할 정도로 간단했다.

이런 사막 지형에서 도시를 세우려면 당연히 수원(水源)이 근처에 있어야 가능한 일이었다. 그런데 이 수원이라는 것이 항상 제자리에 있는 것으로 생각하기 쉽지만 사막 지형에서는 종종 이동을 하는 경우가 있다.

다시 말해 도시를 세웠을 때 존재했던 수원이 도시가 번화해진 후 느닷없이 어디론가로 사라졌고, 수원이 사라진 도시에서는 살 수 없기에 도시는 자연스럽게 유령 도시가 될 수밖에 없었다. 도시를 형성하는 근간이 되는 경제 활동이 제대로 이루어지지 않기 때문에 유령 도시가 되는 대륙의 일반적인 경우와는 달리 사막 지형에서는 생명을 유지하는데 필수인 물이 없기 때문에 유령 도시가 발생하곤 하는 것이었다.

결론적으로 수원이 말라 버렸기 때문에 이런 도시가 생겨났고, 루벤트 제국 전체로 보면 이렇게 폐허가 된 도시가 적지 않다는 것이 길잡이 노인들의 설명이었다.

"지하에 흐르는 지하수는 오랜 시간을 두고 천천히 이동을 하는데, 그 지하수의 물줄기를 찾아 도시를 세운다고 보면 될 것이오. 하지만 문제는 사막에 사는 모든 생명체들이 그 지하수를 따라 이동한다는 점이오. 수원이 이 도시에서 얼마나 먼 곳에 있는지는 모르지만 샌드 리자드나 샌드 웜, 바질리스크 같은 몬스터들도 수원 근처에 있을 것이 대부분이니까 밤에도 조심하는 것이 좋을 거외다."

"명심하겠소. 오늘 저녁 불침번들은 경계에 더욱 신경을 쓰도록 하게."

"알겠습니다, 대장님."

불침번을 관리하는 부대장 랑스의 대답에 웨스턴은 그가 자신의 지시를 충실히 이행할 것을 믿어 의심치 않았다. 비록 리더십은 떨어지고 임기응변 역시 떨어지지만 자신이 맡은 임무만은 충실히 이행하는 사람이기 때문이었다.

길잡이 노인들과 조금 떨어져 있긴 했지만 알리샤와 러셀은 길잡이 노인의 말을 모두 들을 수 있었다. 하지만 바질리스트나 샌드 웜은 본 적이 없으니 어떻게 대처해야 할지, 또 알아야 될 사항은 뭔지 길잡이 노인에게 물어봐야겠다고 생각했다.

식사를 마친 일행들은 몇 군데 모닥불을 피워놓고 일찍 잠자리에 들었다.

웨스턴의 지시 때문에 평소의 두 배에 달하는 불침번을 세운 랑스는 길잡이 노인들의 말이 신경 쓰이는지 불침번의 감시가 가장 소홀해지는 새벽에 자신을 깨울 것을 지시하고는 잠자리에 들었다. 길잡이 노인의 말에 불안한 마음이 든 것은 경계를 서고 있던 불침번들 역시 마찬가지였다.

하나 그런 그들의 걱정과는 달리 새벽이 가까워지도록 아무런 일도 일어나지 않았다. 어둠에 물들어 있던 동쪽 하늘을 붉게 물들이며 태양이 떠오르려 하고 있었다.

잔뜩 긴장을 하던 불침번들이 그제야 안심을 하며 부대장 랑스를 막 깨울 때였다.

"랑스님, 일어나십시오. 랑스님."

"으음~ 벌써 새벽인가?"

"그렇습니다."

"도저히 피곤이 가시지를 않는군."

우르르~ 쿵~ 우르르~

그때 지축을 흔들며 뭔가가 무너지는 소리가 곤히 잠든 일행들의 잠을 깨웠다.

"뭐, 뭐야?"

"무슨 소리야?"

"뭐가 무너진 거야?"

"말과 마차부터 확인해 봐!"

"모두 교전 준비를 해라!"

웨스턴과 랑스의 지시에 용병들은 즉시 무기를 뽑아 들었고, 마부들은 흥분해 날뛰는 말들을 진정시키기 위해 안간힘을 썼다.

"랑스 부대장은 북쪽을, 러쎌 군은 동쪽을, 레이디 알리샤는 서쪽을 맡아주게. 나머지는 브라이튼님을 보호하는 데 최선을 다해라."

웨스턴의 지시에 용병들은 일사불란하게 움직였고, 러쎌과 알리샤도 그의 지시에 따라 자신이 맡을 방향으로 재빨리 이동을 했다.

쾅～ 와르르～

멀리서 들려오던 소리가 어느새 근처까지 다가와 있었다. 그리고 뭔가가 무너지는 소리에 파묻힌 희미한 소리를 감지한 러쎌은 긴장하고 있는 자신을 발견하고는 깊은 호흡을 통해 서둘러 긴장을 풀었다.

그레이트 엑스를 움켜잡은 손에 힘을 주던 러쎌은 지축을 울리는 소리와 함께 뭔가 거대한 것이 자신들이 있는 곳으로 다가오는 것을 발견했다.

쿵～ 쿵～ 쿵～

암회색의 몸을 가진 그것은 육중한 발걸음 소리를 내며 커다란 도마뱀처럼 어슬렁거리는 걸음걸이로 일행들을 향해 일직선으로 다가오고 있었다.

"바, 바질리스크다!"

후방에 있던 길잡이 노인의 외침에 용병들 대부분은 잔뜩 긴장한 채무기를 잡은 손에 힘을 주었다. 러쎌 역시 난생처음 보는 바질리스크의 모습에 호기심을 드러내지 않을 수 없었다.

흡사 바위처럼 보이는 암회색의 피부는 어지간한 무기로는 상처는 커녕 충격조차 줄 수 없을 것 같았다. 어깨까지의 높이만 해도 3미터가 넘어 보이는 데다 꼬리를 포함한 몸길이는 10미터가 훌쩍 넘어 보였다. 또한 짧긴 하지만 웬만한 기둥 서너 개를 합친 것보다 굵어 보이는 다리 여섯 개와 미디엄 소드 정도는 충분히 되어 보이는 발톱이 동체를 받치고 있었다. 하지만 무엇보다 위협적인 것은 쉴 새 없이 날름거리고 있는 시뻘건 혀 주위의 희뿌연 안개처럼 보이는 정체 모를 연기였다.

거침없이 발걸음으로 다가오던 바질리스크는 그제야 인간들을 발견했는지 발걸음을 멈추고는 더욱 빠르게 혓바닥을 날름거리다가 4미터 밖에서 롱 소드를 뽑아 든 채 잔뜩 얼어 있던 용병 하나를 눈 깜빡할 사이에 낚아챘다. 그리고는,

우두둑!

"크악!"

뼈가 박살 나는 소리와 함께 처절한 비명 소리가 새벽 하늘에 울려 퍼졌다. 그 소리를 들은 용병이나 마부들은 하나같이 몸서리를 쳤고, 웨스턴의 고함 소리에 비로소 정신을 차릴 수 있었다.

"마부들은 즉시 뒤로 물러서라! 용병들은 함부로 접근하지 말고 일단 포위망을 굳혀라!"

웨스턴의 말에 마부들은 허겁지겁 물러섰고, 용병들은 잔뜩 긴장한 모습으로 무기를 움켜쥔 채 크레센도 진형으로 바질리스크를 포위하기 시작했다.

눈 깜빡할 사이에 인간 하나를 먹어치운 바질리스크는 양이 차지 않는다는 듯 몇 번 더 혀를 날름거리더니 자신과 가장 가까운 곳에 있던 용병 하나를 또다시 낚아채서는 단숨에 씹어버렸다.

우두둑!

단 한 번의 입놀림으로 또다시 한 인간의 목숨이 사라졌다. 남은 흔적이라고는 바질리스크의 입 주위에 묻어 있는 끈적끈적한 침에 섞여 있는 약간의 혈흔이 전부였다.

그 모습에 용병들은 하나같이 몸서리를 쳤다.

몇몇은 이를 악물며 분노를 드러냈지만 그런 사람은 극히 드물었다. 대부분은 분노보다는 공포를 느꼈기에 잔뜩 웅크린 채로 금방이라도 뒤로 물러설 것처럼 보였다. 그런 용병들의 모습에 웨스턴은 한숨이 흘러나왔지만 지금 상황은 그로서도 할 말이 없었다.

그때 바질리스크를 향해 달려드는 두 그림자가 있었다.

워낙 빠른 속도로 달려갔기에 사람들이 그 모습을 발견했을 때는 이미 두 그림자는 바질리스크 곁에 도착해 있었다. 그 모습을 발견한 웨스턴은 분통을 터뜨렸다.

"어떤 자식이야? 대체 어떤 자식이 겁도 없이……."

바질리스크에게 덤벼들었던 두 그림자 가운데 하나는 암벽 같은 바질리스크의 다리를 발판 삼아 그대로 바질리스크의 몸 위로 뛰어올랐고, 다른 하나는 달려드는 속도 그대로 들고 있던 무기로 바질리스크의 발등을 사정없이 찍었다.

쾅~

도저히 살아 있는 생명체와 강철로 만든 무기가 부딪쳐 날 수 있는 소리가 아니었다.

어둠을 밝히는 불똥과 함께 바질리스크의 발등은 마치 암석에 금이 간 것처럼 갈라지며 붉은 피가 솟구쳤다. 그 모습을 본 러셀은 순간 자신의 눈을 의심하지 않을 수 없었다.

타고난 자신의 힘과 그레이트 엑스의 날카로움, 그리고 벽력패황공의 파괴력이라면 바질리스크가 설사 사막의 제왕이라고 하더라도 단숨에 발목을 잘라 버릴 수 있을 줄 알았다. 하지만 결과는 방금 자신도 보았다시피 그저 약간의 상처가 전부였다.

그 모습에 어금니를 깨문 러쎌은 그레이트 엑스를 잡은 손에 잔뜩 힘을 주고는 재빨리 물러서서는 광혈마부의 제3초를 펼칠 준비를 함과 동시에 바질리스크의 등에 올라탄 알리샤에게 경고를 했다.

"알리샤, 조심해. 차앗! 청염폭우(靑炎暴雨)!"

쩌렁쩌렁한 음성과 함께 러쎌의 몸이 지상에서 몇 미터나 떠오르는 순간 그가 휘두른 그레이트 엑스가 푸른색으로 뒤덮였다가 바질리스크의 얼굴을 향해 수십 줄기의 푸른빛을 뿌렸다.

그 모습을 지켜보고 있던 웨스턴은 자신도 모르게 입을 쩍 벌리고 말았다.

"오, 오러 스매쉬?"

콰콰콰~쾅~

크아앙―

요란한 폭음과 함께 바질리스크의 얼굴에서 수십 번의 불똥이 튀었다. 고통으로 인한 바질리스크의 요란한 요동 때문에 자욱한 흙먼지가 일었기에 대체 바질리스크가 얼마만한 상처를 입었는지 알 도리가 없었다.

뒤로 물러서 있던 러쎌은 바질리스크를 노려보면서 난감함을 감출 수 없었다.

그동안 뼈를 깎는 노력을 아끼지 않아 지옥마제가 가르쳐 준 광혈마부의 네 개 초식 가운데 제2초까지는 어떻게든 익힐 수 있었다. 하지만 방금 펼친 제3초 청염폭우는 겨우 5성, 그리고 마지막 초식인 독존만리는 아예 익히지도 못한 상태였다.

일반적인 공격으로는 바질리스크에게 타격을 줄 수 없다는 것을 깨달았기에 가장 강한 파괴력을 발휘하는 청염폭우를 펼친 것인데도 불

구하고 바질리스크의 숨통을 끊지 못했다는 사실에 조금은 당황한 것
도 사실이었다. 바질리스크의 요동이 멈추기를 기다리면서 러쎌은 다
시 한 번 공격하기 위해 벽력패황공을 운용하며 그레이트 엑스를 잡은
손에 힘을 주었다.

"러쎌, 피해!"

그때 알리샤의 조금은 날카로운 음성이 울리자 러쎌은 조금의 망설
임도 없이 뒤로 몸을 날렸다.

퍽!

둔탁한 소리와 함께 러쎌이 서 있던 곳을 강타하는 물체가 있었
다. 바로 바질리스크의 혀였다. 도저히 생명체의 혀가 가진 힘이라
고는 믿을 수 없을 정도의 파괴력은 대지에 움푹 패인 자국을 만들
었다.

재빨리 지면에서 몸을 일으킨 러쎌은 그레이트 엑스에 마나를 주입
하고는 제2초 묵영난비(黙影亂飛)를 펼칠 준비를 했다. 바질리스크를
노려보던 러쎌의 눈에 머리 쪽을 향해 바질리스크의 등 위를 달리고
있는 알리샤의 모습이 들어왔다.

몸부림을 치는 바질리스크의 몸 위를 달리는 알리샤의 모습은 보는
것만으로도 환상적이었지만 조금 전 자신의 공격을 받고도 약간의 생
채기밖에 생기지 않는 바질리스크의 막강한 외피에 러쎌은 질리지 않
을 수 없었다. 그래도 한 가지 다행인 것은 조금 전 러쎌의 공격에 상
처가 생긴 것인지 한쪽 눈을 연신 껌뻑이는 것이 언뜻 상당히 불편해
보였다.

바질리스크의 머리에 도착한 알리샤는 즉시 자세를 낮추고는 허리
에 차고 있던 마검 다크 문을 뽑아 들었다. 카렌의 아버지, 데미안에게

받은 이후로 다크 문을 뽑기는 이번이 처음이었다.

지금까지 다크 문을 뽑아야 될 정도의 상대가 없었기 때문이기도 했지만, 다크 문을 뽑아 들면 이상하게도 누군가를 죽이거나 보이는 모든 것을 파괴시키고 싶은 욕망이 참을 수 없을 정도로 강해지기 때문이었다. 사령마공을 끌어올린 알리샤는 자세를 낮춘 상태에서 하얗게 성에 가 끼어 있는 마검 다크 문을 거꾸로 들고는 깊게 숨을 들이마신 다음 힘껏 내리찍었다.

팍!

러셀의 경우와는 달리 다크 문은 너무도 쉽게 절반 이상 바질리스크의 머리에 박혔다. 하지만 생명체의 피와 생명력을 강제로 빨아들이는 다크 문의 특성상 바질리스크의 선혈은 볼 수 없었다.

아무리 바질리스크가 지상 최강의 몬스터라고 할지라도 강제로 자신의 피와 생명력이 빨리는 고통을 어떻게 참을 수 있을까?

크아앙~

바질리스크의 처절한 울부짖음이 이미 밝아져 버린 아침 하늘에 울려 퍼졌다. 하지만 워낙 덩치가 큰 탓인지 다른 몬스터들처럼 금방 목숨이 끊어지지 않았다.

고통을 이기지 못한 바질리스크는 세차게 머리를 흔들었고, 공격이 통하자 안심하고 있던 알리샤는 순간적으로 중심을 잃을 수밖에 없었다. 알리샤는 다크 문을 잡은 손에 힘을 주어 중심을 잡으려고 했지만 생각처럼 쉽지 않았다.

결국 알리샤는 다크 문을 잡은 채 바질리스크의 머리에서 떨어져 내릴 수밖에 없었는데, 알리샤는 그 와중에도 대거를 뽑아 바질리스크의 성한 한쪽 눈을 공격했다.

자신의 머리를 공격했던 적을 찾기 위해 눈을 부라리던 바질리스크는 갑작스러운 알리샤의 공격을 막아내지 못해 결국 한쪽 눈을 잃어야만 했다.

크아앙~

고통을 참지 못해 사정없이 머리를 흔들던 바질리스크는 연신 눈을 껌뻑거렸지만 상처 입은 눈은 여전히 암흑에 뒤덮혀 있을 뿐이었다.

조금 떨어진 곳에서 그런 바질리스크의 모습을 지켜보고 있던 러셀은 현재 자신의 실력으로는 바질리스크에게 타격을 줄 수 없음을 깨닫고 들고 있던 그레이트 엑스를 내려놓고는 양손에 끼고 있던 건틀릿의 상태를 점검했다. 지옥마제와 데미안에게 여러 가지를 배웠지만 그래도 가장 먼저 배운 격투술이 현재 성취도가 가장 높았다.

비록 벽력권의 세 초식 가운데 두 번째 초식인 혈영팔뢰까지밖에 익히지 못했지만 그것만으로도 지금까지는 충분했다. 비록 바질리스크의 가죽이 자신의 생각보다 단단하기는 했지만 전력을 다한다면 바질리스크의 가죽을 상하게는 할 수 없을지라도 내부에 강력한 타격을 줄 수 있을 것이라 자신했다.

심호흡을 통해 벽력패황공을 한계까지 끌어올린 러셀은 혈영팔뢰의 구결을 떠올리며 눈부신 속도로 바질리스크의 옆구리 쪽으로 다가섰다. 그와 동시에 건틀릿을 낀 오른손을 활짝 편 채 내뻗었다.

"혈영팔뢰(血影八雷)!"

번쩍!

붉은색 마나가 나타났다가 순식간에 사라졌다. 그리고 믿을 수 없는 일이 벌어졌다.

러셀이 싸우는 모습을 지켜보던 웨스턴과 용병들, 마부들, 그리고 브라이튼은 눈을 커다랗게 뜬 채 믿을 수 없다는 표정을 지었다.

뭔가 붉은 빛이 번쩍이는 것을 발견하는 순간 거대하기 이를 데 없는 바질리스크의 몸이 옆으로 7, 8미터 이상 밀려 나가는 것을 발견했기 때문이었다.

크아앙~

고통에 찬 울음을 터뜨리는 바질리스크의 입에서는 짙푸른 점액질이 폭포수처럼 쏟아졌다. 자신의 공격이 통했다는 것을 깨달은 러쎌은 바질리스크가 미처 반응을 보이기 전에 바질리스크에게로 다가서 재차 공격을 퍼부었다.

"혈영팔뢰(血影八雷)!"

"혈영팔뢰(血影八雷)!"

"혈영팔뢰(血影八雷)!"

전력을 다한 세 번에 걸친 공격에 10여 미터 이상 밀려난 바질리스크는 결국 뒤집어진 채 다리가 축 늘어져 버렸다. 전력을 다한 탓에 러쎌은 그 자리에 주저앉아 숨을 몰아쉬고 있었고, 틈을 노리고 있던 알리샤는 바질리스크가 뒤집어지자마자 지면을 박차고는 몸을 날렸다. 그리고는 바질리스크의 턱에 다크 문을 손잡이까지 힘껏 쑤셔 박았다.

내부로 전해진 엄청난 충격에 잠시 기절했던 바질리스크는 정신을 차릴 사이도 없이 다크 문에게 생명력과 피를 빼앗겨 그대로 목숨을 잃어야만 했다.

시간이 지나도 바질리스크의 움직임이 없자 알리샤는 그제야 긴장을 풀고는 그 자리에 털썩 주저앉았다. 바위처럼 단단하게 굳어진 바질리스크의 몸에서 다크 문을 뽑아 든 알리샤는 다크 문의 상태를 살폈다. 하지만 요사스러울 정도로 번들거리는 다크 문의 표면에는 단

한 점의 피도 묻어 있지 않았다. 그런 다크 문의 표면을 바라보던 알리샤는 서서히 파괴 본능이 들끓기 시작하는 자신을 느끼고는 황급히 다크 문을 검집에 집어넣었다.

그때까지 멍하니 지켜보고 있던 웨스턴은 그제야 정신을 차리고는 황급히 용병들에게 지시를 내렸다.

"너, 너, 그리고 너. 빨리 레이디 알리샤와 러셀을 부축해 이곳으로 데려오도록 해라. 그리고 랑스는 몇 명을 데리고 주위를 둘러보도록 하게."

"알겠습니다."

웨스턴의 지시에 랑스는 즉시 세 명의 고참 용병과 주위를 둘러보기 위해 그 자리를 떠났고, 나머지 용병들은 즉시 잠자리를 정리하고는 아침 식사 준비를 시작했다. 그때까지도 마음을 놓지 못해 불안해하고 있던 브라이튼의 모습을 발견한 웨스턴은 우선 그를 안심시켜야만 했다.

"브라이튼님, 이제는 마음을 놓으셔도 될 것 같습니다."

"웨스턴, 방금 내가, 아, 아니 우리가 본 것이…… 맞소?"

어법에 맞지 않는 말이었지만 브라이튼이 말하고자 하는 것이 무엇인지 모를 웨스턴이 아니었다. 애써 태연한 표정을 짓고는 있었지만 놀란 심정은 웨스턴도 마찬가지였다.

"믿기 힘드시겠지만 저들 두 사람은 아마도 소드 마스터 같습니다."

"소드 마스터? 정말 저들이 소드 마스터란 말이오?"

"저도 그걸 보기 전까지는 그저 솜씨가 좋은 소드 익스퍼트라고 생각을 했었습니다. 하지만 그것, 바로 오러 스매쉬를 본 이상 러셀이란 친구가 소드 마스터란 사실을 의심할 수 없었습니다."

"오러 스매쉬?"

"아까 러쎌이라는 저 친구가 그레이트 엑스를 휘두를 때 그레이트 엑스에서 수십 줄기의 푸른 광선 같은 것이 바질리스크에게로 날아가는 것을 보시지 않으셨습니까?"

"그럼 그게?"

"맞습니다. 그게 바로 소드 마스터만이 사용할 수 있다고 알려진 오러 스매쉬입니다. 저도 저 두 사람이 상당히 실력이 뛰어나다는 것은 알고 있었지만 설마 소드 마스터일 줄은 상상도 못했습니다."

"블러드 아이스가 그렇게 뛰어난 실력을 가지고 있다니 호송을 맡긴 내 입장에서는 무엇보다 안심이 되는구려. 문제는 저들의 대운데… 그대가 생각할 때는 어떻게 저들을 어떻게 대우하는 것이 좋을 것 같소?"

"글쎄요, 저도 저렇게 실력이 좋은 친구들과 일해본 적이 없어서 어떻게 해야 좋을지 모르겠습니다. 하지만 제가 들은 이야기로는 통상 특급 용병들의 세 배에서 네 배 정도의 보수를 주어야만 그들을 고용할 수 있다고 들었습니다."

"그래요? 하긴 그만큼 실력이 좋다면 그만한 대우를 해주어야만 되겠지. 게다가 저 두 사람이 없었으면 내가 이 자리에서 목숨을 잃었을지도 모르는 일이니 내가 특별히 신경을 쓸 테니까 웨스턴 대장도 그렇게 알고 계시오."

"알겠습니다."

그때 용병들의 부축을 받아 와 한쪽에서 휴식을 취하던 알리샤와 러쎌이 기운을 차린 듯 일어나 걸어왔다.

브라이튼이 그 모습을 지켜보고 있을 때 근처에 있던 길잡이 노인이 그에게 다가와 귓속말을 했다. 그에 고개를 끄덕이던 브라이튼은 알리샤와 러쎌에게 미안한 표정을 지으며 입을 열었다.

"정말 수고 많았소. 난 귀하들이 그렇게 뛰어난 실력을 가지고 있는 줄은 미처 몰랐소. 귀하들 덕분에 큰 위기를 넘겼소이다."

"도움이 될 수 있었다니 다행입니다."

왠지 우물쭈물하고 있는 브라이튼의 모습에 러쎌은 그가 자신에게 할 말이 있음을 직감적으로 깨달았다.

"하실 말씀이라도……."

"다름이 아니라…… 귀하들이 잡은 저 바질리스크를 나에게 팔 생각은 없소?"

"예?"

뜻하지 않은 브라이튼의 말에 러쎌은 얼떨떨한 표정을 지으며 알리샤를 쳐다봤지만 영문을 모르기는 그녀 역시 마찬가지였다. 그런 두 사람의 태도에 브라이튼은 자신 곁에 있던 길잡이 노인을 가리키며 말을 이었다.

"이건 나도 잘 몰랐던 사실인데…… 이 사람들의 말로는 바질리스크의 가죽과 뼈, 발톱, 힘줄이 상당히 고가에 거래된다고 하오. 내 섭섭지 않게 쳐줄 테니 나에게 파는 것이 어떻겠소?"

하대를 하던 이전과는 달리 브라이튼은 함부로 말을 놓을 수 없었다.

이들이 소드 마스터의 실력을 가지고 있다는 사실이 알려진다면 작위를 받아 귀족이 되는 것은 그리 어려운 일이 아니었다. 그러니 어찌 함부로 대할 수 있겠는가?

"저에게는 필요없으니 브라이튼님 마음대로 하십시오."

러쎌의 대답에 브라이튼의 얼굴은 금세 환해졌지만 곧 신중한 표정을 지었다.

"처분을 나에게 맡긴다니 내가 알아서 하겠소. 대신 바질리스크를 처리한 대금은 바이샤르 제국의 수도에 도착했을 때 분명히 지불하겠소."

"그렇게 하지 않으셔도……."

"아니오. 나 브라이튼이 아버님께 상술을 배우기 시작하면서 지금까지 잊지 않은 것이 있소. 상인이 돈을 벌려는 것은 당연한 일이지만 상대에게 피해를 끼치면서 돈을 벌려 한다면 상인이 아니라 강도라 불리게 된다고 말이오. 근래, 그러니까 10년 내로 바질리스크가 잡힌 적이 없다고 했으니 아마도 상당한 값을 받을 수 있을 거요."

"브라이튼님께서 알아서 해주십시오."

담담한 러쎌의 대답에 브라이튼은 첫 대면에서 느꼈던 대로 그가 돈에는 관심을 보이지 않는 사람임을 다시 한 번 확인할 수 있었다. 처음 보았을 때 오로지 강해지기 위해 노력하는 사람이라는 느낌이 강하게 들긴 했지만 그래도 사람이 세상을 사는 데 가장 필요한 돈이라는 것을 모를 나이는 아니었다.

좀 더 많은 돈을 버는 것을 인생의 목표로 삼은 자신과는 달리 강해지는 것을 인생의 목표로 삼은 기사나 용병들을 삶을 도저히 이해할 수 없었다. 얼마나 충실하고 만족스럽게 살다가 이 세상을 떠나느냐 하는 것은 인생의 마지막 때 얼마나 후회가 남는 삶을 살았는가로 증명되는 것이라 생각되었기에 그냥 상대를 인정하면 지나갈 일이다.

"웨스턴 대장, 몇 명을 데리고 바질리스크를 해체하도록 하게."

"알겠습니다."

일부는 바질리스크를 해체하기 위해 달려들었고, 나머지는 아침 식사를 시작했다.

제4장
성장

성장

"형! 형, 어딨어? 형!"

어린 소년의 조금은 날카로운 음성이 동굴 안을 가득 메웠다.

"대체 누가 이런 꼭두새벽부터 시끄럽게 구는 거냐?"

잔뜩 잠에 취해 있는 남자의 음성이 동굴에서 들리자 소년의 얼굴에
는 약간의 두려움이 어렸지만 그 자리에서 움직이지는 않았다.

"마법사님, 안녕하셨어요?"

"어? 넌 아랫마을 촌장의 손자인 누크 아니냐?"

"예."

공손한 소년의 대답에도 아직 눈이 떨어지지 않는지 연신 손으로 눈
을 비비고 있는 사람은 카렌과 함께 카메컬 영지를 떠났던 마법사, 드
갈스키였다.

"무슨 일인데 남 잠도 못 자게 시끄럽게 떠드는 것이냐?"

"다름이 아니라 카렌 형한테 할 이야기가 있어서 왔는데…… 형 없
나요?"

"카렌? 카렌이 지금 여기 있을 녀석이냐? 공터에서 훈련하고 있을게
다."

"공터? 아~ 맞다. 감사합니다, 마법사님. 다음에 뵐게요."

드갈스키의 대답에 금발의 주근깨 소년 누크는 황급히 인사를 꾸벅
하고는 어딘가를 향해 다급하게 달려가기 시작했다. 그 모습을 지켜보
던 드갈스키는 고개를 갸웃거리며 저 꼬마가 무슨 일로 나타난 것인지
궁금함을 감출 수 없었다.

"마을에 무슨 일이 생긴 건가, 왜 저렇게 급해?"

"형! 카렌 형!"

동굴을 돌아 숲을 가로질러 가던 누크는 널찍한 풀밭에서 두 자루의
검을 사정없이 휘두르고 있는 한 사람을 발견하자마자 큰 소리로 불렀
다.

"휴우~ 누크가 무슨 일로 온 거지?"

호흡을 정리한 카렌은 어깨 너머로 찰랑이는 머리를 가죽끈으로 질
끈 동여매고는 누크를 반갑게 맞이했다.

"어서 와라. 무슨 일이냐. 왜 그렇게……?"

무슨 일로 찾아왔냐고 물으려던 카렌은 누크의 얼굴에 드러난 다급
함과 분노의 기색을 발견하고는 입을 다물었다. 숨이 턱까지 찬 누크
는 헐떡거리면서도 재빨리 자신이 찾아온 이유를 이야기하기 시작했
다.

"형, 헉헉! 빨리 마을에… 헉! 가봐."

"우선 숨부터 고르고 나서……."

"빠, 빨리 마을로 가야 한다니까!"

무조건 마을로 가자는 누크의 말에 카렌은 가볍게 마나를 누크의 몸에 주입해 일단 숨부터 편하게 해주었다. 숨 쉬기가 훨씬 편해진 누크는 재빨리 자신이 찾아온 이유를 말하기 시작했다.

"그놈들이 나타났어."

"그놈들이라니?"

"그 나쁜 놈들 있잖아. 카렉슨 아저씨를 때려서 아프게 만들었던 놈들 말이야."

누크의 말에 카렌은 아랫마을에 사는 털보 카렉슨의 얼굴을 떠올렸다.

이곳은 3년 몇 개월 전 자신들만의 훈련 장소를 찾던 카렌과 드갈스키, 테일러가 찾은 곳으로 산간벽지에 약 100여 가구 300여 명이 사는 어느 작은 마을의 뒷산이었다. 순박한 마을 사람들은 카렌들을 따뜻하게 맞이해 주었고, 카렌들은 자신들만의 훈련 장소에서 별 어려움 없이 훈련에 집중할 수 있었다.

카렌은 연환상충폭뢰기와 지옥이도류에 대한 좀 더 깊은 깨달음을 얻기 위해 훈련을 시작했고, 드갈스키는 마법 수련보다는 정신력 강화에 좀 더 치중해서 훈련을 했다. 그리고 테일러는 소드 익스퍼트 중급의 벽을 넘어서기 위해 노력을 하면서 간간이 마을 사람들과 왕래를 했었다.

세 사람이 비록 마을 사람들이 하는 농사일이나 치즈를 만드는 일을 도울 수는 없었지만 간혹 마을 주위에 나타나는 맹수나 몬스터들을 퇴치해 주거나 하면서 마을 사람들에게 신뢰를 쌓을 수 있었다.

카렉슨은 그때 알게 된 대장장이였는데, 산골 사람치고는 꽤 시원시원한 성격에 술도 좋아해 세 사람과는 몇 번 술자리를 같이하게 되어 꽤 친하게 지내던 사람이었다. 그랬던 그가 작년 누군가와의 싸움 후 입은 극심한 부상 때문에 아직까지 침대 신세를 져야만 했던 것이었다.

당시 마을에는 마을 사람들이 집에서 만든 치즈를 사기 위해 들른 상인 몇몇과 용병 10여 명이 머물고 있었다. 문제는 상인과 용병들이 카렉슨이 다치게 된 사건과는 아무런 연관이 없다고 발뺌을 한다는 것이었다. 더구나 마을 사람들 가운데에는 누크를 제외하면 아무런 목격자가 없다는 것이 큰 문제였다.

당시 열두 살에 불과했던 누크의 증언은 상인과 용병들에 의해 무시되었고, 항의하는 마을 사람들을 향해 상인 가운데 한 명은 오히려 이 지역을 다스리는 영주에게 이번 일을 알려 재판을 받자고 큰소리를 쳤다. 그 상인이 평소 자신이 그 지역을 다스리는 영주의 친척임을 내세워 얼마나 거들먹거렸는지 아는 마을 사람들로서는 정말 억울하지만 참을 수밖에 없었다. 그럴 수밖에 없었던 가장 큰 이유는 마을 사람들 가운데에는 다른 영지에서 죄를 짓고 도망쳐 와 이곳에 정착한 사람들이 적지 않았기 때문이다.

카렌들이 그 사실을 알았을 때는 이미 그 일이 끝난 후였기에 더 이상 마을 사람들을 도울 도리가 없었다. 그런데 그 사건의 범인이 나타났다는 누크의 말을 듣고 어찌 참을 수 있단 말인가.

"가자."

"응? 형 혼자서?"

"카렉슨 아저씨를 그렇게 만든 놈들은 나 혼자서도 충분히 혼내줄 수 있으니 걱정 말고 같이 가서 누가 범인인지 알려주면 된다."

"안 돼. 이번에는 용병들이 50명이 넘게 왔단 말이야. 다들 얼마나 무섭게 생겼는데…… 형 혼자서는 안 돼."

"50명 넘게?"

누크의 말에 반문을 하던 카렌은 대체 그들이 무슨 목적으로 그렇게 나 많은 용병들을 동원했는지 영문을 알 수 없었다. 하지만 직감적으로 그들이 결코 좋은 목적을 위해 용병들을 동원하지는 않았을 것이란 생각이 들었다.

"우선 마을의 동태부터 살펴야겠구나."

카렌은 누크를 등에 업은 채 마을을 향해 빠르게 달려가기 시작했다.

야생마보다 빠르게 달린 카렌은 불과 10여 분 만에 마을 외곽에 도착할 수 있었다. 카렌의 등에서 내려온 누크는 부러움에 가득 찬 눈길로 카렌을 쳐다봤다. 자신이 거의 한 시간도 넘게, 한 번도 쉬지 않고 달려 도착한 거리를 이렇게 짧은 시간 만에 도착한 카렌의 능력이 부럽지 않을 수 없었다.

"지금 상인들은 마을 중앙에서 쉬고 있고, 용병들은 마을 입구에 모여 있어."

누크의 말이 아니더라도 카렌은 이미 마을 입구에 있는 몇 대의 짐마차와 말, 그리고 이동식 막사가 쳐져 있었고, 군데군데 피워놓은 모닥불 주위에 둘러앉아 뭔가를 먹고 있는 다수의 용병들을 발견할 수 있었다.

평상시였다면 점심 식사를 준비하느라 집집마다 연기를 피워 올렸을 텐데 지금 보니 연기가 피어오르는 집은 그리 많지 않았다. 겉으로

만 봐서는 마을 사람들 대부분이 어디론가로 떠나 버린 것처럼 보였다.

다른 사람들을 피해 이곳으로 이주해 온 사람들이 이곳을 버리고 대체 어디로 갔겠는가?

결론은 갑작스럽게 마을에 나타난 사람들을 피해 어디론가로 몸을 피했다고밖에 볼 수 없는 광경이었다.

"마을 사람들은 다 어디로 갔지?"

"아줌마들하고 애들은 마을 밖 대피소로 피했고, 지금 마을에는 아저씨들밖에 없어."

누크의 대답에 카렌은 마을에서 약 3킬로미터쯤 떨어진 곳에 위치한 돌산이 생각났다. 그곳에는 자연적으로 생긴 동굴이 많았는데 아마도 그곳으로 대피한 듯 보였다.

"내가 가볼 테니까 넌 여기서 꼼짝 말고 있어. 알았어?"

"형 혼자 가려고? 그러지 말고 그 마법사 아저씨하고 기사님하고 같이 가. 혼자서는 너무 위험하잖아."

"일단 촌장님을 만나볼 테니까 넌 내 걱정 말고 여기서 기다려."

누크가 막 대꾸를 하려고 할 때 카렌은 이미 산비탈을 타고 달려가고 있었다. 듬성듬성 서 있는 나무를 엄폐물 삼아 몸을 감추면서 이동하는 카렌의 모습은 인간이라기보다는 동물의 움직임에 가까울 정도로 민첩했다.

혹시 있을지 모르는 감시를 피하며 마을에 들어선 카렌은 촌장의 집을 향해 이동하면서 마을의 동정을 살폈다. 거의 한낮에 가까운 시간임에도 불구하고 마을을 돌아다니는 사람은 아무도 없었다.

재빨리 촌장의 집으로 들어가려던 카렌은 열려진 문틈 사이로 흘러나오는 낯선 음성을 듣자마자 그대로 지면을 박차고는 지붕 위로 몸을 숨겼다.

카렌이 지붕에 몸을 엎드리자마자 벌컥 문이 열리며 험상궂은 인상의 40대 초반의 사내 하나가 얼굴을 내밀었다.

"무슨 일인가, 리츠 대장?"

"아닙니다, 무슨 소리가 들린 것 같아서 살펴봤는데 아무것도 없습니다."

"이런 산골에서 감히 우리의 말을 엿들을 놈들이 있겠는가? 걱정하지 말고 여기 앉아 술이나 한잔하게."

누군가의 말에 얼굴을 내밀었던 사내, 리츠는 문을 닫고 들어가 한쪽에 놓인 탁자에 술을 마시기 시작했다. 그런 리츠의 시선은 누군가에게 향해 있었는데 그 시선 끝에 있는 사람은 60이 훨씬 넘어 70은 되어 보이는 주름살투성이의 노인이었다.

고생을 꽤나 많이 한 듯 검붉게 탄 얼굴에는 당황함과 엷은 분노, 그리고 회한이 어려 있었다. 그런 노인을 쳐다보고 있는 사람은 리츠 외에도 세 명이 더 있었는데 하나같이 고급 천으로 만든 옷에 기름기가 줄줄 흐르는 퉁퉁한 얼굴을 하고 있었다.

가운데 앉아 있던 피둥피둥한 얼굴의 사내가 거만한 표정으로 입을 열었다.

"이보게, 촌장. 다시 한 번 이야기하지만 이런 산골 촌 동네에서 뭐가 볼 게 있다고 그렇게 고집을 부리는가? 그래, 사람답게 사는 것은 고사하고 생필품조차 구하기 힘든 이런 산골이 자네들은 좋아서 산다고 치세. 그럼 아이들은 무슨 죄인가? 물론 도시에서 사는 것이 마냥 편한 것은 아니라는 것을 자네도 잘 알 테니 더 이상 말을 하지는 않겠네. 하지만 아이들을 몬스터에게서 보호하는 것뿐만 아니라 병이 났을 때 프리스트의 도움을 받으려면 도시로 갈 수밖에 없지 않은가? 왜 그렇게 훌륭한 기술이 있으면서도 이런 산골을 고집하는 것인가? 고집 그만 부리고 잘 생각해 보게."

"하지만 저희 마을 사람들 가운데에는……."

살찐 사내의 말에 촌장은 자신의 입장을 피력하려고 했지만 상대의 제지에 말문을 닫을 수밖에 없었다.

"아네, 자네가 무슨 말을 하려는지 말이야. 그 문제에 대해서는 내가 책임을 지겠네."

"예? 클락님, 그게 무슨 말씀이십니까?"

"마을 사람들 가운데 있는 범죄자들 때문에 자네가 그렇게 걱정하는 것이 아닌가? 내가 그걸 책임지고 해결해 주겠다는 말이네."

자신만만한 클락의 장담에도 촌장은 불안한 마음이 놓이지 않았다. 그런 촌장의 태도가 마음에 들지 않는지 클락의 얼굴 표정이 냉랭하게 변했다. 그런 클락의 반응에 찔끔한 촌장은 서둘러 입을 열었다.

"클락님, 마을 사람 전체가 이주하는 일을 저 혼자 어떻게 결정할 수가 있겠습니까? 조금만 시간을 주시면 제가 마을 사람들의 의견을 물어 결정을 내리겠습니다."

"그래? 그럼 지금 즉시 알아보도록 하게. 죄를 사면 받을 수 있는 기회가 언제나 있는 것이 아니라는 것을 알려준다면 마을 녀석들을 설득하는 것이 조금은 쉬울 수 있을 거네."

"알겠습니다."

힘 빠진 대답을 한 촌장은 그렇게 방을 빠져나갔고, 그런 촌장의 모습을 지켜보던 사람 가운데 날카로운 눈매의 사내가 조금은 걱정되는지 입을 열었다.

"클락님, 사람들이 과연 마을을 떠나려고 할까요?"

"흥! 그까짓 놈들, 반항한다면 지들만 피곤하지. 샤니온님은 그 일에 대해서는 걱정할 필요 없소."

"맞습니다, 저런 촌무지렁이들이 감히 클락님의 제의를 거절할 리가 있겠습니까? 그리고 설사 거절을 한다고 해도 용병들을 많이 데려왔으니 리츠 대장이 다 알아서 할 겁니다. 샤니온님께서는 걱정하실 필요가 없다니까요."

퉁명스러운 대답을 하는 클락의 말에 찬성한 사람은 왜소한 체격의 족제비 같은 인상을 한 중년 사내였다. 족제비 같은 인상의 사내, 로비의 말에도 샤니온의 얼굴에 어린 걱정스러워하는 빛은 사라지지 않았다.

"걱정하지 마십시오. 문제가 생기면 제가 다 알아서 처리하겠습니다."

가슴을 탕탕 치며 자신만 믿으라고 말하는 리츠의 장담에도 이 마을 사람에게 못할 짓을 하는 것 같아 샤니온은 불편한 마음을 좀처럼 진정시킬 수 없었다.

그가 이곳까지 온 것은 귀족들에게서 선풍적인 인기를 얻고 있는 이 마을 특산 푸른 치즈를 독점하기 위해서였다.

원래 이 마을의 치즈를 독점하고 있던 자는 옆에서 거만한 표정을 짓고 있는 클락이었다. 그런데 얼마 전 무슨 생각에선지 자신과 손을 잡고 이 마을 사람들 자신만이 아는 곳으로 강제로 이주시켜 치즈를 만들게 해 자신들끼리 독점을 하자는 제의를 해온 것이었다.

내켜하지 않는 샤니온에게 큰 비밀처럼 이야기한 것이 바로 마을 사람들의 정체였다. 다른 영지에서 죄를 지은 자들이 대부분이라 문제가 생길 일은 절대 없다는 말에 샤니온은 크게 내키지는 않았지만 이곳까지 온 것이었다. 한데 이곳에 온 용병 대부분을 자신이 고용한 것이라 만약 문제가 생긴다면 자신이 책임을 져야 할 공산이 컸다. 그렇기에 더더욱 마음이 편하지 않았다.

지붕 위에서 상인들의 대화를 엿들은 카렌은 그제야 일이 어떻게 된 것인지 알 수 있었다.

이 마을을 욕심내는 이유는 보나마나 이 마을에서 생산하는 특이한 푸른 치즈 때문일 것이 분명했다. 이곳의 특산인 푸른 치즈 맛은 나름대로 맛있는 음식은 먹어보지 못한 것이 없다고 생각했던 카렌으로도 감탄을 금치 못할 정도로 환상적인 맛이었다.

결국은 푸른 치즈를 독점하기 위해서 이 마을 사람들을 폐쇄된 곳에 억류하고는 치즈를 만들게 해 그 치즈로 자신의 사리사욕을 챙기겠다는 수작이 분명했다. 모르면 몰랐으되 알게 된 이상 이들을 그냥 둘 수 없었다. 게다가 자신과 동료들이 이곳에 정착하게 되었을 때 도움을 준 마을 사람들의 고마움에 보답하기 위해서라도 자신이 나서야만 할 것 같았다.

물론 마을 인근의 산에 정착한 것도 자신들이 다 알아서 한 것이고, 마을 사람들에게 도움을 받은 것보다 마을에 난입하려는 몬스터를 퇴치해 주거나 다친 사람들을 구해준 적이 더 많았다. 그럼에도 불구하고 카렌은 순박하기 이를 데 없는 마을 사람들이 좋았다.

가족이라는 생각보다는 그저 존재함으로서 보는 사람의 마음을 푸근하게 만들어주는 사람들이었다. 그런 사람들의 평화스러운 일상이 깨지는 것을 카렌은 원치 않았다.

조심스럽게 지붕에서 내려온 카렌은 촌장이 갔음직한 곳으로 은밀하게 이동을 해갔다.

카렌이 향한 곳은 불 꺼진 대장간이었는데, 그곳은 팔다리가 부러져 일을 할 수 없는 카렉슨의 대장간이었다. 불이 꺼진 대장간에는 촌장을 비롯한 몇 사람의 노인들이 앉아 있었는데, 그들은 이 마을의 원로들로 중요한 사항은 그들이 상의해 결정을 하곤 했다.

다양한 사항들이 결정되어지곤 했는데 마을 사람들은 그들이 내린 결정에 대부분 만족하곤 했다. 하지만 지금 결정만큼은 마을 사람들이 절대 받아들일 리 없을 거란 생각이 뇌리를 떠나지 않았다. 그러나 지금으로서는 어쩔 도리가 없었다.

저들이 50명이 넘는 용병들을 데려온 이유도, 그들이 또 무슨 짓을 할 것인가는 충분히 짐작이 가는 일이었다. 부당하다고 생각을 하면서도 그 부당함을 거부하거나 물리칠 힘이 자신들에겐 없기에 어쩔 수 없이 굴복해야만 하는 현실이 참으로 암담하기만 했다.

"다른 사람들에게는 내가 알리겠소. 여러분들께서는 각자 집으로 돌아가……."

"촌장, 정말 이렇게 마을을 떠나야만 하는 거요?"

"스코트, 나라고 이곳을 떠나고 싶겠소? 다른 사람들은 이 마을로 이주한 지 얼마 되지 않지만 나는 할아버지 대부터 이곳에서 100년도 넘게 살아왔단 말이오. 내게는 이곳이 바로 고향이란 말이오."

"촌장, 저들이 원하는 것은 우리가 만든 치즈 아니오? 차라리 우리가 만든 모든 치즈를 넘겨줄 테니 우리를 그냥 여기서 살 수 있도록 촌장이 허락을 받아보시오."

하얗게 머리가 세어버린 노인의 처연한 말에 촌장은 서글픔에 눈물이 날 것만 같았다. 애써 마음을 다잡은 촌장은 천천히, 그러나 분명하게 고개를 저었다.

"저들이 우리의 부탁을 들어줄 리가 있겠소? 우리만 있으면 치즈는 얼마든지 독점할 수 있는데? 마을을 떠나는 동안 제발 저들과 충돌해서 다치는 사람들이 나오지 않기만을 바랄 뿐이오."

촌장의 말에 노인들은 고개를 떨궜다.

"흥분한 청년들이 저들과 부딪치기 전에 한시라도 빨리 가봐야겠소."

말을 마친 촌장은 서둘러 문으로 향했고, 문밖에서 그들을 대화를 엿듣고 있던 카렌은 촌장의 발자국 소리를 듣고는 즉시 그 자리를 떠났다.

마을 밖으로 향하던 카렌은 어떤 방법을 써야 50명이 넘는 용병들을 소리없이 모조리 생포할 수 있을지 고민해 봤지만 도무지 해결책을 찾을 수 없었다. 그들이 도망치지 않는다는 보장만 있다면 50명이 아니라 몇백 명이라도 상대할 자신이 있었지만 몇 명을 상대하는 동안 도망치는 자들이 발생한다면 그들을 막을 방법이 없기 때문이었다.

게다가 라이오너에서 성장한 라이덴의 힘을 써볼까 하는 생각도 안 해본 것은 아니었다. 하지만 그 무지막지한 파괴력은 허접한 실력의 용병들 따위가 막을 수 있는 힘이 아니었다.

카렌이 라이덴의 항거불능의 힘에 연환상충폭뢰기의 파괴력을 더해 사용하는 순간 용병들은 생포되는 것이 아니라 새까맣게 탄 숯덩이가 돼버릴 것이다.

고심을 하는 동안 어느덧 카렌은 마을 입구로 향하고 있었다.

식사를 마치고 휴식을 취하고 있던 용병들이 카렌을 발견한 것은 당연한 수순이었다.

“저 자식은 뭐야?”

“어쭈? 검을 두 자루나 차고 있는데?”

“겉멋만 잔뜩 든 애송이군.”

저마다 떠드는 용병들의 말을 듣는 순간 카렌의 뇌리에 한 가지 방법이 떠올랐다. 방법이 떠오르는 순간 카렌은 낮고 힘차게 휘파람을 불었다.

삐이익!

“크아악!”

“컥!”

날카로운 휘파람 소리를 듣는 순간 용병들은 갖가지 신음을 터뜨리며 귀를 움켜잡은 채 그 자리에 쓰러졌고, 카렌은 검집째 뽑아 들고는 쓰러진 용병들의 급소를 사정없이 내려쳤다. 전음의 기법을 이용한 카렌의 휘파람 소리는 용병들의 고막을 단숨에 터뜨려 버렸고, 동시에 그들의 뇌를 뒤흔들어 정신을 차릴 수 없게 만들어 버린 것이었다.

제대로 일어서지도 못하는 용병들을 모두 기절시키는 데는 그야말로 숨 몇 번 쉴 정도의 시간밖에 걸리지 않았다. 용병들이 모두 기절한 것을 확인하고서야 카렌은 안도의 한숨을 쉴 수 있었다. 차라리 모조리 죽여 버릴 생각이었다면 이렇게 고생하지 않아도 되었을 것이다. 하지만 음양연환상충기와 지옥이도류에 대한 수련이 깊어지며 생명의 소중함과 무거움을 깨달은 후부터는 함부로 살인을 할 수 없었다.

짐마차에 실려 있던 밧줄을 가져와 기절한 용병들을 일일이 묶기 시작했는데, 그때 기절해 있던 용병 가운데 하나가 깨어나서는 묶여 있는 자신의 모습을 발견하고는 깜짝 놀랐다.

“뭐, 뭐야, 이거?”

"어라? 벌써 깼잖아? 자식, 사람 귀찮게 만드네."

용병의 머리를 향해 검집을 휘두르려던 카렌은 행동을 멈추고 용병에게 질문을 던졌다.

"이 마을에 온 용병들이 너희뿐인가?"

"너, 이 마을 놈이냐?"

딱!

"큭!"

카렌이 사정없이 검집을 휘두르자 묶여 있던 용병은 속수무책으로 얻을 맞을 수밖에 없었다. 용병이 앓는 소리를 내든 말든 카렌은 자신이 할 말만 했다.

"너희 패거리가 더 있는지 그거나 대답해, 더 맞기 싫으면."

"이 자식이…… 크윽, 당연히 더 있다."

"그럼 그놈들은 지금 어디에 있지?"

"제법 검을 쓰는 것 같다만…… 마을 사람들을 생포하러 간 동료들이 돌아오면 너쯤은 단숨에…….."

딱!

용병의 말에 카렌은 그저 팔을 휘둘렀을 뿐이었고, 용병은 머리에서 피를 흘리며 비명도 남기지 못한 채 맥없이 기절을 해야만 했다. 마음이 급해진 카렌은 서둘러 기절한 용병들을 묶고는 혼혈을 눌러 깨어나지 못하도록 한 다음 마을 사람들이 대피해 있는 동굴을 향해 전력을 다해 달려갔다.

파파파~ 팍!

카렌의 내딛는 발에 의해 걷어차인 흙덩이가 바스러지면서 피어난 흙먼지가 자욱하게 일어나며 카렌의 신형이 쭈욱 늘어지더니 순식간에 지평선 너머로 사라졌다.

그렇게 달리기 20분 정도가 지나자 카렌은 커다란 돌산의 기슭에 도착할 수 있었다. 마을의 대피소 역할을 하는 동굴은 아직도 산 정상을 향해 500미터를 올라가야만 했다. 카렌은 쉴 새도 없이 산 정상을 향해 경공을 발휘해 몸을 날리기 시작했다.

하늘을 나는 새보다 빨리 달려가는 카렌의 모습은 한 마리 야생동물보다 더 민첩하고, 날쌔기 이를 데 없었다. 그렇게 달려가던 카렌의 귀에 희미하게 무기끼리 부딪치는 금속음이 들려왔다. 대피해 온 마을 사람과 그들을 생포하러 온 용병들 사이에 싸움이 벌어졌다고 생각한 카렌은 조급해지는 마음을 억누르며 더욱 빠르게 몸을 날렸다.

휘익!

지면을 박찬 카렌은 동굴에서 조금 떨어진 곳에 있던 높이 솟아 있는 칼날 같은 바위 위에 가볍게 몸을 세웠다. 그곳에서 내려다보니 오면서 생각한 것과는 상황이 많이 달랐다.

마을 사람들이 있을 것으로 생각되는 동굴은 두 명의 사내가 자신의 몸으로 입구를 막은 채 용병들로 짐작되는 30여 명의 사내와 싸우고 있었다.

"테일러와 드갈스키님은 언제 오신 거지? 어찌 된 일인지는 모르겠지만 차라리 잘되었군. 슬슬 등장해 보실까?"

바위 위에서 가볍게 뛰어내린 카렌은 동굴 입구를 막고 있는 테일러와 테일러 뒤에서 간단한 마법을 난사하고 있던 드갈스키의 모습을 발견하고는 혼전을 벌이고 있던 용병들 사이로 파고들며 마구 검집을 휘둘렀다. 실력이 너무나 차이가 큰 탓인지 양손에 검집째 나눠 든 것으로 맞부칠 필요도 없이 그저 용병들의 급소를 향해 휘두르기만 하면

되었다.

 갑작스럽게 뛰어든 카렌으로 인해 용병들은 별다른 반항도 해보지 못하고 기절할 수밖에 없었다. 불과 10분도 되지 않아 용병들은 모두 기절한 채 바닥에 쓰러져 있었고, 카렌은 그들이 마나를 사용할 수 없도록 즉시 혈도를 제압했다. 그리고서야 안도의 한숨을 내쉬고 있던 두 사람에게 말을 건넸다.

 "두 사람은 언제 왔어?"

 "조금 전에. 그나저나 네가 와서 다행이다. 하나씩이면 상대도 안 될 것들이 개 떼처럼 몰려들어서 괜히 고생했잖아."

 "그러기에 내가 전부터 여럿을 상대하는 방법을 철저하게 연구하라고 했잖아."

 "휴우~ 카렌, 넌 내가 너처럼 소드 마스터라도 되는 줄 아냐? 게다가 이 자식들 가운데에는 나만큼이나 강한 녀석들도 여럿이나 되었단 말이야."

 테일러의 투정 섞인 대답에 카렌은 영문을 모르겠다는 표정을 지었다.

 "그건 또 무슨 소리야?"

 "허접하기는 하지만 아직 우리 가문의 검술도 다 익히지 못한 것은 물론, 소드 익스퍼트 중급도 겨우 넘은 내가 언제 여럿을 상대하는 방법을 익히란 거냐?"

 "나참, 기가 막혀서. 그럼… 대체 언제 그걸 연습할 건데?"

 "최소 소드 익스퍼트 상급은 되야 그럴 능력이 되지 않을까?"

 카렌은 그런 테일러의 반응에 기가 막힌다는 표정을 짓지 않을 수 없었다.

 "소드 익스퍼트 상급이 되면 그런 능력이 저절로 생길 줄 알아? 펑

소에 무수히 반복된 연습 없이 그냥 저절로 익힐 수 있는 것이라면 고생할 녀석이 하나도 없겠다.”

“그래도 난 가문의 검술부터 익힐 거야.”

조금은 고집스럽게 말하는 테일러의 태도에 가만히 고개를 젓던 카렌은 곧 고개를 끄덕였다. 전해지는 검술이 없는 가문도 적지 않은 현실에서 전해진 독문검술이 있는데 왜 안 익히겠는가? 게다가 카렌이 보기에 엘리야 가문에서 전해지는 검술을 완성한다면 충분히 소드 익스퍼트 최상급이 될 수 있어 보였다. 다만 마지막 깨달음을 얻을 수 있는 방법이나 수련 방법들이 체계적이지 못해 소드 익스퍼트 최상급이 되려면 꽤 많은 시간을 필요로 하는 것이 아쉬운 점이었다.

카렌이 그런 생각을 하는 동안 마을에서 대피해 온 마을 사람들이 동굴 안에서 빠져나오고 있었다. 그리고 그들 가운데에는 처음 카렌을 부르러 갔었던 누크의 모습도 보였다.

“어? 형 왔어? 마을은 어떻게 됐는데?”

“마을에는 상인 셋과 용병대장만 있어. 그리고 마을 밖에 있던 용병 녀석들은 내가 다 재워두었고 말이야.”

카렌의 담담한 대꾸에 누크는 황당하다는 듯 눈을 동그랗게 떴다.

“저, 정말 형이 마을 밖에 있던 용병들을 모두 해치웠던 말이야? 50명도 넘는데?”

“50명이 넘었다고?”

누크의 말에 이번에는 드갈스키와 테일러의 눈이 휘둥그레졌다. 그들뿐만이 아니었다. 동굴 밖으로 빠져나왔던 마을 사람들도 놀라기는 마찬가지였다.

“이봐, 누크. 말을 똑바로 하자고. 해치운 게 아니라 재워두었다고 했잖아. 한 명도 죽이지 않았단 말이야. 그러니까 괜히 오버하지 마. 그건 그렇고, 이 자식들 어떻게 하지? 드갈스키님, 무슨 방법 없겠어요?"

"자네가 잘하는 그 방법이 있지 않은가?"

"예?"

"혈돈가 뭔가 하는 것 말이네."

"혈도를 제압하는 것은 문제가 아닌데 이 녀석들을 옮길 방법이 없지 않습니까? 여기 그냥 두었다간 몬스터나 맹수들의 먹이가 돼버릴 텐데 말입니다."

"그건 걱정하지 말게. 여기로 마을 사람들이 대피를 할 때 사용했던 짐마차가 몇 대 있으니 그것을 사용하면 될 것이네."

"그러면 되겠군요. 그럼 저는 먼저 마을로 가서 상인 녀석들을 사로잡겠습니다."

"나도 같이 가자."

"너는 왜?"

"여기서는 할 일도 없잖아. 그리고 그 싸가지없는 자식들이 무슨 이유로 이렇게 많은 용병들을 끌고 왔는지 그 이유나 들어봐야겠다."

테일러의 말에 카렌은 머리를 흔들 수밖에 없었다.

처음 보았을 때 호쾌하게 느껴졌던 그의 성격은 함께 지내다 보니 첫인상과는 많이 다르다는 것을 금세 깨달을 수 있었다. 한마디로 말해 아무런 생각이 없는 인간이었다.

어떤 일을 행함에 있어 그 일로 인해 벌어질 일을 대비하고, 그 결과에 대해 미리 대비해야 함은 당연한 일이라 할 수 있다. 하지만 그 말은 테일러에게는 통하지 않는 말이었다.

쉽게 말해 일단은 저지르고 보는 성격이었다. 게다가 고집이 얼마나

센지 고집을 한 번 부리기 시작하면 그야말로 대책이 없을 정도였다.

재빨리 쓰러진 용병들의 혈도를 모두 제압한 카렌은 테일러를 향해 외쳤다.

"알아서 해. 그럼 나 먼저 간다."

대답을 하자마자 카렌은 마을을 향해 달려갔고, 그 모습에 테일러는 다급하게 외쳤다.

"이, 이봐. 카렌! 같이 가자니까!"

그 모습을 지켜보던 드갈스키는 어린애 같은 테일러의 행동에 할 말이 없었다. 그러다 그의 눈에 들어온 것은 혈도를 제압당해 기절해 있는 용병들의 모습이었다.

"망할 놈, 이놈들은 누가 마차에 실으라고 그냥 가버린 거야?"

드갈스키는 화를 참지 못하고 테일러를 열심히 씹어댔지만 그 말을 들어야 할 사람은 이미 사라지고 없었다. 어쩔 수 없이 마을 사람들─몽땅 여자들과 아이들뿐이었다─과 함께 용병들을 짐마차에 실을 수밖에 없었다.

마을에 당도한 카렌은 마을의 남자들이 촌장의 집 앞에 모여 있는 것을 발견하고는 재빨리 건물의 그림자 속으로 몸을 숨겼다. 뒤이어 도착한 테일러에게 조용히 하도록 신호를 보낸 카렌은 마을 사람들 앞에서 거만한 표정으로 입을 열고 있던 자의 말에 귀를 기울였다.

"……다시 말해서 너희들에게는 선택권이 없단 말이다. 너희들이 가족들과 지금처럼 무사하게 살고 싶다면, 앞으로 내 말에 무조건 복종해야만 한다는 사실을 명심하는 것이 좋을 거다."

"클락님, 그, 그럼 저희들은 앞으로 어디에서 살아야 하는 겁니까?"

"그건 알 필요 없다. 그저 내가 데려다 주는 곳에서 열심히 치즈를 만들면 돈도 벌고 가족과도 함께 살 수 있다."

"그, 그래도 어딘지 알아야……."

계속된 노인의 질문에 클락은 찌증이 났다.

"닥쳐! 너희들 대부분이 다른 영지에서 죄를 짓고 도망친 범죄자에 도망자들이라는 걸 내가 알고 있다는 사실을 잊지 마라. 다시 한 번 말하지만 너희들에게는 그 어떤 선택권도 없다. 무조건 복종해라."

클락의 거만하고도 강압적인 말에 마을 사람들의 얼굴이 침울하게 변했다.

어쩌면 클락이 이런 말을 할 것이란 사실을 벌써 알고 있었는지도 모른다. 애써 아닐 것이라고 스스로에게 최면을 걸듯 되뇌긴 했지만 결과는 역시였다.

처음 저자와 거래를 할 때 반대했던 사람들이 적지 않았다. 하지만 큰돈을 벌 수 있다는 말에 혹해서 마을 사람 대부분이 찬성을 했는데 결국 이런 문제가 벌어진 것이다.

다른 가족들을 안전한 곳으로 대피시킨 것은 다행이지만 이대로 저들에게 끌려가게 된다면 앞으로 언제나 다시 가족들을 만나게 될지 모르는 일이라 걱정이 되지 않을 수 없었다.

마을 사람들이 고민하는 것을 지켜보던 클락은 비릿한 웃음을 지었다.

"그렇게 결정을 내리기 어려운가? 그럼 내가 쉽게 결정을 내리게 만들어주지. 너희들 가족들은 이미 내가 보낸 용병들에게 모조리 생포가 되었다. 만약 너희들이 내 뜻을 거절한다면 그 후에 벌어질 일은 모두 너희들이 어리석은 결정을 내렸기 때문이라는 것을 분명히 알아둬야 할 것이다."

말을 마친 클락은 곁에 서 있던 리츠를 매서운 눈을 노려봤다.

자신이 마을 사람들을 불러 이런 이야기를 할 때 부하 용병 놈들을 불러 흉흉한 분위기를 조성했다면 자신이 하는 일이 훨씬 쉬웠을 텐데 멍청하게 서 있는 모습이 정말 마음에 들지 않았다. 하지만 리츠 역시 할 말이 없는 것은 아니었다.

그렇지 않아도 클락이 뭘 하려는지 짐작을 하고 마을 입구에서 대기하고 있는 부하들에게 신호를 여러 번 보냈다. 하지만 아무런 응답이 없었다. 혹시 자신 몰래 모두 술이라도 처먹고 뻗어버린 것은 아닐까 하는 생각에 다시 몇 번이나 신호를 보냈지만 역시나 응답이 없었다.

당장이라도 달려가 몽땅 박살을 내고 싶었지만 클락을 비롯한 두 상인을 보호할 사람이 없기에 어쩔 수 없이 참을 수밖에 없었다. 만약 이런 일 때문에 클락과의 관계가 소원해진다면 이곳으로 데려왔던 용병 녀석들을 가만히 두지 않을 생각에 이를 부드득 갈았다.

클락의 말에 마을 사람들의 얼굴에는 포기하려는 빛이 역력했다. 그런 마을 사람들의 모습을 발견한 클락의 얼굴에는 다시금 비릿한 미소가 떠올랐다.

"잠깐만 알려줄 일이 있는데……."

그때 갑자기 뒤에서 들려온 젊은 사람의 목소리에 모두들 고개를 돌리고 음성의 주인공을 확인했다.

"자네들은?"

"촌장님, 그동안 안녕하셨습니까? 그리고 마을 분들도 모두 안녕하셨죠?"

촌장의 물음에 조금은 부산스럽게 대꾸한 사람은 테일러였다.

"자네들이 여긴 왜?"

"당연히 볼일이 있기 때문에 온 거죠. 참! 대피하셨던 가족 분들은 모두 무사하니 저 돼지 같은 놈의 말은 들을 필요도 없습니다. 그리고 마을 밖에서 죽치고 있던 용병 나부랭이들도 몽땅 기절해 있으니 역시 걱정할 필요 없습니다. 그러니 저 돼지 같은 놈에게 하고 싶은 말이 있으시면 참지 말고 하십시오."

테일러의 깐죽거리는 말에 분노를 터뜨리려던 클락은 그가 내뱉은 말의 내용을 떠올리고는 자신도 모르게 리츠를 쳐다봤다. 하지만 어리둥절해하긴 리츠도 마찬가지였다.

"거, 거짓말하지 마라. 마을 사람들을 생포하러 간 부하들이 30명이 넘고, 마을 밖에 있는 녀석들은 50명도 넘는데 그들을 모두 기절 시켰다는 그 말을 믿으란 말이냐?"

"후후후, 그렇게 의심스러우면 나와 싸워보던가."

자신만만해하는 테일러의 태도에 리츠는 속으로 찔끔하면서도 저렇게 새파란 애송이가 설마 자신의 부하들을 모두 기절시켰다는 사실은 아예 믿을 생각조차 하지 않았다. 그러다 테일러 곁에서 조용히 서 있는 카렌의 모습을 발견하는 순간 왠지 포식자를 발견한 초식동물처럼 꼼짝도 할 수 없었다. 소드 익스퍼트 중급에 달하는 자신의 실력으로도 감히 대항할 생각조차 할 수 없는 압도적인 뭔가가 느껴져 감히 쳐다보기조차 힘들 지경이었다.

조금 전 테일러의 말에 가족이 무사하다는 것과 자신들을 위협하던 용병들이 모두 기절했다는 사실을 알게 된 마을 사람들은 누가 먼저라고 할 것도 없이 상인들을 포위하기 시작했다. 리츠가 상인들 앞에서 롱 소드를 뽑아 든 채 위협을 가했지만 마을 사람들은 아랑곳하지 않고 한 걸음씩 다가갔다.

그대로 두었다가는 마을 사람들이 위험할 수도 있겠다는 생각에 테일러가 앞으로 나섰다.

"제가 맡겠습니다. 저 녀석과 싸울 수 있도록 좀 비켜주시겠습니까?"

사람들의 얼굴에 잠시 걱정스러움이 어리긴 했지만 근처에 서 있던 카렌이 고개를 끄덕이자 모두 천천히 뒤로 물러섰다. 목과 어깨를 움직여 뭉친 근육을 풀던 테일러가 자신의 마법검을 뽑아 들었다. 잠시 카렌을 쳐다보던 리츠는 일단 알짱거리는 이 애송이부터 처리하기로 결정을 내렸다.

"내가 그렇게 만만해 보이냐? 쓴맛을 보여줘야 정신을 차릴 애송이군."

물론 하고 싶은 말은 이렇게 얌전한 말이 아닌 욕설이었지만 괜히 카렌을 자극할 수도 있다는 생각에 자제를 한 것이었다.

롱 소드를 뽑아 든 채 대치 상태에 들어간 두 사람은 빙글빙글 돌다가 누가 먼저라고 할 것도 없이 서로를 향해 달려들었다.

챙!

서로의 무기를 부딪친 두 사람은 한 치의 차이도 없이 백중세였다. 테일러에 비해 체격적으로 우세했던 리츠는 자신의 힘에도 밀리지 않는 테일러에게 놀랐고, 테일러는 허접할 줄 알았던 리츠가 뜻밖에도 매끄러운 동작으로 자신의 공격을 막아내자 조금 놀랐다. 상대에 대한 감탄도 잠시 두 사람은 곧 상대를 향해 무기를 휘두르기 시작했다.

테일러의 공격이 교과서적이었다면 리츠의 공격은 그동안의 경험을 바탕으로 한 철저히 변칙적인 공격이었다.

너무나 다른 스타일의 상대이기에 상대하기가 쉽지 않았다. 그래도 그동안 용병 생활을 해본 탓인지 리츠가 조금 유리하게 상황을 이끌어 나가고 있었다. 그러나 그것도 잠시뿐이었다. 곧 카렌과의 대련을 떠올린 테일러는 동작을 콤팩트하게 줄이면서 리츠에게 대항하기 시작했다.

처음 거칠게 테일러를 몰아붙이던 리츠는 당황해하는 상대의 모습에 회심에 미소를 지었다. 하지만 금방이라도 자신의 공격에 당할 것 같던 테일러가 시간이 지나자 공세를 차단하는 것은 물론 오히려 반격까지 취하자 당황하지 않을 수 없었다.

공세를 제대로 막아내지 못해 그 충격 때문에 중심을 잃은 리츠가 한 걸음 뒤로 물러서자 기회라고 생각한 테일러는 지금까지의 수세에서 벗어나 드디어 공격에 나섰다. 물론 처음 리츠와 무기를 맞댄 시점에서 롱 소드에 인첸트되어 있던 파이어 볼을 발현시켰다면 쉽게 승부를 가릴 수 있었을지도 모르는 일이었다.

그렇게 하지 않은 이유는 나름대로 승부에 자신도 있었던 것이 이유였지만 그것보다 더 큰 이유는 마법검의 힘을 사용하는 것은 비겁하다는 조금은 고지식한 생각 때문이었다.

챙!

두 자루의 롱 소드가 부딪치는 순간 리츠의 롱 소드가 날카로운 소리를 내며 부러졌다.

척!

어느 틈엔가 테일러가 다가와 리츠의 목에 롱 소드를 갖다 대었다.

"항복하는 게 어때?"

"제기랄, 검만 부러지지 않았으면 너쯤은 단숨에……."

"그랬을지도 모르지. 하지만 지금 싸움에서는 내가 이겼어."

억울한 듯 말을 내뱉는 리츠에게 테일러는 약을 올리듯 말을 건넸을 뿐이었다.

"아빠!"

어린 소년의 조금은 날카로운 음성에 고개를 돌렸던 마을 사람들 가운데 한 명이 조금은 놀라는 얼굴로 소년을 맞이했다.

"누크? 바위산에 있지 않고 여긴 어떻게 온 거냐?"

"바위산으로 몰려왔던 용병들은 마법사님과 테일러 형, 그리고 카렌형이 다 혼내줬어요. 저기, 저기 보세요."

누크가 손으로 가리킨 곳을 보니 바위산으로 대피했던 여자들과 노약자들이 일부는 짐마차에 탄 채 마을을 향해 걸어오고 있었는데, 자세히 보니 짐마차마다 정신을 잃고 있는 용병들의 모습이 보였다.

테일러가 리츠와 싸우는 동안 상인들과 용병들의 처리에 대해 고심하던 촌장은 이들을 어떻게 해야 좋을지 도저히 결정을 내릴 수 없었다. 결국 그가 내린 결론은 이 문제를 마법사인 드갈스키 일행에게 맡기자는 것이었다.

마을 사람들과 인사를 나누던 드갈스키는 촌장에게 귓속말로 무슨 말을 들었고, 잠시 고심하던 드갈스키는 곧 카렌과 테일러를 불렀다. 용병들의 처리에 대해 상의를 하던 카렌은 갑자기 지면에서 어린아이 주먹만 한 돌멩이를 집어 들더니 뒤로 돌아보지도 않은 채 가볍게 던졌다.

퍽!

"컥!"

그러나 들려오는 소리는 전혀 가볍지 않았다.

"아니, 이 자식이 언제 도망친 거지?"

비명 소리가 들린 곳을 보니 마을 사람들이 다리를 잡은 채 연신 비명을 지르고 있는 족제비 인상의 상인, 로비를 둘러싼 채 서 있는 모습이 보였다. 아마도 마을 사람들이 가족들을 만나는 그 혼란스러운 틈을 타서 도망을 치려다가 카렌에게 들킨 듯했다.

"상인 셋과 저 용병의 처리는 제가 맡겠습니다. 그런데 나머지 용병들은 어떻게 하는 것이 좋겠습니까?"

"나머지 용병들은 아직 소드 익스퍼트 초급에도 미치지 못하는 자들이 대부분이니 간단히 해결할 수 있을 것 같네. 우선 어블리비언(망각) 스펠로 이곳에서 있던 기억을 지우고, 이 마을 사람들에게 무조건적으로 거부할 수 없는 매력을 느끼게 만드는 참(매력) 스펠을 펼친다면 이 문제는 그리 어렵지 않게 해결할 수 있을 것 같네."

"다행이군요. 그럼 전 이들을 처리(?)하러 가겠습니다."

"카렌 군, 내가 곁에서 지켜봐도 되겠나?"

"전 상관없습니다."

카렌의 대답에 드갈스키와 테일러는 클락을 비롯한 상인들과 리츠를 끌고 촌장 집으로 향했다. 마을 사람들은 기절한 용병들을 묶는 한편 마을 밖에 기절해 있는 용병들을 끌고 오기에 여념이 없었다.

촌장의 집으로 끌려온 클락은 눈앞의 이자들만 설득할 수만 있다면 지금의 상황에서 벗어날 수 있다는 것을 직감적으로 깨달았다.

"이보게, 자네들이 누구인지는 모르겠지만 나를 이렇게 대하는 것은 자네들이 미처 내가 누군지 몰랐기 때문이라고 이해를 하겠네. 그러니 어서 나를 풀어주게. 그렇게 한다면 내가 자네들이 섭섭하게 생각하지 않을 만큼 사례를 하겠네."

"흥! 정말 놀고 있군. 섭섭하지 않을 만큼의 사례라…… 어떤 사례를 할지 궁금하군. 참고적으로 알려주자면 여기 계신 드갈스키님은 황궁 소속 5클래스의 마법사이시고, 여기 있는 이 친구는 소드 마스터 중급의 실력자라네. 그리고 나는 트레디날 제국의 5대상단 주인의 동생인데 그런 우리들에게 어떤 사례를 할 거지?"

"아, 아무리 황궁 소속 마법사나 상주(商主)의 동생이라고 해도 귀족의 친척인 나에게 손톱만큼의 해라도 입한다면 너희들은 모두 곱게 죽지 못할 것이다."

테일러의 말에 클락은 깜짝 놀라면서 자신의 불행을 탓할 수밖에 없었다. 어떻게든 이 위기에서 벗어나기 위해 한껏 거드름을 피우며 거짓말을 하긴 했지만 불안감 때문에 그의 목소리는 떨려 나올 수밖에 없었다. 그런 클락의 모습에 카렌은 더 이상 시간을 끌 필요를 느끼지 못했다. 연환상충폭뢰기를 슬쩍 손으로 끌어올리자 카렌의 오른손이 밝은 빛에 싸이며 소음과 함께 방전이 일어나기 시작했다.

바지지~직!

네 사람의 시선이 앞으로 내민 자신의 손에 몰리는 것을 직감한 카렌은 섭령마공을 펼치기 시작했다.

"내 눈을… 보거라……. 너희는…… 지금 몹시도…… 피곤하다……. 도저히…… 눈을 뜰 수 없을 정도로… 너무나 피곤하다……."

카렌의 묘한 운율을 가진 마지막 말이 끝나는 순간 네 사람의 눈은 누가 먼저라고 할 것도 없이 거의 동시에 감겼다. 조금 떨어진 곳에서 그 모습을 지켜보던 드갈스키는 눈빛을 반짝이며 카렌을, 아니, 카렌을 감싸고 있는 마나의 흐름을 눈여겨보기 시작했다.

"나는… 너희들… 영혼의… 주인이다……. 영혼의… 주인으로서… 명령을 내리겠다……."

"주인님의 명령에 따르겠습니다."

"이 마을은… 너희들의… 주인인… 내가 거처하는… 곳이다……. 당연히… 너희들은… 이 마을… 사람들을… 속여서는… 절대… 안 된다……. 너희들은… 앞으로… 이 마을의… 발전을 위해… 노력해야 하며…… 이 마을 사람들을… 위험으로부터… 막아주어야만… 한다……."

"명심하겠습니다, 주인님."

"만약… 내 명을… 거역한다면… 너희들의… 영혼은… 구원받지… 못하고… 어둠 속을… 영원히… 헤매고… 다녀야만… 할 것이다……. 알겠느냐……."

"며, 명심하겠습니다, 주인님."

카렌의 말에 무한한 공포를 느끼는지 네 사람은 그 자리에 머리를 처박은 채 고개도 들지 못하고 부들부들 떨고만 있었다.

곁에서 그 모습을 지켜보던 드갈스키는 시간이 지날수록 감탄하는 기색을 감추지 못하고 있었다. 정말로 신비하고 획기적인 방법이었다.

카렌이 내뱉은 말에는 마나가 실려 있었는데 그 마나는 묘한 파동을 일으키며, 네 사람의 머리로 스며들고 있었다. 그리고 마나가 네 사람의 머리로 스며들면 들수록 네 사람의 눈빛은 점점 더 혼탁해지며 몽롱해지는 것을 발견할 수 있었다.

마나를 저런 식으로 활용할 수 있다니, 정말 놀라울 뿐이었다. 게다가 그뿐만이 아니었다.

네 사람의 머릿속으로 스며든 마나가 자연스럽게 흩어지지 않고 곳곳에 자리 잡고는 그대로 뭉쳐 있는 것이 아닌가? 동시에 조금 전까지 흐릿하고 멍한 시선이 아니라 초점이 잡혀 있는 평상시의 시선으로 카렌에게 가장 공손한 표정으로 고개를 숙이고 있었다.

한평생 마법만을 연구한 드갈스키로서는 마법이 아닌 방법으로 인간의 정신을 조종할 수 있다는 사실을 도저히 받아들일 수 없었다. 그런 탓에 효과에 대해서 조금은 믿을 수 없는 것도 사실이었다.

"내가… 한 말을… 영혼에… 새기고…… 모두 깨어나라!"

나직한 카렌의 말에 눈을 뜬 네 사람은 잠시 어리둥절한 표정을 짓다가 곧 카렌을 향해 허리를 숙였다.

"주인님께 인사를 올립니다."

클락의 인사말에 나머지 세 사람도 황급히 고개를 숙였다.

그 모습을 본 드갈스키와 테일러는 자신의 눈을 의심하지 않을 수 없었다. 조금 전까지 온갖 거드름을 피우던 작자가 카렌에게 갑자기 주인님 운운하니 놀라지 않을 도리가 없었다. 그런 클락의 태도가 당연하다는 듯 카렌은 담담한 미소를 지으며 말을 건넸다.

"그래, 이곳에는 무슨 일로 왔나?"

"치즈와 잡다한 것을 거래하기 위해서 왔습니다."

"호~ 이 마을과 거래가 있었던 모양이지?"

"예, 이 마을에서 만든 치즈가 귀족가에서 선풍적인 인기를 끌고 있습니다. 해서 좀 더 많은 치즈를 확보하기 위해서 다른 상인들과 함께 왔습니다."

"그랬군. 이 마을의 발전을 위해 힘써준다니 나로서는 그저 고마울 뿐이야."

"아닙니다. 아직까지는 별로 도움이 되지 못하고 있습니다. 앞으로 좀 더 마을에 도움이 되도록 노력하겠습니다."

"부탁하겠네."

"아닙니다. 주인님의 종인 제가 당연히 해야 할 일이니 그 말씀은 거두어주십시오."

"그렇게 생각해 준다니 고맙군. 참, 내가 잠시 볼일을 보기 위해 이곳을 떠나야 할 것 같네. 내가 없더라도 내 권리를 촌장에게 일임하고 갈 테니 자네는 그렇게 알도록 하게."

"명심하겠습니다, 주인님."

"자네는 데리고 온 용병들이 말썽을 부리지 못하도록 잘 다독여 주게."

"주인님, 저에게 맡겨주십시오."

리츠는 자신의 가슴을 탕탕 치며 자신만만하게 대답을 했다.

"그리고 자네들이 돌아갈 때 카렉슨이라는 중환자를 도시로 데려가 프리스트에게 치료를 받을 수 있도록 조치를 취해줬으면 고맙겠군."

"걱정하지 마십시오. 그 사람이 완전히 나을 때까지 제가 돌보도록 하겠습니다."

"고맙군. 이제 자네들의 일을 보도록 하게."

"그럼 저희들은 이만 물러가겠습니다. 주인님, 편히 쉬십시오."

네 사람이 공손하게 인사를 하고 촌장의 집을 빠져나갈 때까지 드갈스키와 테일러는 놀란 얼굴을 제대로 추스르지 못하고 있었다.

"카렌, 너 혹시 저 자식들을 알고 있었던 것 아니야?"

"그건 또 무슨 소리야?"

"그럼 오늘 처음 보는데도 저 녀석들이 어떻게 너를 주인님이라고 부른단 말이야? 도저히 이해가 되지 않잖아?"

“휴우~ 그냥 그런 것이 있다는 것만 알아둬.”

“무슨 대답이…….”

“정말 대단한 마나 활용법이더군. 설마 그런 방법이 있으리라고는 생각도 못해봤네.”

“드갈스키님 말씀대로 저도 마나의 활용법이 이렇게 다양하다는 것을 무공을 익히면서 깨닫게 되었습니다.”

드갈스키는 카렌에 대해서 알면 알수록 카렌의 특이하면서 광대한 지식에 대해서 감탄하지 않을 도리가 없었다. 정확히 말하자면 카렌이 아니라 카렌을 가르친 그의 스승이겠지만 말이다. 상식의 깨는 카렌의 마나 활용법은 언제나 드갈스키에게 강한 자극을 주었고, 무수한 연구 감을 제공하고 있었다.

“그럼 문제는 모두 해결된 건가?”

“드갈스키님이 용병 녀석들만 처리해 주신다면 모두 해결되는 거죠.”

테일러의 말에 잠시 망설이던 카렌이 입을 열었다.

“드갈스키님, 어차피 며칠 후에 말씀을 드리려고 했는데 오늘 말씀을 드리겠습니다.”

“무슨 말인데 그렇게 폼을 잡는 거야?”

“처음 우리가 이곳으로 올 때 말한 것처럼 이제는 내가 떠나야 할 시간이 된 것 같아.”

“떠나? 대체 어디로 떠난단 말이야?”

뜻하지 않은 듯 당황한 표정을 짓던 테일러는 정말 화가 난 듯 얼굴이 붉게 달아올라 있었다.

“내가 말했었잖아. 나에겐 할 일이 있다고 말이야.”

"대체 무슨 일인데 그러는 거야? 내가 도와줄게. 내 힘으로 안 되면 우리 가문의 모든 힘을 동원하는 한이 있더라도 도와주면 될 것 아니야."

조금은 신경질적으로 말을 내뱉는 테일러의 모습에 카렌은 마음 한 구석이 따뜻해지는 것을 느끼면서도 절대 테일러에게 말을 해서는 안 된다는 생각을 했다. 그래서 가만히 고개를 저었다.

"아니야. 이 일은 내가 할 수밖에 없는 일이고, 반드시 내가 해야만 할 일이야. 네 마음은 정말 고맙지만 그냥 마음만 받을게. 그리고…… 그곳에서 친구들이 날 기다리고 있어."

담담한 카렌의 대답에 설득할 수 있는 단계가 아님을 깨달을 수 있었다. 남은 것은 마음 편하게 그를 보내는 것뿐이었다.

"하지만…… 네가 해야 한다는 그 일이 끝나면 한 번쯤은 날 찾아올 거지?"

"당연하지. 누가 뭐라 해도 우리는 생사를 같이했던 전우니까."

지금까지 모든 일은 혼자 처리하다시피 했으면서도 별 볼일 없는 자신을 전우라고 불러주는 카렌에게 테일러는 정말 감동하지 않을 수 없었다. 물끄러미 카렌을 쳐다보던 테일러는 힘차게 고개를 끄덕였다. 그리고는 앞으로 카렌에게 도움을 줄 수 있는 실력과 능력을 가지겠다고 내심 결심했다.

"그럼 전 준비를 하고 오겠습니다."

동료들과 이야기를 나누다 보면 헤어지기 싫은 생각이 강해질 것 같아 카렌은 서둘러 그 자리를 떠났고, 그런 카렌을 바라보는 두 사람의 시선에는 갖가지 감정이 실려 있었다.

동굴로 돌아온 카렌은 짐을 정리하다가 몇 년 동안 생활했던 자신의 짐이 두 자루의 검과 옷 두 벌이 전부임을 깨닫고는 쓴웃음을 지었다.

이곳에서 지내는 동안 육체적인 훈련보다는 연환상충폭뢰기에 대한 운용과 깨달음에 치중한 탓에 입고 있는 옷도 거의 새것이었다. 두 자루의 검도 한 달에 한 번 정도 몸을 풀기 위한 연습 때나 뽑을 정도였으니 더 이상 말할 필요가 없을 정도였다.

조금 전 자신이 부른 휘파람 소리를 듣고 달려오는 실피드의 모습을 발견한 카렌은 마을로 되돌아가기를 포기하고 그대로 떠나기로 결심을 했다. 다시 작별 인사를 한다는 것도 쑥스러운 일이었지만 마을 사람들과 작별 인사를 하려면 적지 않은 시간도 걸릴뿐더러 마음도 한동안 편치 않을 것 같았다.

결국 카렌은 실피드와 함께 그대로 마을을 우회했다.

"다음에 다시 만날 수 있기를……."

제5장
만남

만남

다각다각.

한가롭게 말을 몰던 러쎌은 언덕을 내려오는 순간 눈앞을 가로막은 길고 높다란 성벽을 발견하고는 드디어 목표로 했던 무디스 시에 도착한 것을 알았다. 하지만 성벽에 가로막힌 탓인지 바다는 전혀 보이지 않았다.

"드디어 도착했군."

러쎌의 말에 알리샤는 대꾸를 하지 않았지만 그녀의 얼굴에도 드디어 목적지에 도착했다는 안도감이 역력했다. 몬스터가 출몰하던 토바야 지방에서 수도 페인야드로, 페인야드에서 루벤트 제국의 수도인 윌라인으로, 윌라인에서 바이샤르 제국의 수도 로스바인으로, 그리고 마지막으로 로스바인에서 이곳 무디스까지 장장 6개월이 걸린 장거리 여행이었다.

물론 여행을 하는 동안 수련도 하고, 가끔 여행비를 벌기 위해 몬스터를 토벌하거나 상단을 호송하기도 하면서 이곳까지 왔기에 그리 지겹지는 않았지만 다시 한 번 하라고 한다면 저절로 고개를 흔들 정도로 따분하고 재미없고 지겨운 여행이었다.

성문 앞에 도착하고 보니 사방에서 몰려든 상인들과 용병들, 여행자들로 북적이고 있었는데, 성문 안쪽에서 몰려나오는 사람들의 수도 적지 않았다. 하지만 성문 앞을 지키고 있는 병사들의 수는 의외로 적었다. 그렇지만 방문객들의 수와 여행증을 확인하는 그들의 세심한 눈길은 날카롭기 그지없었다.

"어서 오십시오. 저희 무디스 시를 찾아주신 것을 진심으로 환영합니다."

판에 박힌 인사말이긴 하지만 그리 불쾌감을 주는 말은 아니었다.

40대 초반으로 보이는 건장한 체격을 가진 병사가 건넨 말에 러쎌과 알리샤는 거의 동시에 용병패를 꺼내 병사에게 내밀었다. 무의식적으로 용병패를 받아 든 병사는 두 용병패가 나타내는 것이 뭔지를 깨닫고는 깜짝 놀라 상대를 확인했다.

20대 초반의 건장한 체격을 가진 젊은 청년과 싸늘한 표정의 미인.

"귀하들이 정말 1급 용병들이란 말이오?"

"그렇소. 이상이라도 있소?"

"그런 건 아니지만……."

말꼬리를 흐린 중년 병사는 다시 한 번 두 사람을 확인했지만 1급 용병패를 받을 실력을 지녔다고 보기엔 너무나 젊었다. 물론 젊은 용병들 가운데 뛰어난 실력을 가진 자들이 없는 것은 아니지만 그래도 너무 젊었다.

“이만 통과해도 되겠소?”

“좋소. 하지만 도시 내에 용병들이 많으니 부디 그들과 부딪치지 말고 조용히 볼일만 보고 떠나기를 빌겠소.”

잠시 중년 병사를 바라보던 러쎌은 그에게서 용병패를 받아 들고는 그대로 도시 안으로 향했다.

무디스 시가 비록 바이샤르 제국에서 두 번째로 큰 항구이긴 했지만 오히려 제1항구인 보네크 시보다도 유동 인구가 많았다.

보네크가 상업적인 목적으로 형성된 도시라기보다는 군사적인 목적이 강조된 항구이기 때문인 탓도 있지만 그보다는 지리적인 이유 때문이었다. 해저가 깊고, 유속이 빠른 탓에 일반적인 배들이 드나들기에는 무리가 많았던 탓에 오히려 상대적으로 사시사철 잔잔한 물결을 유지하는 무디스 시가 상업적으로 발전할 수 있었던 것이다.

바이샤르 제국의 크고 작은 모든 상선과 어선들은 대부분 무디스 항을 이용한 탓에 무디스 시는 당연히 상인들로 북적일 수밖에 없었다.

무디스 시로 들어선 러쎌과 알리샤는 코끝을 자극하는 기묘한 냄새에 자신도 모르게 인상을 찌푸릴 수밖에 없었다. 그들로서는 난생처음 맡아보는 냄새였는데 비릿한 것이 속이 울렁거릴 정도로 역하기 이를 데 없었다.

“일단은 항구로 가야겠지?”

러쎌의 말에 알리샤는 서둘러 고개를 끄덕였고, 빨리 이 자리를 떠났으면 하는 그녀의 내심을 읽고 러쎌은 근처를 지나던 사람에게 항구의 위치를 물었다.

“중앙대로를 계속 따라가다 보면 바다를 만나게 될 거요. 거기서 해안선을 따라 조금만 내려가면 커다란 항구를 만나게 되는데 거기가 바로 무디스 항이오."

설명을 하는 사내의 얼굴에는 원인 모를 자부심으로 가득했다. 아마도 자신이 사는 곳에 대한 자부심 같았는데 러쎌과 알리샤로서는 이해하기 힘든 감정이었다. 어쨌든 사내가 말한 곳으로 말을 몰아가다 보니 갑자기 눈앞이 푸른색으로 가득 찼다.

끝없이 이어진 수평선.

하얀 백사장과 에메랄드 빛 바닷물.

시원한 바람이 끊임없이 불어오는 바다를 바라보는 러쎌과 알리샤의 눈에는 오직 경이감뿐이었다.

물론 바다라는 것이 엄청나게 많은 물이 모여져 만들어진 것이라는 것을 모르는 건 아니었다. 하지만 이야기로만 듣던 것과 실제 자신의 눈으로 보는 것과는 하늘과 땅만큼 차이가 있었다. 이렇게나 많은 물이 모여 있을 수 있다니…… 직접 눈으로 보고도 믿기 힘든 광경이었다.

적지 않은 감동을 느끼며 두 사람은 까마득히 멀리 보이는 항구를 향해 말을 몰았다.

단단한 지면이 아니기 때문인지 말들은 연신 투레질을 하며 발걸음을 옮겼다. 주변을 둘러보던 알리샤의 눈에 물가에서 어린아이들이 물장구를 치는 모습이 들어왔다.

연신 웃음을 터뜨리며 친구와 장난을 치는 아이들의 모습은 그야말로 평화스러움 그 자체였지만 알리샤에게는 이해하기 힘든 광경 가운데 하나였다.

무엇이 저리도 즐거울까?

친구들과 노는 것이 저리도 재미있는 것일까?

기억을 잃어버린 탓에 과거에 자신이 저 아이들처럼 즐겁게 어린 시절을 보냈는지는 알 수 없었지만 왠지 즐거운 시간은 아니었을 것이란 생각이 들어 조금은 우울해졌다. 그러는 사이 두 사람은 무디스 항에 가까워졌는데 그 항구의 어마어마한 규모에 벌린 입을 다물 수 없었다.

먼바다에는 높은 파도를 막기 위한 방파제가 설치되어 있었고, 해변에는 크고 작은 배들을 댈 수 있도록 크기가 각기 다른 부두 수십 개가 건설되어 있었다. 항구에 정박한 배만 하더라도 그 수를 쉽게 셀 수 없을 정도로 많았는데, 짐을 내리고 또 싣고 하느라 수백 명의 인부들이 바쁘게 움직이고 있어 혼잡하기 이를 데 없었다.

항구에 가까워지자 두 사람이 무디스 시에 들어와 느꼈던 그 역한 냄새가 다시 풍기는 것을 깨닫고는 눈살을 살짝 찌푸렸다. 항구에 도착한 두 사람은 그 괴상한 냄새가 가게마다 앞에 늘어놓은 이상하게 생긴 물건에서 풍긴다는 것을 금세 눈치 챌 수 있었다.

길고, 짧고, 푸르고, 붉고, 가늘고, 굵고……

생긴 것도, 크기도, 색깔도 제각각인 생물들이 즐비하게 놓여 있었다.

저렇게 생긴 생물을 생선이라고 부른다는 것을 직감적으로 깨달을 수는 있었지만 설마 생선의 종류가 저렇게도 많을 줄은 상상도 못했던 일이었다. 불과 잠깐 동안 서 있었을 뿐이지만 생선에서 풍겨진 비린내가 전신에 스며드는 것 같은 착각이 들었다.

서둘러 그 자리를 떠난 두 사람은 가까운 곳에 있는 식당 겸 여관을 찾았다.

〈바다의 꿈〉이란 식당 안으로 들어가니 점심 시간이 훨씬 지났음에도 불구하고 많은 사람들이 테이블을 차지한 채 음식과 술을 먹고 마시며 꽤나 시끄럽게 떠들고 있었다. 대부분이 뱃사람들인 듯 검붉게 탄 얼굴과 건장한 체격을 가지고 있었다.

"어서 오세요. 주문을 하고 대충 빈자리에 앉아 계세요."

약 20대 초반으로 보이는 젊은 여자가 빈 테이블에 늘어져 있는 그릇을 치우며 두 사람에게 말을 건넸다. 주위를 흘깃거리던 알리샤는 창가에 붙어 있는 빈 테이블로 가서 앉았다.

간단한 요깃거리를 주문한 러쎌은 주위를 둘러보다 용병들이 한 사람도 보이지 않는 것을 깨닫고는 고개를 갸웃거렸다. 지금껏 꽤 작은 마을에 들른 적도 여러 번 있었지만 술집에서 용병이나 힘깨나 쓸 만한 자들을 만나지 못했던 적은 거의 없었다.

물론 그런 자들 가운데 알리샤의 손아귀에서 무사히 빠져나간 자들은 단 한 명도 없었다. 말썽의 소지가 없다는 것은 러쎌로서는 환영할 만한 일이었다.

창밖으로 보이는 항구의 모습은 그림의 한 폭처럼 아름답게만 보였다.

잠시 후 가게 주인이 내온 음식은 역시 항구 도시답게 해물이 주가 된 음식이 대부분이었다. 다른 음식은 해산물 특유의 비린내 때문에 거의 먹지 못했지만 생선 구이와 생선 튀김만은 꽤나 입맛에 맞아 추가로 더 주문했을 정도였다.

"해산물 요리를 처음 먹어보는 모양이죠?"

"예? 예."

"하지만 계속 먹다 보면 해산물 요리가 최고라는 것을 곧 느끼게 될 거예요."

"그렇습니까? 그런데 여기 숙박도 합니까?"

"물론이에요."

"그럼 1인실로 두 개를 주십시오."

"며칠이나 묵으실 예정인가요?"

"얼마나 될지는 모르겠지만 최소 5월 중순까지는 있어야 할 것 같습니다."

"어머! 장기 투숙 손님이시네요. 원래는 하루에 80코퍼씩이지만 특별히 이틀에 1실버만 받을게요. 그리고 하루에 한 끼는 서비스를 해드리도록 할게요. 지내다 보면 알게 되겠지만 이 근처에서 저희 집만큼 편안하고 음식 맛이 괜찮은 곳도 없다는 것을 금세 아시게 될 거예요. 정말 두 분은 잘 선택하신 거예요."

"먼 길을 와서 그런데, 지금 좀 쉴 수 있겠습니까?"

"물론이에요. 저를 따라오세요."

여주인을 따라간 두 사람은 2층에 마련된 1인실로 향했고, 방에 들어서자마자 그대로 침대에 쓰러져서는 정신없이 잠에 빠져들었다.

두 사람이 무디스 항구에 도착한 지도 벌써 20일 가까이 지났다.

간만에 맞이하는 휴식이었지만 이곳에서 만나기로 한 카렌과 어떻게 만나야 할지, 또 카렌의 누나 네로브는 과연 나타날 것인지, 그리고 자신들은 과연 무슨 일을 해야 하는 것인지 모든 것이 다 궁금해 제대로 쉴 수도 없었다.

러쎌과 알리샤는 각자 자신의 방에서 수련에 대부분의 시간을 보내고 있었지만 마음의 안정을 찾지 못한 탓인지 수련에 집중하지 못하고 있었다.

저녁 식사를 마친 후 자신의 방으로 향하려는 알리샤에게 러쎌은 산책을 제의했다.

알리샤도 마음이 편하지 않았는지 고개를 끄덕였고, 두 사람은 곧 여관을 나와 부둣가를 향해 걷기 시작했다.

잠시 후 두 사람은 부둣가를 지나 부두와 연결된 백사장을 걷고 있었는데, 밤하늘에 별빛이 드리워져 반짝이는 밤바다의 광경은 그야말로 환상적이라고 할 정도로 아름답기 그지없었다. 지금까지 내륙 지방에서만 살아온 두 사람으로서는 상상도 해본 적이 없는 환상적인 모습이었다.

항구에 도착한 후 방에서만 생활해 온 탓에 밤바다가 이렇게 환상적인 모습일 줄은 몰랐기에 두 사람은 굳어버린 듯 그 자리에 서서 밤바다를 하염없이 바라봤다.

그때였다.

"적이다!"

"포위망을 풀지 마라! 마을로 들어가지 못하도록 해라!"

수십 명의 떠드는 소리 중간중간에 금속음이 끊이지 않고 들리는 것으로 봐서는 누군가와 교전이 계속되는 것 같았다. 다만 이상한 것은 인간의 비명 소리가 들리지 않는다는 점이었는데, 두 사람이 그런 생각을 하는 동안에도 싸움 소리는 계속 들려왔다.

잠시 서로를 바라보던 두 사람은 누가 먼저라고 할 것도 없이 싸움 소리가 들린 곳으로 몸을 날렸다. 불과 몇 번 몸을 날렸을 뿐이지만 두 사람은 금세 격전이 벌어진 곳에 도착할 수 있었다.

자세히 살펴보니 몇몇 검은 그림자와 해안 경비대로 보이는 병사들 사이에 치열한 교전이 벌어지고 있었다.

난생처음 보는 기이한 복장을 하고 있는 다섯 명의 남녀와 40여 명의 병사는 한 치의 양보도 없이 서로를 향해 무기를 휘두르고 있었는데, 수적 열세에도 불과하고 다섯 명의 실력이 압도적으로 뛰어나 어렵지 않게 병사들을 상대하고 있었다.

다섯 명의 남녀가 뭐라고 떠드는 소리가 들리긴 했는데 난생처음 듣는 말이었기에 대체 어느 왕국의 말인지 좀처럼 알아들을 수 없었다.

마구잡이로 공격을 퍼붓는 병사들의 공격을 차분하게 막아내는 다섯 남녀의 철벽같은 수비는 오랫동안 손발을 맞춘 듯 한 치의 빈틈도 찾아볼 수 없었다. 그렇다고 다섯 남녀가 수비에만 치중하고 있던 것은 아니었다.

수비를 하는 와중에도 간간이 반격을 하고 있었는데 그들의 공격을 받은 병사들은 별다른 대항도 못한 채 맥없이 그 자리에서 쓰러졌다. 하지만 쓰러진 병사들에게서 피가 보이지 않는 것이 이상해 자세히 살펴보니 다섯 남녀는 검집에서 검을 뽑지도 않은 채 병사들을 상대하고 있었던 것이다.

실력은 다섯 남녀가 뛰어났지만 수적인 열세를 금방 극복할 수 없었기에 한동안 팽팽한 국면이 이어졌다.

두 무리의 교전을 지켜보던 러쎌과 알리샤의 눈빛이 반짝였다.

뜻밖의 광경을 목격했기 때문이었다.

다섯 명의 남녀 가운데 유난히 체격이 좋은 사내 하나가 갑자기 앞으로 나오며 가지고 있던 무기를 휘둘렀다. 그런데 그 무기의 생김새가 과거에 본 적이 있던 카렌의 헬 블레이드와 비슷하게 생겼던 것이다.

"차앗! 구궁연환참(九宮連環斬)!"

　체격 좋은 사내, 종리격의 외침이 터져 나오는 순간 그가 들고 있던 만련벽강도(萬鍊碧鋼刀)가 무서운 속도로 허공에서 아홉 번 꺾이더니 달려들던 병사들의 목덜미, 머리, 명치 등 급소를 칼등으로 가격했다. 종리격의 공격을 받은 병사들은 비명 한마디 남기지 못하고 그 자리에 주저앉아 정신을 잃었다. 열 명이 넘는 병사들이 동시에 쓰러지는 장면은 한편으론 장관이기도 했지만 다른 한편으로는 소름이 오싹 돋을 만큼 놀라운 광경이기도 했다.

　러쎌과 알리샤는 종리격의 정형화된 공격에서 자신들이 익힌 무공과 비슷한 느낌을 받은 것이었다. 자신도 모르게 서로를 바라보던 두 사람의 뇌리에는 거의 동시에 같은 생각이 떠올랐다.

　'저것은…… 무공이 틀림없어. 더구나 이스턴 대륙의 말까지…… 어떻게 이스턴 대륙 사람들이 이곳에 나타난 거지?'

　두 사람이 다섯 명의 남녀를 구해야 할 것이냐 그냥 지켜볼 것이냐를 고민하는 사이 삼남이녀는 병사들을 모두 기절시키고는 무디스 항의 남쪽을 향해 경공을 발휘해 몸을 날렸다. 그 모습을 지켜보던 두 사람은 다시 한 번 자신들의 판단이 맞다는 것을 확인할 수 있었다.

　눈빛을 주고받은 러쎌과 알리샤도 그 자리를 박차고는 다섯 남녀를 따라가기 시작했다.

　도시 외곽을 벗어나 한참 떨어진 곳에 있는 숲에 도착할 때까지 그들은 한 번도 쉬지 않고 경공을 발휘했기에 러쎌과 알리샤도 쉬지도 못한 채 그들을 따라가야 했다.

　숲에 도착한 그들은 주위를 경계하며 더욱 깊숙이 숲 속으로 들어가서야 흩어져 앉고서야 가쁜 숨을 몰아쉬며 휴식을 취했다.

　다른 사람보다 더욱 가쁜 숨을 몰아쉬던 작은 키의 여자가 조금은 신경질적으로 말을 내뱉었다.

"제기랄, 그 자식들은 대체 뭐야? 이유가 어떻게 되었든 일단 사정부터 알아보고 난 후에 공격을 하든 말들 해야 할 것 아니야? 상대도 안 되는 빌어먹을 놈들이 다짜고짜 검부터 휘두르다니…… 그건 그렇고, 종리 대협은 왜 그놈들을 죽이지 말라고 한 거예요?"

"휴우~ 백리 여협, 이곳은 우리가 살던 곳이 아니외다. 만약 우리가 저들 가운데 누구를 죽였다고 칩시다. 그럼 저들이 우리를 그냥 순순히 떠나보내리라고 생각하는 것이오?"

종리격은 자신들의 처지를 뻔히 알면서도 분노를 참지 못하는 백리경설의 태도에 은근히 분통이 터졌다. 하지만 성격도 제각각인데다 소속도 제각각인 이들을 인솔하는 입장이기에 억지로 마음을 진정시키고는 백리경설을 달래기 시작했다.

"백리 여협, 일단 마음을 진정시키도록 하시오. 이 낯선 땅에서 우리끼리도 마음이 안 맞는다면 우리가 해야 될 일은 어떻게 되겠소? 더구나 이 대륙 말을 아는 사람은 백리 여협뿐이지 않소. 우리가 임무를 완수하고 돌아오기만을 기다리는 사람들이 하나둘이 아니라는 것을 기억해 주었으면 고맙겠구려."

완곡한 종리격의 말에 백리경설도 곧 안색을 풀 수밖에 없었다.

두 사람의 대화에 신경 쓰고 있던 일행들은 다행히도 백리경설이 안색을 푸는 모습을 보고는 안도의 한숨은 낼 쉴 수 있었다. 일행들 가운데 가장 연장자인 두 사람은 여행을 시작한 후 말다툼을 벌인 것이 한두 번이 아니었고, 그때마다 나머지 세 사람은 누구의 편도 들지 못한 채 두 사람의 말싸움이 끝나기만을 기다려야 했다.

"종리 대협, 그럼 오늘 저녁은 이곳에서 보내는 겁니까?"

"남문휘 소협, 아무래도 그래야 할 것 같소."

"하지만 아까 그 병사들의 공격을 받아 급히 피하느라 비상 식량과 금붙이를 모두 배에 남겨뒀는데…… 사냥이라도 해올까요?"

"아무래도 그래야 할 것 같소. 나랑 같이 갑시다."

"아닙니다. 사냥은 강천림 소협과 해오겠습니다. 대협께서는 불이라도 피워두십시오."

종리격이 자신을 잡는 것이 두려운 듯 남문휘는 근처에 있던 갸름한 얼굴을 가진 청년의 손목을 잡고 황급히 그 자리를 떠났다. 백리경설 곁에서 대화에 끼지 못하고 있던 여인은 이제 막 20대가 된 듯 보였는데 우물쭈물하는 모습이 뭔가 할 말이 있는 것처럼 보였다.

그 모습을 발견한 종리격이 속으로 한숨을 내쉬고는 입을 열었다.

"백리 낭자, 내게 할 말이라도 있소?"

"다름이 아니라…… 저희가 그분의 후예를 과연 찾을 수 있을까요?"

"글쎄… 그 문제에 대해서는 나로서도 뭐라고 대답해야 좋을지 모르겠소. 비록 300년의 천하제일인이 남긴 말이라고 하지만 그런 능력의 인간이 있을 수 있는가 하는 문제에 대해서는 나로서도 뭐라고 대답할 말이 없구려. 더군다나 300년이나 지난 지금 그의 후손이 과연 살아 있을지, 설사 있다고 하더라도 그가 선조만 한 능력을 가지고 있을지 그 모든 것이 의문이 아닐 수 없소. 휴우~"

지금까지 그 문제에 대해서는 한마디도 하지 않던 종리격이 회의적인 반응을 보이자 질문을 한 여인, 백리경운은 미안한 표정을 지으며 어쩔 줄 몰라 했다.

'휴우~ 친자매이면서도 어쩌면 저렇게 다를 수 있는지 정말 불가사의가 아닐 수 없군.'

"그냥 조금이라도 빨리 그분을 찾았으면 하는 마음에서 드린 말씀이었는데……."

"백리 낭자, 사과할 필요는 없소이다. 낭자의 잘못도 아니고, 막연한 말만 믿고 이곳까지 온 것이 잘못일지도 모르는 일이니……."

"하지만 지존성모님을 모시는 총단의 신탁에 의하면 무조건 동쪽으로 배를 몰아가다 보면 대륙을 구할 귀인을 만나게 될 거라고 했잖아요. 그리고 300년 전 천하제일인이라고 알려진 천우신검 강찬휘 대협이 자신과는 비교도 할 수 없는 고금제일인의 무위를 가졌다고 인정한 사람의 후손이니 선조만큼은 되지 않더라도 우리에게 충분히 도움이 될 능력을 가지고 있을 거예요, 틀림없이."

백리경운의 말에 종리격은 고개를 끄덕이면서도 과연 그런 사람이 존재하기는 할까? 또, 설사 그런 사람이 있다고 하더라도 자신들을 도와줄까? 하는 의문이 끊이지 않고 들었다.

"땔감으로 쓸 나무를 구해올 테니 잠시만 이곳에서 기다리시오."

종리격이 마른 나뭇가지를 줍기 위해 숲으로 들어가는 모습을 지켜보던 러쎌은 조금 전 그들이 나누던 대화를 떠올렸다. 물론 나누는 대화 가운데 러쎌이 알아들은 단어는 몇 개에 불과했다. 그나마도 지옥마제에게 무공을 전수받으면서 익힌 덕분이었다.

방금 자신이 들은 몇 개의 단어를 종합해 보면 저들 삼남이녀는 누군가를 찾아 이곳까지 온 것 같았다. 누구를 찾아온 것인지는 알 수 없었지만 한 가지 분명한 것은 그들이 이스턴 대륙 사람들이란 사실이었다.

문득 자신이 익힌 무공을 시험해 보고 싶다는 생각이 들었다.

그런 생각을 한 것에는 자신의 스승인 지옥마제가 태어난 곳의 사람들이라는 것이 작용한 탓이었다. 게다가 무공이라는 놀라운 것을 만들어낸 대륙에서 태어난 사람들은 과연 어떤 실력을 가지고 있고, 자신의 실력이 그들에게 얼마나 통할지 너무도 궁금했다.

러쎌이 그런 생각을 하는 동안 사냥을 하기 위해 떠났던 남문휘와 강천림이 토끼처럼 생긴 동물 세 마리를 사냥해 왔다. 가죽을 벗기고 내장을 제거해 요리할 준비를 마치자 기다렸다는 듯이 종리격이 마른 나뭇가지를 잔뜩 들고 나타났다.

삼매진화를 이용해 모닥불을 피우고 사냥감을 불 위에 올려놓고 익기만을 기다리고 있을 때 무언가가 이들이 있는 곳으로 조심스럽게 다가오고 있었다. 그 기척을 감지한 러쎌과 알리샤는 다가오고 있는 것이 오크들이라는 것을 단번에 깨달을 수 있었다.

물론 자신들이 있는 곳이 저들에 비해 상대적으로 높은 위치라는 장점이 있기에 먼저 발견한 것일 수도 있지만 그동안 몬스터 퇴치를 수도 없이 한 경험이 있기 때문이기도 했다. 과연 저들이 오크들의 접근을 언제 알게 될까 궁금한 마음으로 지켜봤지만 긴장이 풀린 탓인지 아니면 몬스터에 대한 경험이 없는 탓인지 오크들의 접근을 전혀 깨닫지 못하고 있었다.

숲에서 함부로 요리를 했다가는 몬스터를 부른다는 것은 어린아이들조차 아는 당연한 상식이라는 사실조차 깨닫지 못하는 그들을 보니 확실히 뮤란 대륙 사람이 아니라는 것을 깨달을 수 있었다.

은밀하게 접근하는 오크들과의 거리가 15미터쯤 되었을 때 종리격과 백리경설이 거의 동시에 검을 뽑아 들며 자리에서 벌떡 일어섰다. 그런 두 사람의 반응에 나머지 세 사람은 당황스러움을 감추지 못하면서도 재빨리 무기를 뽑아 들었다.

"무슨 일입니까, 종리 대협?"

"무엇인가가 오 장(五丈) 밖에서 접근하고 있소. 모두들 조심하시오."

종리격의 경고성에 다른 사람들은 재빨리 주변을 경계하기 시작했다. 접근하던 것이 어느 정도 거리를 두고 더 이상 접근하지 않자 종리격은 조금씩 조바심이 드는 것을 감출 수 없었다. 일행들의 안전을 책임져야 한다는 생각이 들자 종리격은 지면에서 작은 돌조각을 들고는 전방에 보이는 나무들 사이로 던졌다.

픽!

"취이익! 들켰다. 공격해라!"

오크 특유의 콧소리와 함께 공격 명령이 들려오면서 동시에 거의 100여 마리의 오크가 종리격 일행을 향해 달려들었다. 오크의 모습을 발견한 종리격과 일행들은 그야말로 혼이 달아날 정도로 깜짝 놀랐다.

"저, 저, 저인(猪人)?"

다섯 남녀는 당황하면서도 서로에게 붙인 등을 떼지는 않았다.

"저인이라니? 저인이 뭐요?"

남문휘의 질문에 백리경운은 최대한 기억을 되살려 눈앞의 괴물에 대해 설명해 주었다.

"눈앞의 저 괴물은 돼지인간, 즉 저인이라고 불렸던 인간보다는 괴물에 더 가까운 존재들이에요. 저희가 사는 대륙에서는 이미 사라졌던 존재들인데 어떻게……."

"우리가 알아야 할 사항은 없소?"

"키는 우리보다 약간 작지만 힘은 보통 인간보다 훨씬 강해요. 다행히 내공이나 검기를 사용하지는 못해요. 조금만 조심한다면 별문제는 없지만……."

"그럼 됐소. 모두 자신의 자리를 반드시 지켜야 한다는 것을 잊지 마시오."

일행들에게 주의를 준 종리격은 몰려드는 오크들 가운데 우두머리를 찾았다. 비록 인간들과 외형은 다르지만 이렇게 일사불란하게 행동하는 것은 지능을 가지고 있다는 것을 뜻하며, 그렇기에 우두머리만 잡으면 이 위기에서 벗어날 수 있다고 판단한 것이다.

만련벽강도를 움켜쥔 종리격은 자신을 향해 달려드는 오크들을 향해 뛰어들었다.

"구궁팔방참(九宮八方斬)!"

허공에 만련벽강도가 빛을 뿌리는 순간 오크들의 무기들이 단숨에 잘려 나갔고, 동시에 그들의 손목과 신체 곳곳에도 깊은 상처가 생겼다. 당연히 뒤로 물러서리라고 생각했던 종리격의 생각과는 달리 오크들은 다른 무기를 꺼내 공격을 하거나 부러지고 잘려진 무기를 그대로 휘둘러 종리격을 공격한 것이다.

상대의 뜻하지 않은 공격에 종리격은 대경실색하며 황급히 뒤로 상체를 숙였고, 재빨리 몸을 뒤집으며 자세를 낮춰 오크들의 종아리와 허벅지를 공격했다.

아무리 돌격이라는 말로 대변되는 것이 오크들이라고 하지만 종아리와 다리에 심각한 부상을 입고도 종리격을 공격할 수는 없었다. 그 모습에 겨우 안도의 한숨을 내쉰 종리격은 다시 오크들을 향해 만련벽강도를 휘둘렀다.

종리격의 실력이 심상치 않다는 것을 깨달은 오크 대장은 실력이 뛰어난 부하들에게 종리격을 공격하도록 명령을 내렸다. 대장의 명령의

받은 10여 마리의 오크는 즉시 종리격에게 달려들었고, 갑작스러운 공격에 종리격도 어쩔 수 없이 뒤로 물러서야만 했다.

뒤로 처져 있던 일행들은 오크들의 집중된 공격을 힘겹게 막아내고 있었다.

그들 가운데 무공 실력이 가장 뛰어난 백리경설은 당장이라도 뛰어나가 오크들을 도륙하고 싶었지만 나머지 일행의 안전 때문에 도저히 그럴 수 없었다. 참자니 울화통이 터지고 성질대로 하자니 동생과 일행들이 위험하고…… 진퇴양난이 아닐 수 없었다.

그런 소강상태가 잠시 동안 이어졌다.

"도와줄까?"

나무 위에서 그들의 모습을 지켜보던 알리샤가 갑자기 입을 열었다.

지금껏 몇 년 동안 함께 지내왔지만 이렇게 알리샤가 먼저 자신의 의견을 말하기는 처음이었다. 잠시 오크들과 싸우고 있는 종리격 일행의 모습을 본 러쎌은 곧 결정을 내렸다.

"그러는 것이 좋을 것 같아. 그리고 왠지 저들과 만나봐야 할 것 같단 생각이 들어. 알리샤는 그냥 쉬고 있어. 내가 금방 끝낼 테니까."

휙! 쿵!

나무 위에서 그대로 뛰어내린 러쎌은 들고 있던 그레이트 엑스로 풀 스윙을 했다.

타고난 러쎌의 힘과 그레이트 엑스의 무게, 그리고 벽력패황공의 파괴력이 하나로 합치니 그레이트 엑스에 걸리는 것은 그것이 무엇이든 모조리 두 쪽으로 잘려 나갔다.

눈 깜빡할 사이에 10여 마리의 오크가 목숨을 잃자 그제야 오크들은 새로운 적이 나타났다는 것을 깨닫고는 황급히 러쎌에게 달려들어 공격을 퍼부었다. 하지만 러쎌의 적수가 될 수는 없었다.

러쎌이 파죽지세로 오크들을 해치우는 동안 공세가 느슨해진 것을 깨달은 종리격은 만련벽강도를 움켜잡고는 우선 자신을 공격하는 오크들의 공격을 막아내고는 차근차근 상황을 풀어나갔다.

먼저 허초로 왼쪽의 오크를 기만한 종리격은 반대편에서 막 자신을 공격하려던 두 오크의 목을 그대로 날려 버렸다. 그리고 그 여력을 이용해 몸을 회전시킨 다음 자세를 낮춰 다가오던 오크들의 다리를 양단해 버렸다.

순식간에 서너 마리의 오크들을 해치운 종리격은 재빨리 일행들을 살폈다. 다행히도 백리경설이 나머지 일행들을 잘 이끌어 아직까지는 좀 더 버틸 수 있을 것으로 판단되었다.

날아드는 글레이브를 막으면서 종리격은 자신들 일행을 도운 이를 찾다가 러쎌을 발견하고는 깜짝 놀라지 않을 수 없었다.

지금껏 살아오면서 눈앞의 저 인간처럼 패도적인 인물은 처음 보았다.

거대한 도끼를 휘두를 때마다 마치 삶은 호박이라도 되는 양 오크들과 그들이 들고 있는 무기는 사정없이 잘려 나갔다. 보통 사람보다 훨씬 큰 체격만 해도 금방 눈에 띌 텐데 그가 지나간 후 허공으로 마구 떨어지는 오크들의 잔해는 그야말로 소름이 오싹 끼칠 일이 아닐 수 없었다.

전신을 오크들의 피로 뒤집어쓴 러쎌의 모습은 두려움을 모르는 오크들이라고 해도 공포를 느끼고 뒤로 물러설 지경이었다. 두려움을 느끼며 뒤로 물러서던 오크 대장이 후퇴 명령을 외치려 할 때였다.

목이 뜨끔한 것을 느낀 오크 대장은 자신도 모르게 손으로 목을 만졌고, 미끌미끌한 감촉과 함께 끈끈한 무엇인가가 손에 묻어나는 것을 느꼈다. 살펴보니 바로 자신의 피였다.

오크 대장이 눈을 크는 뜨는 순간 머리가 앞으로 굴러 떨어졌고, 쓰러진 오크 대장 뒤에는 알리샤가 대거를 든 채 서 있었다. 슬쩍 혀로 입술에 침을 바른 알리샤는 즉시 사령마공 중 신법인 사령무(邪靈霧)를 펼쳤다.

순식간에 안개처럼 뿌옇게 변한 알리샤가 그대로 공기 중에 흩어져 사라졌고, 근처에 있던 오크들의 목에서 일제히 분수처럼 피가 솟구쳤다. 놀란 오크들이 허공에 마구 무기를 휘둘렀지만 무기에 걸리는 것은 아무것도 없었다. 그러는 동안에도 자기 곁에 서 있던 동료의 목에서 분수처럼 피가 솟구치는 광경은 그야말로 살벌함 그 자체였다.

“유, 유령이다!”

모습을 보이지 않은 채 오크들의 목숨을 앗아가는 알리샤의 존재는 유령이라고 해도 과언이 아니었다. 알리샤와 러쎌, 그리고 종리격에 의해 오크들의 수는 급격하게 줄어들었다.

누가 명령을 내리지도 않았지만 오크들은 누가 먼저라고 할 것도 없이 일제히 도망치기 시작했는데 그 수가 겨우 20여 마리에 불과했다.

오크들이 물러가고 난 후에도 경계를 풀지 못하는 종리격과 일행들에 비해 러쎌과 알리샤는 오크들의 사체를 피해 지면에 주저앉아 그대로 휴식을 취하면서 종리격과 일행들을 살피고 있었다.

나름대로 이스턴 대륙의 무인에 대한 환상을 가지고 있던 두 사람으로서는 조금 전 광경에 조금 실망을 느끼지 않을 수 없었다. 기대를 가지고 있던 네 사람의 무공 실력이 생각보다 뛰어나지 않다고 느꼈기 때문이었다.

일행들에게 별일이 없다는 것을 확인한 종리격은 태연한 표정으로 오크들 시체 사이에 앉아 있는 알리샤와 러쎌의 모습을 바라보고는 감탄을 금치 못했다.

패도(覇道)의 막강함과 살수의 은밀함을 보니 자신의 경지로는 감히 상대할 수 있는 인물들이 아니었다. 위기에서 자신들을 도와준 것을 보면 적의를 가진 존재들은 아닌 것 같은데 아무 말도 없이 저렇게 앉아 있는 것을 보면 상대의 의도를 짐작하기 힘들었다. 그래도 일단 자신들을 도와준 것에 대해 감사 인사는 해야 할 것 같았다.

그런 생각을 하면서도 종리격이 말을 하지 못한 것은 바로 두 사람의 용모 때문이었다.

그렇다고 러쎌이 우락부락하게 생기고 알리샤가 인간답지 않게 아름답게 생겼기 때문은 아니었다. 단지 두 사람의 생김새가 자신들과 다르다는 것을 보곤 자신들이 뮤란 대륙에 있다는 것을 깨닫고는 서둘러 백리경설을 불렀다.

종리격과 백리경설은 조금은 긴장한 표정으로 러쎌과 알리샤에게 다가갔다. 두 사람이 다가오는 것을 보고 러쎌과 알리샤는 천천히 자리에서 일어났다. 다가온 종리격이 정중하게 포권지례를 했다.

"소생과 일행들을 도와주신 점 일행들을 대표해 진심으로 감사드리오. 소생은 이들의 대표인 종리격이라고 하오."

곁에 서 있던 백리경설은 종리격의 말을 번역해 두 사람에게 들려주고는 은밀하게 알리샤를 유심히 살펴봤다. 백리경설이 지금껏 살아온 30년 가까운 세월 동안 알리샤만큼 아름답고, 또 그녀처럼 무표정하며, 그녀처럼 압도적인 무위를 가진 여인은 본 적이 없었다.

분명 눈앞에 앉아 있건만 기감으로서는 그녀의 존재를 전혀 느낄 수 없었다. 어떻게 이럴 수 있는 것인지 의문이 들었지만 막연하게 그녀가 익힌 무공이 특이한 것이 아닐까라고 생각할 뿐이었다.

"만나서 반갑습니다. 나는 러쎌, 그리고 이쪽은 알리샤라고 합니다."

러쎌의 조금은 부드러운 중저음의 대꾸에서 종리격은 은은한 패기가 묻어남을 느끼며 상대를 자세히 살펴보니 생각보다 훨씬 나이가 어려 보였다.

"귀하들은 이스턴 대륙에서 왔소?"

"헉! 귀하들이 그걸 어떻게……?"

러쎌의 질문에 종리격과 백리경설은 그야말로 혼이 달아날 정도로 깜짝 놀랐다.

두 사람이 놀라는 모습에 러쎌은 피식 웃음을 짓지 않을 수 없었다.

검은 생머리에 검은 눈동자, 약간은 누런 얼굴색, 독특한 복장과 무기의 소유자라는 것을 아는지 모르는지 눈을 동그랗게 뜬 그들의 모습이 너무나 우스웠기 때문이다. 괜한 오해가 생기는 것을 막기 위해 러쎌은 서둘러 자신이 웃은 이유를 설명했다.

"누구냐? 정체를 밝혀라!"

그때 뒤에서 쉬고 있던 남문휘는 누군가 자신들에게 다가오는 것을 느끼고는 순식간에 검을 뽑아 들었다.

"먼 길을 오신 분들이군요. 경계하지 마세요. 저는 여러분들을 기다리고 있던 여신 아레네스의 종이랍니다."

부드러운 미성과 함께 하늘하늘한 형태의 옷을 걸친 여인 한 명이 천천히 걸어오는 모습이 보였다. 알리샤와 쌍벽을 이룰 정도의 미모를 가진 여인은 온통 성스러운 기운에 휘감겨 있어 감히 적의를 가지는 것조차 불경스럽게 느껴졌다.

처음 낯선 불청객에게 검을 겨누고 있던 남문휘는 그 모습에 자신도 모르게 팔을 내리고 말았다. 남문휘의 뒤에 서 있던 백리경운과 강천림 역시 차마 검을 겨누지 못한 채 어색한 표정을 지으며 그녀를 보고 있었다.

네로브의 모습을 발견한 러쎌은 정중하게 허리를 숙여 인사했다. 곁에 있던 알리샤 역시 인사를 했는데 표정이 거의 없던 평소와는 달리 상당히 복잡미묘한 감정의 편린들이 가득 떠올라 있었다.

"네로브님."

"다시 만나게 되어 반가워요, 알리샤."

"정말 오랫동안 다시 만나기만을 기다렸어요."

"알아요, 알리샤. 하지만 아직 시간이 있으니 알리샤가 궁금해하는 것에 대해 이야기할 시간은 충분할 거예요. 그러니 잠시 후에 이야기하도록 해요."

네로브의 말에 알리샤는 지난 몇 년 동안 눌러 참았던 의문을 다시 억눌러야만 했다.

그때까지 자신을 멍하니 바라보고 있던 종리격에게 네로브는 미소를 지은 채 가볍게 고개를 숙여 인사했고, 그제야 정신을 차린 종리격은 너무나 당황한 나머지 어쩔 줄 몰라 했다.

"이렇게 만나게 되어 정말 반가워요, 종리 대협."

"저, 저 역시 이렇게 인사를 드리게 되어 반갑습니다. 그런데 누구신지?"

"참! 제 소개를 하지 않았군요. 저는 네로브 싸일렉스라는 아레네스의 종, 그러니까 이스턴 대륙에서 말하는 지존성모 교단의 사제입니다."

"아~ 이제 보니 지존성모 교단에 계신 분이셨군요. 제 이름은……
그러고 보니 제 이름을 어떻게 아시는 건지……?"

무심코 고개를 끄덕이던 종리격은 네로브가 자신의 이름을 이미 알
고 있다는 사실에 깜짝 놀랐다. 하지만 곁에 있던 백리경설은 네로브
가 너무도 자연스럽게 이스턴 대륙의 말을 사용하는 것에 깜짝 놀라지
않을 수 없었다.

"아레네스께서 가르쳐 주셨다고 하면 대답이 될까요? 그리고 백리
낭자, 지금의 나는 이스턴 대륙의 언어를 직접적으로 사용하는 것이 아
니에요. 단순하게 제 뜻을 소리를 통해 전하는 것뿐이니 이상하게 생
각할 필요 없어요. 그저 신께서 저에게 허락하신 작은 재주라고 생각
하시면 돼요."

"정말 저희 대륙 말을 모르신단 말인가요? 말을 몰라도 자신의 뜻을
전할 수 있다니…… 정말 놀라운 능력이군요."

백리경설의 말에 네로브는 그저 빙그레 미소 지을 뿐이었다.

"먼 곳으로부터 온 지친 이들에게 당신의 자비를 베풀어주소서. 레
커버리!"

네로브의 조용한 기도가 끝나자 부드러운 보라색의 안개 같은 것이
종리격 일행과 러셀들을 감쌌고, 순간 일행들은 피로감이 사라지며 전
신에서 활력이 솟는 것을 느낄 수 있었다.

"생명을 잃은 가엾은 저들에게 당신의 자비를 베풀어주소서. 정화!"

네로브의 전신에서 뿜어져 나온 보라색 기류가 주위로 퍼져 나가자
오크들의 시체가 먼지로 화해 사라짐은 물론 그들이 흘린 피와 무기들

도 깨끗하게 사라졌다. 그뿐만 아니라 싸움으로 인해 부러지고 짓밟혔던 나뭇가지와 풀들도 모두 거짓말처럼 원래의 모습을 되찾아갔다.

기적 같은 광경에 모든 사람들이 그저 쩍 입을 벌리며 놀랄 뿐이었다.

그런 사람들의 반응에 네로브는 담담한 표정을 지으며 되살아난 풀밭 위에 가볍게 앉아서는 자신을 보고 있던 사람들에게 손짓을 해 앉으라고 했다. 그러자 마치 최면에 걸린 것처럼 사람들은 둥글게 둘러앉았다.

"카렌이 이곳에 도착을 하려면 아직 이틀이 더 걸릴 테니까 시간은 충분해요. 참! 카렌은 종리 대협이 찾으려는 분의 아들이에요. 참고적으로 저는 카렌의 누나예요."

"저희가 찾는 사람의 아들이 이틀 후에 도착한다고요? 후손이 아닌 아들이란 말입니까?"

백리경설의 말에 종리격을 비롯한 일행들은 영문을 모르겠다는 표정을 지었다. 그런 사람들의 표정을 발견한 네로브는 차분한 음성으로 이야기를 시작했다.

"여러분이 살던 대륙과 지금 이 대륙은 아주 오래전 하나였어요. 과거에 신과 악마 사이의 싸움으로 인해 둘로 나눠지게 되었죠. 그렇게 나눠진 두 개의 대륙 사이에는 하나의 벽이 존재하는데, 그 장벽이 바로 두 대륙의 시간과 공간을 왜곡해요. 그래서 두 대륙 사이의 시간이 차이가 벌어지게 된 것인데, 두 대륙의 인력(引力)이 작용하는 지금 그 왜곡은 더욱 심해져 더욱 많은 차이가 나게 되었어요. 바로 여러분이 알고 있는 300년 전 천하제일인이셨던 천우신검 강찬휘 대협은 저의 아버지이신 싸일렉스 공작과 함께 마물들을 물리치셨던 분이세요. 아버님이 이스턴 대륙에 가서서 활동하셨을 땐 천안혈뢰(天顔血雷) 대미안(大美顔)이라고 불리시기도 하셨어요.”

네로브의 설명에 사람들의 표정은 믿지 못하겠다는 표정이 역력했다.

한쪽 대륙에서는 벌써 300년의 시간이 지났는데 다른 대륙에서는 아직 30년도 안 지났다니…… 그녀의 말을 쉽게 믿는다는 것이 오히려 이상한 일이었다. 하지만 그녀가 말한 천안혈뢰 대미안에 대한 이야기만큼은 믿지 않을 도리가 없었다.

천우신검 강찬휘가 생전에 극찬했던 인물이기도 했지만 수많은 마물을 해치운 그의 놀라운 무공과 업적에 대한 이야기는 꾸준히 많은 사람들의 입을 통해 지금까지 전해지고 있었기 때문이다. 이미 세상을 떠났을 것이라 생각했던 인물이 아직도 이 대륙에 살고 있다면 그의 후손인지 아들인지 하는 인물이 아니라 아예 그를 데리고 간다면 자신들이 사는 대륙에 드리운 암운을 금방 거둬 버릴 수 있을 거란 생각이 들었다.

그런 사람들의 생각을 알았는지 네로브가 말을 이었다.

“여러분들이 지금 무슨 생각을 하는지 알겠지만 그분은 이곳에서 할 일이 있으세요. 그리고 과거로부터 시작된 모든 일은 바로 이 뮤란 대륙에서 종결이 될 거예요. 여기 있는 두 사람과 이틀 후에 도착할 카렌을 데리고 이스턴 대륙으로 돌아가면 여러분께 많은 도움이 될 거예요.”

네로브의 말에 종리격을 비롯한 그의 일행들은 의구심이 가득한 눈으로 러쎌과 알리샤를 쳐다봤다. 두 사람이 자신들보다 훨씬 강하다는 것은 인정하지만 겨우 그들을 데려간다고 이스턴 대륙에 드리워진 암운이 없어진다는 이야기는 믿기 힘든 일이 아닐 수 없었다.

그런 생각을 하다 보니 아무리 천우신검 강찬휘가 극찬한 천안혈뢰
대미안이라고 하더라도 혼자서 대체 무엇을 할 수 있을 것인가 하는
의문이 들었다. 지금 이스턴 대륙에 드리워진 피바람은 어느 개인의
힘으로는 도저히 해결할 수 없을 만큼 대륙 전체에서 광범위하게 벌어
지고 있었기 때문이다. 그렇기에 겨우 몇 사람의 힘만으로 그 피바람
을 잠재울 수 있을 거란 생각은 도저히 들지 않았다.

종리격만 그런 생각을 하는 것은 아닌 듯 나머지 일행들의 얼굴도
그리 밝지 않았다.

물론 네로브는 아레네스가 보여준 단편적인 미래를 알고 있었지만
이들에게 자신이 본 것을 이야기한다고 해도 믿지도 않을 것이며, 또
신탁의 내용을 함부로 이야기했다가는 신벌을 받을 수도 있는 일이기
에 지금은 그저 지켜보는 수밖에 없었다.

"네로브님, 이야기를 하고 싶어요."

"그래요, 알리샤."

두 여인은 잠시 그 자리를 떠나 조금 떨어진 곳으로 갔다.

"드리고 싶은 말씀은……."

"알아요, 알리샤. 누가 당신을 그렇게 만들었는지를 묻고 싶은 거
죠?"

"맞아요."

무표정한 얼굴로 자신을 쳐다보는 알리샤를 잠시 바라보던 네로브
는 조용한 음성으로 말했다.

"알리샤, 당신을 그렇게 만든 자는 브로키스라는 자예요."

"브로키스?"

“그래요. 하지만 지금 그를 만날 수는 없어요. 당신이 이스턴 대륙으로 건너갔다 다시 뮤란 대륙으로 돌아온 뒤 1년이 지나면 만나게 될 거예요. 만약 당신이 복수를 하고 싶다면 몸의 붕괴를 막는 것은 물론 사령마공을 완성해야만 해요. 먼저 당신은 사령마공을 익히면서 강해지는 것을 느끼고 있나요?”

“예, 하지만…….”

“그렇지만 언젠가부터 사령마공이 정체되어 더 이상 발전이 없지 않나요?”

“맞아요.”

그렇지 않아도 지금 네로브가 말한 것 때문에 지금까지 고민하고 있었다. 데미안과도 상의를 해보긴 했지만 그 이유를 알지 못해 굉장히 답답해하고 있던 중이었다.

“아레네스께서 말씀하시길 현재 알리샤가 익히고 있는 그 사령마공을 극성까지 익히게 되면 현재의 상태에서 벗어나 인간으로 되돌아올 수 있다고 하셨어요.”

“정말 인간으로 되돌아올 수 있단 말인가요?”

“저 역시 무공에 대해서는 잘 알지 못하기 때문에 자세하게 설명하지는 못하겠지만 아레네스께서는 알리샤가 사령마공을 극성으로 익히는 순간 신체의 재구성이 일어나 완전한 인간이 될 수 있다고 하셨어요.”

“완전한 인간…….”

나직하게 중얼거리는 알리샤의 얼굴에는 간절한 기원과 동시에 회의가 떠올라 있었다.

과연 자신이 완전한 인간으로 다시 태어날 수 있는 것인가?

신체의 재구성이라는 것이 무엇이기에 죽어버린 자신의 몸을 원래의 상태로 되돌릴 수 있단 말인가?

다시 태어날 수만 있다면 얼마나 좋을까?

평소 무표정하기만 했던 알리샤의 얼굴에 떠오른 표정을 발견한 네로브는 애잔한 표정을 지었다. 알리샤의 감정을 그대로 느꼈기에 그녀가 지금 무슨 생각을 하는지 잘 알고 있어 그녀의 심정이 얼마나 답답할지 충분히 짐작이 가지만 지금은 아무런 말도 해줄 수 없었다.

아레네스에게서 받은 신탁은 알리샤가 사령마공을 극성까지 익히게 된다면 신체의 재구성이 일어난다는 것이지, 그녀가 과연 사령마공을 극성까지 익힐 수 있는 것인지, 또 익혀 신체의 재구성이 일어난 다음은 어떻게 되는 것인지에 대한 신탁은 전혀 없었다.

"한 가지 알려줄 것이 있어요. 이제 이스턴 대륙으로 가면 사령마공을 익히는 데 비약적인 진척이 있을 거예요."

"예?"

네로브의 말이 이해가 되지 않는지 알리샤는 반문했다.

"사령마공은 세상에 분포되어 있는 마나도 흡입하지만 마이너스의 기운, 그러니까 인간들의 부정적인 감정 역시 흡입해 자신의 힘으로 만드는 기이한 무공이에요. 하지만 그러한 기운은 그렇게 쉽게 모을 수 있는 것이 아니에요. 그래서 알리샤의 사령마공이 얼마 전부터 진전이 없었던 거예요."

"그런데 이스턴 대륙으로 그 문제가 해결이 된다는 건가요?"

"그래요. 지금 이스턴 대륙은 대륙 전체가 마이너스 기운으로 뒤덮여 있어요. 물론 이스턴 대륙에 사는 사람들에게는 불행한 일이지요. 이 기운에 오랫동안 노출되면 인간에게는 절대적으로 안 좋아요.

의심이 많아지고 싸움을 좋아하는 인간으로 변하게 되죠. 온갖 부정적인 감정에 휘둘린 인간들은 결국 자멸할 수밖에 없어요."

"그러니까 네로브님의 말씀은 다른 사람에게는 좋지 않은 그 부정적인 기운이 저에게는 오히려 도움이 된다는 말인가요?"

"그래요. 다른 사람에게는 해가 되겠지만 오직 당신에게만은 도움이 돼요."

네로브의 말에 알리샤는 한시라도 빨리 이스턴 대륙에 가고 싶다는 생각이 들었다.

자신을 이렇게 만든 자에 대한 원한보다도 인간으로 되돌아가고 싶다는 생각이 더욱 간절했다. 그래서 자신도 보통의 여자들이 느끼는 행복을 느껴보고 싶었다.

누구에게도 말하지 않았던 알리샤만의 속마음이었다.

"제 궁금증을 풀어주서서 정말 감사드려요."

"그럼 일행들에게 다시 돌아갈까요?"

두 여인이 다시 일행들에게 돌아갔지만 그때까지도 일행들의 서먹서먹함은 사라지지 않고 있었다. 말이 통하지 않는다는 것도 문제였지만 종리격과 일행들은 자신들이 살던 곳이 아니라는 낯선 느낌 때문에 조용히 있었고, 러셀은 낯선 곳으로 가야 한다는 생각 때문에 약간의 불안감을 느끼고 있었다.

그런 사람들을 바라보던 네로브는 종리격의 얼굴에 드리워진 그림자를 발견했다.

"종리 대협, 무슨 걱정이 있으신가요?"

"아~ 다름이 아니라 저희들이 저희들의 대륙을 떠나 이곳까지 오는 데 거의 1년 6개월이나 걸렸습니다. 게다가 이곳에 도착할 때 타고

왔던 배가 난파되어 돌아갈 배도 구해야 하니…… 휴~ 해결해야 할 문제가 한두 가지가 아니군요.”

“타고 갈 배는 제가 구할 수 있을 것 같군요.”

“설사 그렇다고 해도 다시 돌아갈 일이 그리 만만치 않군요.”

종리격의 걱정 섞인 말에 네로브는 빙그레 미소를 지었다. 네로브가 미소 짓자 그 자리에 모였던 사람들은 영문을 몰라 어리둥절한 표정을 짓지 않을 수 없었다.

돌아갈 일이 걱정이라는데 왜 미소를 짓는 것일까?

“한 달이면 여러분이 출발했던 항구로 돌아갈 수 있을 거예요.”

“예? 혹시 뭔가를 착각하신 게 아닌지…….”

“아니에요. 아레네스께서 말씀하셨어요. 새로운 일행들과 함께 출발한 후 한 달이 지나면 이스턴 대륙에 도착할 수 있다고 말이에요.”

종리격은 너무나 자신있게 대답하는 네로브의 모습에 과연 그녀의 말을 믿어야 할지 아니면 헛소리로 치부하고 말아야 할지 판가름이 되질 않았다. 하지만 성스러운 기운을 휘감고 있는 그녀의 모습을 보면 결코 거짓말을 하고 있다는 느낌은 들지 않았다.

어차피 배를 구하고 필요한 것들을 준비한 후 출발을 하려면 시일이 필요하니 그동안 신중히 생각한 후 판단을 내리면 될 것이란 생각에 우선은 두고 보기로 했다.

“러쎌, 일단 무디스 시로 가서 야영에 필요한 물건들과 식량을 사 오도록 해. 이곳에서 카렌을 기다려야 하니 식량을 넉넉하게 사 오는 것이 좋을 거야.”

“카렌이 이쪽으로 옵니까?”

“그래. 이틀 후 정오에 이곳을 지날 거야.”

“그럼 도시에서 지내는 것이 좋지 않을까요?”

백리경설의 말에 네로브는 가만히 고개를 저었다.

“제가 해야 할 일이 있는데 될 수 있으면 사람들의 눈을 피하는 것이 좋거든요. 게다가 여러분의 복장이 다른 사람들과 달라 시비가 생길 수 있으니 될 수 있으면 도시 안으로는 들어가지 않는 것이 좋을 것 같아요.”

“제가 생각이 짧았군요. 역시 네로브님 말씀대로 하는 것이 좋겠네요.”

백리경설의 대답을 듣고서야 러쎌은 그 자리를 떠났다.

제6장
출발

“휴우~ 오늘 온다는 사람은 대체 어떤 사람일까? 러쎌이란 사람처럼 우락부락한 근육질의 사내일까, 아니면 싸늘한 인상을 가진 사람일까?”

거대한 나무에 기대어 따스한 햇살을 즐기고 있던 백리경운은 네로브란 여인이 이야기했던 자신들과 동료가 될 사람에 대해 생각하고 있었다.

아마도 카렌이란 사람이 새로 일행이 될 사람들 중에서 상당히 중요한 위치에 있는 사람인 듯 보였다. 자신이 본 러쎌이나 알리샤란 여인의 무공도 상당했지만 두 사람의 이야기를 들어보면 카렌이란 사람은 두 사람에 비해 훨씬 강한 듯했다.

물론 무공이 강하면 자신들이 하려는 일에 상당한 도움이 되는 것은 사실이지만 무공이 강한 것만으로 현재의 이스턴 대륙의 어려운 상황을 타파할 수 있으리란 생각은 들지 않았다.

백리경운이 그런 생각을 하는 동안 그들이 있던 숲 사이로 난 길을 따라 누군가 접근하는 소리가 들려왔다.

다각~ 다각~

나무 밑에서 쉬고 있던 백리경운은 물론 주위에 흩어져 있던 일행들이 동시에 몰려들었다. 그런데 일행들 가운데 강천림의 모습이 보이지 않았다.

일행들은 누가 먼저라고 할 것도 없이 다가오는 사람을 유심히 살폈다.

보통의 말보다 1.5배는 더 커다란 검은색 말에 안장도 없이 타고 있는 사람은 이제 20대 초반으로 보였는데, 불어오는 바람에 적금발이 살랑거리는 모습이 너무나 보기 좋았다. 하지만 입고 있는 낡은 하드레더나 안장도 없이 말을 타고 있는 모습을 보면 아마도 상당히 가난한 자인 것 같았다.

느긋한 표정으로 흔들리는 말에 몸을 맡기고 있는 청년의 표정은 봄 햇살치고는 따가운 햇살을 즐기는 듯 눈을 감고 있었다. 하지만 근처 나무 위에는 강천림이 검을 뽑아 든 채 말을 탄 청년을 기습할 틈만 노리고 있었다.

지난 3일 동안 근처를 지나는 사람은 아무도 없었기에 지금 접근하는 청년이 자신들이 기다리던 카렌이란 청년이 틀림없었다. 일행들 중 특히 강천림은 카렌의 실력을 테스트해 보기 전까지는 함께 행동할 수 없다고 주장했고, 그런 이유로 카렌의 실력을 테스트하기 위해 나무 위에서 카렌을 기다리던 중이었다.

적금발을 가진 청년이 나무 밑을 막 통과하려는 순간 강천림은 그대로 몸을 날리며 가문의 검법인 천접비류검법(千蝶飛流劍法) 가운데 가장 살기가 강한 초식을 펼쳤다.

"천접살인(千蝶殺刃)!"

새파란 20여 줄기의 검기가 마치 나비처럼 허공을 가로지르며 카렌을 향해 날아갔다.

검기가 한 뼘도 되지 않는 곳까지 날아들었건만 카렌은 아는지 모르는지 여전히 눈을 감은 채 흔들거리고 있을 뿐이었다.

그 모습을 발견한 사람들은 깜짝 놀라며 강천림을 제지하려고 했지만 새파란 검기는 이미 말 위를 관통하고 난 후였다.

상대가 자신의 공격을 전혀 깨닫지 못하자 강천림은 서둘러 공격을 멈췄다. 아니, 멈추려고 했다. 그렇지만 상대를 기습하려는 마음이 너무 강했던 탓인지 강천림의 검은 이미 말 위의 공간을 난도질한 후였다.

문제는 검 자루를 움켜쥔 손에 아무런 감각도 느껴지지 않는다는 것이었다. 그와 동시에 적금발을 가진 청년이 어느샌가 시야에서 사라졌다는 것을 깨달았다.

강천림은 재빨리 그 자리를 떠나야 한다는 기본적인 상식도 잊은 채 자신도 모르게 주위를 두리번거렸다. 하지만 어디에도 청년의 모습은 보이지 않았다.

그때 무엇인가가 어깨를 스치는 것을 느끼곤 고개를 돌리려는 순간 목에서 전해지는 격렬한 통증을 느껴야만 했다.

"당신은 누구지? 누군데 내 목숨을 노리는 거지? 처음 보는 사이 같은데 말이야."

차분하지만 묘하게도 위압감이 느껴지는 음성이었다.

위압감 때문에 움직이기도 힘들었지만 당장이라도 자신의 목을 박살 낼 것 같은 상대의 손 때문에 꼼짝도 할 수 없었다.

"누구냐니까? 그냥 죽여줄까?"

"자, 잠깐만 기다리시오. 난 당신을 기다리던 사람이오."

카렌은 비록 상대의 등 뒤에 서 있긴 했지만 강천림의 얼굴을 바라보고 있었다.

자신과는 다른 머리색에 조금은 누렇게 느껴지는 얼굴색, 더구나 검은색의 눈동자는 난생처음 보는 것이었다. 게다가 상대의 말을 알아들을 수는 있었지만 입 모양은 뮤란 대륙에서 사용하는 언어와는 판이하게 달랐다.

"나를 기다렸다니, 그게 무슨 말이지?"

"귀하의 누나란 여인이……."

"카렌, 오랜만이구나. 괜한 사람 괴롭히지 말고 어서 이리 오너라."

상당히 멀리 떨어졌지만 분명히 들리는 음성이었다.

카렌이 어찌 그 음성을 듣지 못할까?

"누나? 누나가 여긴 어떻게……?"

이유야 어찌 되었든 네로브를 다시 만났다는 기쁨에 카렌은 즉시 실피드 위에 올라타 네로브에게로 달려갔다. 이미 네로브보다 머리 하나는 더 자란 카렌이었지만 누나를 만난다는 기쁨을 참지 못해 달리는 말 위에서 뛰어내리는 즉시 네로브를 부둥켜안고는 그대로 빙글빙글 돌았다.

지켜보는 사람이 다 어지러울 정도로 그 자리를 돈 두 사람은 잠시 후에야 떨어졌다.

"누나, 이게 얼마만이야?"

"4년이나 지났건만 넌 아직도 어린아이 같구나, 카렌."

"나야 누나 앞에서는 언제나 귀여운 동생이지 뭐."

몇 년 전에 비해 왠지 능글능글해진 카렌의 태도에도 네로브는 그저 빙그레 미소를 지을 뿐이었다.

"카렌, 키가 많이 컸구나."

"키? 몇 년 사이에 갑자기 크더라고. 그건 그렇고 러쎌, 그동안 잘 있었지? 알리샤 너도?"

"물론 잘 지냈지."

"카렌, 반가워."

무뚝뚝한 알리샤의 말에도 카렌이 빙그레 미소를 지을 수 있었던 이유는 그 음성에 묻어 있는 반가움을 느낄 수 있었기 때문이다.

"옛날보다 훨씬 강해졌구나. 이제는 나도 이기지 못할 정돈데?"

카렌의 말에 러쎌은 피식 헛웃음을 터뜨렸고, 알리샤는 그저 무표정한 얼굴로 카렌을 볼 뿐이었다. 그도 그럴 것이, 조금 전 강천림의 공격을 피할 때 본 카렌의 몸놀림은 두 사람으로서도 제대로 확인할 수 없을 정도로 빨랐기 때문이다.

"카렌, 이분들과도 인사를 하거라. 너와 함께 이스턴 대륙으로 가실 분들이다."

"여러분, 이렇게 만나게 되어 반갑습니다. 저는 카렌이라고 합니다."

약간 느리고 어색한 억양이긴 했지만 분명히 이스턴 대륙의 말이었다.

네로브가 신성력을 이용해 의사를 소통하게 만든 것과는 달리 카렌이라는 적금발 청년은 분명 이스턴 대륙의 언어로 자신을 소개했다.

"저희 역시 이렇게 만나게 되어 반갑습니다. 저는 일행들의 대표인 종리격이라고 합니다. 그리고 이쪽에 계신 여자 분들은 자매로 백리경설, 백리경운이라 하고, 이 청년은 남문휘, 그리고 조금 전 실례를 범한 청년은 강천림이라고 합니다.”

포권지례를 하는 종리격의 태도에 카렌 역시 조금은 어색한 자세로 포권지례를 했다.

“앞으로 잘 부탁드리겠습니다.”

답례를 하던 종리격은 카렌의 특이한 모습에 주목했다.

한 자루의 검은 왼쪽 허리에, 또 한 자루의 검은 손잡이가 오른쪽 어깨 위로 올라오게 등에 메고 있는 모습은 흔히 볼 수 있는 모습이 아니었다. 게다가 그 무기는 검이라고 보기에 너무 두텁고 짧았으며, 또 도라고 보기엔 폭이 약간 좁았고 길었다.

또한 카렌이란 청년의 몸은 오랜 시간 동안 지속된 훈련으로 인해 꽤나 잘 다듬어져 있었다. 하지만 눈빛이 평범한 것이나 날카로운 기세가 풍기지 않는 것을 보면 전혀 무공을 익힌 것처럼 보이지 않았다.

조금 전 강천림의 공격을 피한 후 반격하던 모습을 보지 못했다면 겨우 호신술이나 익혔다고 착각해도 할 말이 없을 정도였다.

종리격이 자신을 살피는 것을 알았지만 카렌은 모른 척했다. 자신이 보기에 종리격과 백리경설은 소드 익스퍼트 상급에서 최상급 사이, 그리고 나머지는 소드 익스퍼트 중급에서 상급 사이의 실력을 가지고 있었다. 그래도 백리경설보다는 종리격이 반수 정도 위였지만 그 차이라는 것은 종이 한 장 정도밖에 나지 않았다.

그에 비해 러쎌과 알리샤는 벌써 소드 마스터 초입에 들어서려 하고 있었다. 물론 아직 완벽한 소드 마스터라고 하긴 힘들지만 그저 약간의 깨달음만 있다면 금세 소드 마스터의 경지에 들어설 것이 분명했다.

"카렌, 오는 데 힘들었겠지만 지금 나랑 같이 무디스 시로 가자."

"무디스 시에? 왜? 뭐 살 거라도 있어?"

"그게 아니라 만날 사람이 있어."

"만날 사람? 누군데?"

"글쎄다… 나도 아직 만나본 적이 없어서 누구인지는 모르겠구나. 더 정확하게 말하자면 내가 만나야 될 사람은 그 사람의 부모란다."

"그래? 하여튼 만나보면 알게 되겠지."

삐이익~

카렌이 가볍게 휘파람을 불자 조금 떨어진 곳에서 풀을 뜯고 있던 실피드가 즉시 달려왔다. 투레질을 하는 실피드의 목을 몇 번 두들겨 준 카렌은 네로브에게 실피드를 소개했다.

"이 녀석은 몇 년 전에 친구가 된 실피드야."

"이렇게 만나게 되어 반갑구나. 모든 야생마들의 제왕 실피드여!"

네로브의 인사에 실피드는 마치 기사들이 인사를 하듯 앞다리와 머리를 숙였다. 그 자세가 얼마나 엄숙했는지 다른 사람들은 그 모습을 보고도 아무런 말도 할 수 없었다. 자세를 바로 하는 실피드의 얼굴을 네로브가 감싸주자 마치 그 손길을 음미라도 하듯 꼼짝도 하지 않은 채 눈을 감고 있었다.

"야, 너 이럴 수가 있는 거냐? 나하고는 장장 3일 동안이나 싸웠으면서 누나한테는 머리까지 숙여? 하여간 나중에 조용히 좀 보자. 으샤."

네로브의 허리를 잡고 가볍게 실피드의 등 위로 올려주었다.

"이 친구가 싫어할 것 같아서 자갈은 채우지 않았거든. 그래서 중심을 잡으려면 갈기를 단단히 잡아야만 할 거야. 그 친구 보기보다 꽤

빨라."

카렌의 설명이 마음에 들지 않는지 잠시 카렌을 노려보던 실피드는 상당히 거만한 태도로 머리를 꼿꼿이 든 채 가벼운 발걸음으로 그 자리를 떠났다. 그 모습에 잠시 기막혀 하던 카렌은 곧 실피드의 뒤를 따라 그 자리를 떠났다.

무디스 시에 네로브와 카렌, 그리고 실피드가 들어선 것은 출발한 지 불과 30분도 안 되어서였다. 아무리 빠른 말이라 해도 두 시간 이상 달려야 도착할 거리였지만 카렌과 실피드는 가볍게 30분 만에 주파한 것이다.

네로브가 만날 사람이 누군가 궁금해하던 카렌은 그녀가 뜻밖에도 무디스 시의 시장 공관으로 향하자 궁금하게 생각하면서도 실피드 곁에서 일정한 거리를 유지했다. 사람들의 시선을 끄는 것은 별로 카렌의 성격과는 맞지 않는 일이었지만 어쩔 도리가 없었다.

거대한 검은 말을 탄 신성함을 전신에 휘감고 있는 여인.

절대 흔히 볼 수 있는 광경이 아니었다. 그러니 사람들의 시선을 끄는 것은 어찌 보면 당연한 일이었다.

"멈추시오."

시청의 입구를 지키고 있던 두 명의 병사가 커다란 파이크를 교차한 채 카렌과 실피드 앞을 가로막았다. 콧구멍을 벌렁거리며 분노를 터뜨리려는 실피드를 진정시킨 네로브는 카렌의 도움을 받아 말에서 내렸다.

"유바렌님께서는 지금 공관 안에 계신가요?"

차분하고 조용한 네로브의 말에 두 병사는 자신도 모르게 자세를 바로 하고는 옷깃을 여밀 정도였다.

"네, 계십니다. 그런데 무슨 일로 저희 공관을 찾아오셨는지 말씀을 해주시면 제가 곧바로 자작님께 전해 드리겠습니다."

"전 아레네스님의 종입니다. 다름이 아니라 다이아나님의 치료 때문에 찾아왔습니다."

"예? 다이아나님을 치료하시겠단 말씀이십니까? 프리스트께서는 다이아나님께서 어디가 편찮으신지 알고 오신 겁니까?"

병사는 네로브의 아래위를 훑어보며 다시 질문을 던졌다.

"다이아나님은 3년 전 독사에 물린 후에 빨리 응급조치를 하지 못해 아직까지 완쾌하지 못하고 계신 것 아닌가요?"

네로브의 대답에 병사는 고개를 끄덕인 다음 곧 정중하게 허리를 숙였다.

"잘 알고 오셨군요. 저의 무례를 용서하시기 바랍니다. 사실 여러 신전에서 많은 프리스트께서 다이아나님을 치료할 수 있다고 장담하고 이곳을 찾아왔었지만 어느 누구도 다이아나님을 완치시키지 못했습니다. 하지만 다이아나님은 조금의 차도도 보이지 않으셔서 자작님의 실망은 이루 말할 수 없을 정도였습니다. 자작 부인께서는 몸져눕기까지 하실 정도였습니다. 해서 1년 전부터는 프리스트들의 출입을 막으셨기 때문에 제가 무례를 저질렀던 겁니다."

병사가 설명하는 동안 그의 동료는 재빨리 공관 안으로 달려들어 갔고, 병사의 말을 듣고서야 카렌도 병사의 무례를 용서할 수 있었다.

"자작님께서 들어오시랍니다. 제 뒤를 따라오십시오."

네로브와 카렌이 병사의 뒤를 따라 유바렌 자작의 집무실로 들어가자 거의 2미터에 달할 정도로 큰 키의 중년 사내가 두 사람을 맞이했다.

"아레네스 교단에 계신 분이라 들었습니다."

"네로브라고 합니다. 그리고 이쪽은 제 동생인 카렌입니다."

"단도직입적으로 말하겠습니다. 정말 제 딸을 치료할 자신이 있어서 오신 겁니까?"

중년 사내, 유바렌 자작은 자신의 딸을 치료하기 위해 온 사람을 맞이하는 사람이라고 볼 수 없을 정도로 무표정하기 이를 데 없었다.

"저는 그저 아레네스님의 명을 받아 이곳을 찾은 겁니다. 모든 것은 그분의 뜻대로 이루어질 겁니다."

네로브의 대답에 유바렌 자작의 얼굴에는 실망하는 기색이 역력했다.

카렌도 유바렌 자작의 그런 태도를 봤지만 자신이 개입할 수 있는 일이 아니기에 일단은 지켜볼 수밖에 없었다.

"마를린!"

유바렌 자작의 부름에 문밖에 있던 시녀가 들어와 고개를 숙였다.

"부르셨습니까?"

"이분들을 다이아나에게 데려다 주거라."

"알겠습니다, 자작님. 손님들, 저를 따라오시지요."

시녀의 뒤를 따라 걸음을 옮기던 두 사람은 관사 뒤편에 있는 자작의 집으로 향했다.

자작의 딸인 다이아나의 방은 2층에 있었는데, 오랜 그녀의 병 때문인지 집 안 전체의 분위기가 어둡기 그지없었다. 카렌이 네로브의 뒤를 따라 방으로 들어가려 하자 시녀가 그의 앞을 가로막았다.

"죄송하지만 프리스트님을 제외한 남자 분은 아가씨의 방에 들어가실 수 없습니다."

나빠지려는 기분을 억누르던 카렌은 생각나는 것이 있어 반문했다.

"아가씨의 병 때문이오?"

"그렇습니다. 응접실에서 잠시만 기다리시면 제가 마실 것을 준비하겠습니다."

"알겠소."

카렌이 시녀를 따라 응접실로 가는 사이 네로브는 창 쪽에 붙어 있는 침대로 다가갔다. 그리고 그곳에 누워 있는 작은 소녀를 곧 발견할 수 있었다. 하지만 그녀의 모습을 발견한 네로브의 얼굴에는 안쓰러움과 안타까움이 동시에 떠올랐다.

윤기가 사라진 은발은 잔뜩 흐트러져 있었는데, 무엇보다 앙상하게 마른 채 뒤틀려 있는 팔과 다리가 먼저 눈에 들어왔다.

숨 쉬기조차 쉽지 않은 듯 숨을 몰아쉬고 있던 소녀는 누군가가 자신의 방에 들어온 것을 깨달았는지 힘겹게 눈을 떴다.

네로브의 복장만 봐도 그녀가 프리스트임을 알 수 있었을 텐데 소녀는 네로브를 노려보며 질문을 던졌다.

"다, 당신 누, 누구야?"

"저는 아레네스의 종 네로브라고 해요."

"그, 그런데 내 방에는 왜?"

"다이아나님을 치료하기 왔답니다."

"치, 치료?"

네로브의 말에 반문하는 다이아나의 표정에는 비웃음이라 부를 만한 표정이 역력하게 떠올라 있었다.

"나, 나를 치, 치료할 수 이, 있다고? 다, 당신 따위가?"

"틀렸어요. 제가 치료하는 것이 아니라 아레네스님께서 당신의 병을 거두어 가시는 거예요. 저는 다만 아레네스님의 도구로 그분의 힘을 당신에게 전할 뿐이죠.”

“이, 이걸 보고도 내 벼, 병을 고칠 수 이, 있다고…….”

휘익!

잔뜩 뒤틀린 팔로 침대보를 걷자 간단한 속옷만 걸친 앙상한 몰골을 한 다이아나의 몸이 드러났다. 그런 다이아나의 등은 욕창으로 인해 생긴 종기에서 흘러내린 고름으로 처참한 상태를 보이고 있었고, 갈비뼈가 드러난 몸이나 겨울철 잎이 다 떨어진 나뭇가지처럼 뒤틀린 다이아나의 팔과 다리를 본 네로브의 눈에는 연민의 빛이 가득했다.

“그, 그런 눈으로 날 보, 보지 말란 마, 말이야.”

“아레네스여, 여기 어린 소녀가 병마에 시달리고 있나이다. 당신의 가없는 사랑으로 이 소녀를 편안케 하소서. 당신의 종이 간절히 원하나이다. 리스토레이션!”

다이아나의 이마에 얹은 손에서 희미하게 푸른색과 밝은 흰색의 빛이 뿜어져 나와 그녀의 가녀린 몸을 휘감았다. 편안함을 느끼는지 눈을 감은 다이아나는 어느새 잠이 들어버렸고, 그녀를 감싼 빛은 더욱 확대되어 그녀의 몸뿐 아니라 방 전체를 꽉 채웠다.

우두둑!

뼈마디가 뒤틀리는 소리가 환한 빛 속에서 들려왔고, 그 소리 사이사이에 나직한 네로브의 기도 소리가 들려왔다.

얼마나 시간이 지났을까?

네로브의 기도 소리도, 또 방을 가득 채우고 있던 빛도 모두 사라졌다.

응접실에서 초조하게 네로브를 기다리던 카렌은 창백한 안색으로 다이아나의 방에서 비틀거리며 걸어나오는 네로브의 모습을 발견하고는 단숨에 네로브를 향해 몸을 날렸다. 서둘러 네로브를 부축한 카렌은 우선 그녀의 상태부터 살폈다.

숨소리가 조금 거칠기는 했지만 그것을 제외하면 별다른 이상은 없어 보였다.

"누나, 괜찮아?"

"그래. 힘을 썼더니 그냥 조금 피곤할 뿐이야. 걱정하지 않아도 돼."

"정말 괜찮은 거지?"

"그렇다니까."

카렌이 네로브를 의자에 앉히자 근처에 있던 시녀가 재빨리 물을 가져다주었다.

한 모금의 물을 마신 후 네로브는 의자에 몸을 기대며 입을 열었다.

"조금 있다가 다이아나님을 따스한 물로 목욕시켜 드리도록 하세요."

"알겠습니다."

대답을 한 시녀는 목욕 준비를 서둘렀다.

조금은 걱정스러운 시선으로 네로브를 쳐다보던 카렌은 그녀가 기운을 되찾기만을 기다렸다. 그러던 중,

"꺄악!"

비명 소리와 함께 다이아나의 방으로 들어갔던 시녀가 괴상한 표정을 지은 채 방을 뛰쳐나오고 있었다.

카렌이 깜짝 놀라 그녀를 쳐다봤지만 마치 유령이라도 본 사람처럼 안색이 하얗게 질린 채 어디론가로 달려가고 있었다.

"마님! 주인마님!"

거의 비명에 가까운 외침에 저택 곳곳에 있던 시종들과 시녀들이 몰려들었지만 그녀는 아무도 보이지 않은 사람처럼 곧장 어느 방으로 뛰어들었다. 고함 같은 말소리가 들리더니 곧 병색이 완연한 중년 부인이 시녀들의 부축을 받고 나타나더니 다이아나의 방으로 향했다.

"다나야! 정신을 차려보거라, 다나야!"

중년 여성의 음성인 듯한 말소리가 들려오고 다시 시종 한 명이 방에서 뛰어나오더니 곧장 건물을 빠져나갔고, 잠시 후 정신이 하나도 없어 보이는 얼굴로 유바렌 자작이 달려왔다. 의자에 앉아 쉬고 있던 네로브의 모습을 잠시 보고는 그대로 딸의 방으로 뛰어갔다.

"다, 다나야. 네, 네 모습이……."

잠시 시간이 지난 후 자작 부인이 모습을 드러내더니 네로브에게로 다가와서는 그대로 무릎을 꿇고는 그녀의 손을 잡고 입을 맞추었다.

"감사합니다. 감사합니다. 저, 정말 감사합니다."

눈물로 범벅이 되었지만 조금도 개의치 않고 네로브의 손에 키스를 하고 또 했다.

눈을 뜬 네로브는 다른 손을 들어 그녀의 머리에 얹고는 나직하게 입을 열었다.

"지치고 고생한 그대가 안식을 찾을 수 있도록…… 레스트(Rest:휴식)."

자작 부인의 머리에 얹은 네로브의 손이 부드러워 보이는 녹색의 마나에 싸이는 순간 자작 부인은 편안한 표정으로 잠에 빠져들었다. 네로브의 손짓에 다가온 시녀들은 곧 자작 부인을 그녀의 방으로 데려갔고, 곧이어 다가온 유바렌 자작 역시 그의 아내처럼 네로브의 손을 잡고는 정중하게 감사의 키스를 했다.

"대체 뭐라고 말을 해야 좋을지…… 감사합니다. 내 당장 아레네스 교단의 신전을 찾아 전 재산을 바치도록……."

"자작님, 부탁이 있습니다."

"뭐든지 말을 하십시오. 제가 할 수 있는 일이라면 그것이 무엇이든지……."

"먼바다를 항해할 수 있는 작은 배가 한 척 필요해요. 열다섯 명에서 스무 명 정도가 탈 수 있는 작은 배와 그 사람들이 한 달 동안 먹을 식량이 필요합니다."

잔뜩 긴장하고 있던 유바렌 자작은 네로브의 말에 적지 않게 당황할 수밖에 없었다.

"그 정도는 제가 얼마든지 들어드릴 수 있습니다. 달리 부탁하실 말씀은 없으신지요? 아레네스의 신전에 제 재산의 절반을 바칠까요? 아니면 제가 벌어들일 수입의 절반을 계속해 신전에 바치면 될까요? 말씀만 해주신다면 그 말씀대로 따르겠습니다."

다이아나를 치료하기 전과는 전혀 다른 유바렌 자작의 태도에 카렌은 솔직히 욕지기가 올라오는 것을 겨우 참아야만 했다. 하지만 네로브는 아무렇지도 않은 듯 담담한 미소만 지을 뿐이었다.

"저는 그저 다이아나님에게 도움이 되었다는 것으로 충분히 만족할 수 있습니다. 하지만 방금 말씀드린 것만은 아레네스님의 말씀이기 때문에 반드시 따라야만 하기 때문에 어쩔 수 없었다는 것을 이해해 주셨으면 합니다."

"아, 아닙니다. 제가 해드릴 수 있는 것이라면 뭐든 말씀만 해주십시오. 말씀대로 따르겠습니다."

"방금 제가 말씀드린 것만 들어주신다면 그것으로……."

"저이의 말대로 뭐든 말씀만 하세요. 그것이 무엇이든 저희가 성심 성의껏 따르겠어요."

마지막 말은 어느새 정신을 차린 자작 부인의 말이었다.

혈색이 돌아온 자작 부인의 얼굴은 미안함 때문인지, 아니면 고마움 때문인지 눈물로 범벅이 되어 있었다. 그런 상대의 모습에도 네로브의 태도는 변하지 않았다.

네로브는 미소를 지으며 부드럽게 자작 부인을 안아주었다. 마치 어머니가 자식을 안아주는 것처럼 살며시 그녀를 안고는 어깨를 두드려 주었다. 그런 네로브의 행동에 안정을 얻었는지 자작 부인은 곧 진정을 하고는 자세를 바로 했다.

"다이아나를 완치시켜 주신 은인에게 쉴 곳조차 대접하지 않았다니 자작가의 안주인으로서 정말 죄송하기 이를 데 없군요. 시몬느, 뭐 하고 있나요? 어서 은인께서 쉬실 수 있도록 방부터 준비하도록 해요. 그리고 마를린은 다른 아이들과 함께 어서 다이아나를 씻기도록 하고, 당신은 어서 저분을 모시고 식사라도 하도록 하세요."

자작가의 안주인다운 지시에 시종과 시녀들은 일제히 움직였고, 유바렌 자작 역시 아무 말도 하지 못한 채 카렌을 안내해 식당으로 향했다.

저녁 시간.

자작가는 오랜만에 북적이며 집 안 전체가 활기에 가득 찼다.

식당은 오랜만에 식당을 찾은 자작과 자작 부인, 그리고 웃음을 찾아준 네로브와 그의 동생을 위해 성대한 저녁을 위해 분주하기 이를 데 없었다.

40여 명은 동시에 식사를 해도 충분할 테이블에 비록 네 사람뿐이었지만 저녁 식사는 웃음으로 충분히 행복한 시간이었다.

"프리스트께서 말씀하신 배는 이미 항구에 정박 중이니 언제든 말씀만 하시면 곧 출항할 수 있습니다. 또한 식량과 배를 운항할 유능한 선부 여섯 명도 배에서 대기하고 있습니다."

"감사합니다, 자작님."

"아닙니다, 프리스트께서 저에게 베풀어주신 은혜에 비하면 너무도 사소한 것이라 죄송스럽기 그지없습니다. 가까운 시일 내에 아내와 다이아나를 데리고 인근 도시에 있는 아레네스의 신전을 찾아가 성의껏 헌금할 겁니다."

"아레네스님께서도 자작님의 정성을 즐거운 마음으로 받아들이실 겁니다."

그때였다.

"다이아나 아가씨께서 오십니다."

시종의 말에 식사를 하며 대화를 나누던 네 사람뿐만 아니라 시종과 시녀, 그리고 요리사들의 시선이 일제히 식당의 입구로 향했다. 동시에 사람들의 얼굴에는 놀라움의 기색이 완연하게 떠오르지 않을 수 없었다. 그도 그럴 것이 그녀가 이 식당을 찾은 것은 거의 4년만이기 때문이었다.

약 20세 쯤으로 보이는 여인이 아이보리색의 드레스를 입고 조금은 어색한 표정으로 식당 입구에 서 있었다. 밝은 은색의 머리를 드리운 여인의 커다란 눈이 그녀의 인상을 싱그러우면서도 생기있게 만들고 있었다.

　주위를 둘러보던 그녀는 네로브의 모습을 곧 발견하고는 차분한 걸음으로 다가가서는 그녀 앞에서 무릎을 꿇었다. 그리고 그녀의 손을 잡고는 경건하게 키스를 했다.

　"아까 전에는 죄송했어요. 제가 너무나 어리석어 감히 신의 음성께 무례를 저질렀습니다. 저를 용서해 주시겠습니까?"

　"신의 음성?"

　다이아나의 말에 유바렌 자작이 반문했다.

　"어떻게 제가 신의 음성이라는 것을 아셨나요?"

　"언젠가 저를 치료하러 오셨던 프리스트 가운데 한 분께서 말씀하시길 저를 치료하실 수 있는 분은 오직 신의 계시를 들을 수 있는 신의 음성밖에 없다고 하셨어요. 하지만 무엇보다 아까 신의 음성께서 저에게 신성력을 불어넣어 주실 때 제가 느꼈던 평온하고 포근하며 저의 영혼까지 정화시키는 듯한 그 느낌은 지금껏 한 번도 느껴본 적이 없었어요."

　"꼭 그렇지만은 않아요. 만약 다른 분들께서 오셨어도 충분히 다이아나님을 치료하실 수 있었을 거예요. 다만 제가 운이 좋았을 뿐이에요."

　네로브의 말에 다이아나나 그녀의 부모는 네로브의 성품을 충분히 짐작할 수 있었다.

　"언제까지라도 좋으니 저희 집에 묵어주십시오. 저희가 성심성의껏 모시도록 하겠습니다."

　"계속 이곳에 머물 수는 없지만 워렌시아 공작가를 찾을 때까지만 신세를 지겠습니다."

　"워렌시아 공작님을 아십니까?"

"과거 가주이셨던 미네스 폰 워렌시아 공작을 찾아뵈려고 해요."

네로브의 담담한 대답에 유바렌 자작은 깜짝 놀란 표정을 짓지 않을 수 없었다.

과거 트레디날 제국의 영웅인 데미안 싸일렉스를 도와 뮤란 대륙을 지키는 데 힘을 보탰던 바이샤르 제국의 영웅이 바로 미네스 폰 워렌시아 공작이었다. 마신 봉인 전쟁이 끝난 후 곧바로 칩거를 한 탓에 황제조차 그의 얼굴을 본 적이 없다고 알려진 인물인데 마치 언제든지 만날 수 있는 것처럼 말하는 네로브의 태도에 유바렌 자작은 뭔가가 자신의 뇌리를 스치고 지나가는 것을 깨달았다.

"호, 혹시 프리스트께서는 트레디날 제국의 싸일렉스 공작의 따님이 신 '아레네스의 음성'이라고 알려진 바로 그 네로브님이란 말씀이십니까?"

"보잘것없는 제 이름을 들어보신 적이 있으신 모양이군요."

네로브의 시인에 유바렌 자작은 감격스러움을 감출 수 없었다.

"네로브님을 이렇게 만나뵙게 된 것만 해도 영광인데 이렇게 큰 은혜까지 받게 되다니 저희 유바렌 가문의 무한한 영광이라 하지 않을 수 없군요. 네로브님께서는 그냥 저희 집에서 편히 쉬고 계십시오. 제가 워렌시아 공작가에 사람을 보내 네로브님의 뜻을 전하도록 하겠습니다."

"그럼 그때까지만 신세를 지도록 하겠습니다."

"그런 말씀 하지 마십시오. 언제까지라도 좋으니 저희 집에서 머무르도록 하십시오. 그리고 저희 무디스 시에도 아레네스님의 신전을 세울 수 있도록 노력하겠습니다."

"아레네스님께서는 신의 사랑을 보여주실 수 있는 곳이라면 어느 곳이든 상관하시지 않습니다. 굳이 신전을 세우실 필요는 없습니다. 그저 작은 공터에 그분의 깃발을 걸고 그분의 사랑을 실천할 수 있다면 그것으로 충분합니다."

"네로브님의 명대로 따르겠습니다."

지금껏 보아왔던 여타의 프리스트들과는 전혀 다른 네로브의 태도에 유바렌 자작은 더 이상 다른 말을 할 수 없었다. 자신이 속물처럼 느껴지는 것도 있었지만 자신이 말을 하면 할수록 네로브를 모욕하는 것 같았기 때문이다.

"괜찮으시다면 저는 이만 쉬고 싶군요."

"제가 무례를 범했군요. 마를린, 오늘부터 네로브님의 시중을 들도록 하거라. 네로브님께서 원하시는 것은 나에게 보고할 필요도 없이 무엇이든 구해 드리도록 하거라. 무례를 범해서는 안 된다. 알겠느냐?"

"명심하겠습니다, 주인님."

근처에서 대기하고 있던 마를린은 황급히 허리를 숙였다.

"마지막으로 자작님께서 마련해 주신 그 배를 이용할 수 있는 증명서 하나를 써서 제 동생에게 주시겠습니까?"

"동생이라면 데미안 폰 싸일렉스 공작의 아들이란 말입니까, 이 청년이?"

네로브의 말에 유바렌 자작은 눈을 커다랗게 뜬 채 카렌을 바라봤다. 또한 네로브가 자신의 딸을 치료한 이유가 카렌이 배를 이용할 수 있게 하기 위해서라는 것을 깨달을 수 있었다. 설사 네로브가 자신의 딸을 치료하지 않더라도 그저 카렌의 신분을 밝혔다면 배 한 척 정도는 간단하게 이용할 수 있었을 것이다.

사실 카렌의 신분은 대단할 수밖에 없었다.

아버지인 데미안이 뮤란 대륙을 구한 영웅이라는 사실을 떠나더라도 뮤란 대륙 최강의 기사라는 점만은 누구든 인정하는 사실이었다. 그런 영웅의 아들이라면 당연히 어린 시절부터 알려졌어야 할 카렌이지만 사실 알려진 것은 아무것도 없을 정도로 비밀에 싸인 존재였다.

겉으로 봐서는 검술을 익힌 것 같지 않았지만 검을 두 자루나 가지고 있는 것을 보면 검술을 익힌 것 같기도 했다. 하지만 데미안의 아들이 검술을 익히지 않았을 리 없으리란 생각에 유바렌 자작은 곧 고개를 끄덕였다.

"걱정하지 마십시오. 제가 금방 증명서를 써서 드리겠습니다. 마를린, 뭐 하고 있는 거냐? 어서 네로브님의 쉬실 방부터 치우지 않고."

"자, 잠시만 기다리십시오. 곧 치우고 모시겠습니다."

마를린은 황급히 대답을 하고는 몇 명의 하녀와 함께 어디론가로 달려갔다.

유바렌 자작은 다른 하인에게 지시를 해 종이와 펜을 준비시키더니 그 자리에서 한 장의 서류를 작성해서는 자신의 인장을 찍고는 카렌에게 내밀었다.

"이 증명서를 보이면 항구에 준비한 배를 이용할 수 있을 것이네."

"감사합니다."

"나중에 이 근처를 지날 기회가 있으면 언제든 들러주게. 언제든 자네를 환영하겠네."

"다음에 이곳을 지날 일이 있으면 반드시 자작님을 찾아뵙겠습니다."

"카렌, 난 이곳에 잠시 머물 테니 넌 일행들과 함께 내일 아침 일찍 출발하도록 해라. 그리고 이건 배를 타고 가는 동안 읽어보도록 해라. 이 편지 안에 네가 해야 하는 일을 써놓았으니 일행들과 반드시 읽어보고 명심해야만 한다.”

이대로 헤어지자는 네로브의 말에 카렌은 아무 말도 하지 못한 채 그녀의 얼굴만 쳐다보았다. 그런 카렌의 심정을 아는지 모르는지 네로브는 자신이 할 말을 할 뿐이었다.

“아마 2년 안에 다시 돌아올 수 있겠지만, 그동안 부디 네가 고난을 극복할 수 있을 만큼 성장하길 진심으로 바란다. 나는 이곳에서 준비하며 너를 기다리마.”

“걱정하지 마, 누나. 더욱 강해져서 돌아올 테니까. 대신 어머니하고 할머니께 안부를 전해줘.”

“그래. 두 분께는 내가 안부를 전해 드릴 테니 너도 부디… 몸조심하도록 하거라.”

“알았어, 누나. 기다리는 사람도 있으니까 그럼 난 이만 가볼게.”

말을 마친 카렌은 조금도 망설이지 않고 그 자리를 떠났고, 조금 전 냉정하게 말한 것과는 달리 네로브는 애잔한 눈길로 카렌의 뒷모습을 보고 있었다.

“카렌 군이 먼 길을 떠나는 모양이군요.”

“예, 또한 상당히 고통스러운 길이기에 걱정이 되는 것을 숨길 수 없군요.”

대체 카렌이 어디로 떠나는 것이기에 이토록 걱정을 하는 것이 궁금하기는 했지만 네로브의 모습에 유바렌 자작은 더 이상 물을 수가 없었다. 네로브는 유바렌 자작 내외에게 양해를 구하고는 곧 자신의 방으로 향했다.

유바렌 자작의 저택을 빠져나온 카렌은 몇 가지 물건을 산 후 일행들이 기다리고 있는 시 외곽 숲까지 전력으로 달렸다. 그런 카렌의 행동이 이상했는지 연신 고개를 갸웃거리면서도 실피드 역시 지면을 박차며 앞으로 달려나갔다.

그런 카렌을 제일 먼저 맞이한 사람은 주위를 경계하고 있던 러쎌이었다.

"어서 와, 카렌. 네로브님은?"

"누나는 유바렌 자작의 저택에서 쉬고 있어. 우리는 오늘 이곳에서 쉰 다음 내일 아침 이스턴 대륙으로 출발할 거야."

"배는 구한 거야?"

"응. 다른 사람들은?"

"일단 쉬고 있는데 왠지 편치 않아 보여."

"가자. 시간도 늦었는데 일찍 저녁을 먹고 우리도 쉬어야지."

공터에서 자신을 기다리고 있던 일행들에게 일의 경과를 알려준 카렌은 무디스 시에서 사 온 음식을 나눠 먹은 후 일찍 잠자리에 들었다.

해무(海霧)가 살짝 낀 날씨였다.

새벽에 모닥불이 꺼진 탓인지 온몸의 근육이 딱딱하게 굳은 것 같은 느낌이 들었다.

아침 일찍 눈을 뜬 종리격은 굳은 몸을 풀기 위해 가볍게 몸을 움직이다 숲에서 땔감을 들고 걸어나오는 카렌과 눈이 마주쳤다.

"땔감을 주워 오시나 보군요."

"예, 새벽에 바람이 꽤 불었나 봅니다."

카렌은 주위온 땔감을 모닥불에 조금씩 던져 넣고는 불을 되살렸다.

모닥불이 되살아나자 모닥불 주위에서 잠을 자던 백리 자매와 남문휘, 그리고 강천림은 굳은 몸이 풀리는지 곧 행복한 표정을 지으며 다시 잠 속에 빠져들었다. 그 모습을 보고 있던 종리격은 모닥불을 피우고 있는 카렌에게 질문을 던졌다.

"이런 질문을 하는 것에 오해가 없었으면 좋겠습니다."

"무슨 말씀인지……."

"정말 대미안 대협의 아드님이 맞습니까?"

"저도 누님에게 그 이야기를 들었습니다. 정확한 이유를 설명할 수는 없지만 이스턴 대륙과 이곳 뮤란 대륙과는 시간의 왜곡 현상이 꽤나 심한 것 같습니다. 저는 아버님이 이스턴 대륙에 다녀오신 후 태어났기 때문에 잘 모르겠지만 누님은 그 일을 기억하고 있으니 틀림없습니다."

"휴우~ 아무리 그래도 300년의 차이라니…… 믿을 수도 없고, 그렇다고 믿지 않을 수도 없으니…… 아무쪼록 저희를 많이 도와주시도록 부탁드리겠습니다."

"글쎄요, 저도 솔직히 어떤 일을 해야 하는지 모르고 있습니다. 하지만 최대한 여러분에게 도움이 될 수 있도록 하겠습니다."

담담한 카렌의 말에 종리격은 그를 믿어야 할지, 아니면 포기를 해야 할지 결정을 내릴 수 없었다. 그래도 그를 믿어야 한다는 쪽으로 마음이 기울어지는 것은 이스턴 대륙에서 신관들에게 받은 '귀인'에 관한 신탁과 이곳에서 만난 네로브의 존재 때문이었다. 특히 네로브를 만났을 때 그녀에게서 느껴진 범접할 수 없는 그 경건함과 신성력이 가진 힘을 직접 본 종리격으로서는 감히 그녀의 말을 의심할 수 없었다.

"어제는 유바렌 자작에게 가느라 자세한 이야기를 듣지 못해서 이스턴 대륙의 사정을 잘 알지 못합니다. 현재의 상황을 간단히 설명해 주시겠습니까?"

"뭐라고 설명을 해야 좋을지 모르겠군요. 일단 설명을 하자면 과거 마물들이 나타났을 땐 카렌님의 아버님이신 대미안님과 천우신검 강찬휘 대협을 비롯한 그 당시의 무인들이 막아냈습니다. 그런 후 약 150여 년 동안 저희 대륙은 평온을 찾을 수 있었죠. 그러다 약 100여 년 전부터 대륙 곳곳에서 마물들이 출몰하기 시작했지만 각 왕국에서 자체적으로 처리했기 때문에 일반인들에게는 잘 알려지지 않았습니다. 하지만 50년 전부터는 그 수가 너무도 급격하게 불어났기 때문에 도저히 감출 수 있는 상황이 아니었죠. 그때부터 각 왕국에서는 모든 힘을 모아 마물들을 퇴치하기 시작했습니다."

설명을 하는 종리격의 얼굴에는 씁쓸함이 떠올라 있었다.

"뭐라고 표현해야 할까요? 사방에서 마물들이 나타나 수많은 사람들이 목숨을 잃고 있음에도 불구하고 자신들의 체면 때문에 다른 왕국에 도움을 청하지 않았기에 많은 피해를 입어야만 했습니다. 물론 지금은 많이 나아지긴 했지만 아직도 자신들만의 힘으로 모든 것을 해결할 수 있다고 믿는 왕국도 있으니 카렌님이 활동하실 때 방해가 될지도 모르겠습니다."

종리격의 말에 카렌은 얼굴을 살짝 찌푸렸다.

앞으로 자신의 행로에 무조건적인 도움을 기대한 것은 아니지만 방해한다면 정말 골치 아픈 일이 아닐 수 없었다. 정말 한숨이 나올 일이지만 일단은 직접 부딪쳐 보고 결정을 내릴 문제였다.

“만나보고 결정할 문제 같군요.”

“부디 큰 실망을 하지 않았으면 좋겠군요.”

“슬슬 일행들을 깨워야 할 것 같군요. 누님이 아침 일찍 출발하라고 했거든요.”

두 사람은 서둘러 일행들을 깨웠고, 간단히 요기를 한 후 무디스 항으로 출발했다.

사람들의 이목을 끌 것을 대비해 카렌이 어제저녁 사 온 로브를 종리격 일행들에게 걸치게 한 후 일행들은 항구에 도착할 수 있었다. 그들 여덟 명이 도착한 곳에는 중형 상선 정도 크기의 두 개의 커다란 돛을 가지고 있는 전투선이 그들을 기다리고 있었다.

선장은 50대 초반 검붉게 탄 얼굴을 가진 사내였는데 멋진 콧수염이 인상적이었다.

금방이라도 살갗을 뚫고 튀어나올 듯한 팔 근육을 자랑하듯 팔을 움직이고 있던 선장은 자신들에게로 다가오는 일단의 무리를 발견하고는 살짝 긴장했다. 그도 그럴 것이 무디스 시의 실질적인 지배자라고 할 수 있는 유바렌 자작이 자신에게 이 배를 찾는 사람들의 명령에 무조건 복종하라고 지시한 엄명 때문이었다.

유바렌 자작은 단순한 귀족이 아니라 동부 해안의 도시 10여 개를 배후에서 은밀하게 지배하고 있는 거대 상단의 주인이기 때문에 부하인 선장으로서는 그의 엄명을 무시할 수도, 또한 무시하고 싶은 생각도 없었다.

“혹시 유바렌 자작님의…….”

“어서 오십시오. 여러분을 도우라는 말을 이미 자작님께 들었습니다. 약 한 달 동안 항해할 모든 준비가 되었습니다. 지금 승선을 하시겠습니까?"

"준비가 되셨다면 곧바로 출발을 하죠. 그리고 말이 한 필 있는데 실을 곳이 있을까요?"

"쓰지 않는 작은 창고가 있습니다. 그곳이라면 말 몇 필 정도는 싣고 갈 수 있습니다. 말을 데리고 갈 거라면 말먹이도 준비를 해야겠군요. 먼저 승선해 계십시오. 저는 선원들에게 출발 준비를 시키겠습니다."

선장의 지시에 몇 명의 선원들이 출발 준비를 서둘렀고, 준비를 마친 배는 미끄러지듯이 무디스 항구를 빠져나갔다.

새벽의 해무는 어느샌가 사라지고 없었고, 새파랗게 개인 하늘에는 구름 몇 점이 떠 있을 뿐이었다. 불어오는 바람에 팽팽하게 펴진 돛을 조정한 선장이 카렌에게 물었다.

"항구를 빠져나왔는데 이제 어디로 가야 합니까?"

"계속 동쪽을 향해 배를 몰아주십시오."

"예? 동쪽으로 말입니까? 혹시 아시는지 모르겠지만 동쪽에는 아무것도 없습니다."

"지금부터 꼬박 한 달 동안 배를 몰면 육지를 만나게 될 겁니다. 그곳이 바로 우리의 목적지입니다."

카렌의 말에 선장은 이해할 수 없다는 표정을 지었다.

"지금까지 어느 누구도 '폭풍의 바다' 를 무사히 통과한 배가 없다는 걸 알고 하는 말씀이십니까? 게다가 그 '폭풍의 바다' 너머론 가본 사람이 하나도 없어 어떤 위험이 있는지 아는 사람이 한 사람도 없단 말입니다."

"걱정하지 마십시오. 아레네스께서 우리를 지켜주실 겁니다."

　답답하다는 듯 가슴을 치는 선장의 말에 카렌은 그저 담담하게 대답할 뿐이었다.

　"아레네스께서 우릴 지켜주시다니, 그게 무슨 말씀이십니까?"

　"일단은 내 말을 믿고 배를 운행하십시오."

　카렌의 말에 선장은 기가 막힌 듯 카렌의 얼굴을 쳐다보았지만 일단 그의 말대로 배를 모는 수밖에 별다른 방법이 없었다.

　벌써 30일 가까운 시일이 흘렀다.

　바다는 믿을 수 없을 정도로 잔잔했고, 적당한 바람이 불어와 항해는 믿을 수 없을 만큼 편안했다. 선장과 선원들이 걱정했던 폭풍의 바다는 벌써 지났는지, 아니면 아직도 지나지 않은 것인지 하품이 나올 정도로 너무나도 순조로운 항해였다.

　그동안 선원들에게 배운 낚시에 매료된 카렌은 오늘도 낚시에 빠져 있었다.

　처음에는 물고기를 낚는 데 열중했지만 이내 낚시보다는 자신의 내면을 관조하는 것에 치중하게 되었다. 그동안 자신이 익힌 무공을 정리하고 아직 자신이 완전히 깨우치지 못한 부분에 대해 고심했다. 이제 육체적인 훈련을 통한 무공 상승을 기대할 수 있는 단계가 지났기에 더 높은 경지에 대한 갈증이 더욱 강해졌다.

　물론 아버지가 곁에 있었다면 많은 도움을 받을 수도 있었을 테지만 그렇게 하지 않은 것은 언제부턴가 아버지를 자신의 라이벌로 생각하고 있었기 때문이다. 아버지인 데미안의 최강의 공격이라면 공간의 검 미디아를 이용한 헬 버스트와 블러드 라이트닝, 그리고 그 두 가지 공격을 하나로 합친 블러드 버스트였다. 하지만 그 세 가지 공격은 모두 미디어라는 신의 무기가 있었기에 가능했던 것이다.

공간의 미디어가 사라진 지금 그런 공격은 꿈에나 가능한 일이었다. 예전에 아버지에게 들은 이야기로는 최강의 금속이라는 미스릴로도 이 공격을 하려고만 하면 그대로 폭발을 하는 탓에 제대로 된 공격을 할 수 없었다고 한다.

지금 자신이 가지고 있는 앙블렌저린으로 만든 검이었다면 공격에는 성공할 수 있다고 해도 과거와 같은 파괴력을 얻을 수는 없을 것이다. 미디어가 상상을 불허할 정도의 파괴력을 가질 수 있었던 이유는 바로 선더버드의 신성력이 미디어에 스며 있었기 때문이다.

자신에게는 신성력도, 또 신의 무기도 없기 때문에 과거 아버지가 보였던 파괴력을 가질 수는 없는 일. 방법은 오직 스승인 지옥마제가 더욱 진화시킨 지옥이도류를 완벽하게 익히는 것뿐이었다. 하지만 지옥마제도 오직 이론상으로 구결을 완성시켰을 뿐이다. 그것을 완벽하게 익혀야 하는 것은 자신의 몫이었다.

불안한 것도 사실이었지만 이제는 의심보다는 꾸준히 노력해야 할 때라는 것을 알기에 더욱 낚시에 전념하는지도 몰랐다.

그런 생각을 하는 동안 낚싯대에서 묵직한 느낌이 전해져 왔다. 정신을 차리고 보니 낚싯대가 활처럼 휘어져 있었다.

그동안 배운 낚시 실력으로 거의 30분 동안 낚싯줄을 늘였다 당겼다를 반복하다가 낚싯대에 마나를 주입하고는 그대로 높이 잡아당겼다. 가느다란 낚싯대에 끌려 갑판 위에 떨어진 것은 꼬챙이 같은 주둥이를 가진 믿을 수 없을 만큼 커다란 고기였다.

언뜻 보기에도 3미터의 길이에 400킬로그램은 족히 나갈 것 같은 물고기가 육중한 소리와 함께 갑판 위로 떨어지자 놀란 선원들이 일제히 갑판 위에 몰려들었다. 그리고는 너무도 놀란 나머지 입을 쩍 벌린 채 멍하니 고기만 쳐다보고 있었다.

"카, 카렌님, 설마 그 꼬챙이 같은 낚싯대로 이 커다란 참치를 잡은 것은 아니겠지요?"

"이 고기가 참치라는 고깁니까? 낚아 올리는 데 고생을 좀 했습니다."

카렌의 대답에 키마저 다른 선원에게 맡기고 나타난 선장 에누스는 기가 막힌다는 얼굴로 그의 얼굴을 멍하니 쳐다보았다.

"그런데 이 고기는 어떻게 먹는 겁니까? 다른 물고기처럼 구이를 하거나 수프를 끓여 먹는 겁니까?"

"물론 그렇게도 먹을 수 있지만 일단은 익히지 않은 상태로 드셔보십시오. 자몬, 뭘 하고 있나? 어서 이분들께 자네의 특선 요리를 선보이게."

"알겠습니다. 잠시만 기다리십시오."

선원들과 일행의 식사를 책임지고 있던 주방장 자몬은 서둘러 식당으로 달려들어 가 몇 가지를 챙겨 나왔는데 가지고 나온 것은 칼과 접시, 그리고 몇 가지의 소스가 전부였다.

제일 먼저 그가 한 일은 카렌이 잡은 참치의 피를 제거한 것이었다. 그리고는 작은 접시에 각각의 소스를 나누어 담았다.

"잠시만 기다려 주십시오. 제가 곧 지금껏 한 번도 먹어보지 못한 기가 막힌 맛을 보여 드리겠습니다."

자몬의 자신만만한 태도에 일행들은 고개를 갸웃거리면서도 나름대로는 기대하는 기색이 역력했다. 그도 그럴 것이 배의 요리사 자몬의 요리 솜씨는 당장 수도에서 커다란 음식점을 차려도 성공을 장담할 수 있을 만큼 훌륭했기 때문이었다.

잠시 후 참치란 생선에서 더 이상 피가 흘러나오지 않자 곧 참치의 곳곳에서 손가락 두 개 정도의 크기로 살을 발라내기 시작했다. 등과 배 부분, 그리고 머리에서 잘라낸 살을 접시에 담아낸 자몬은 곧 카렌과 일행들에게 소스와 함께 내밀었다.

"여기 매운 소스와 짠 소스가 있습니다. 살짝만 찍어 드셔보십시오."

자몬의 말에 카렌이 먼저 짠 소스에 살짝 찍어 먹어봤다.

이 맛을 뭐라고 표현해야 할까?

등 쪽의 고기가 담백한 맛을 낸다면 배 쪽은 약간 기름지면서도 씹을수록 깊은 맛이 나는 것이 지금껏 한 번도 맛보지 못한 정말로 기가 막힌 맛이었다.

이번엔 매운 소스에 찍어 먹어봤다. 정말 먹는 사람이 스스로를 의심할 만큼 조금 전과는 전혀 다른 맛을 느낄 수 있었다.

최고급 스테이크를 약간의 향신료를 첨가해 레어로 요리한 것과 비슷한 맛을 어떻게 생선에서 느낄 수 있는 것인지 의문이었지만 자몬의 장담처럼 기가 막힌 맛인 것만큼은 분명했다. 카렌은 자신의 먹는 모습만 보고 있는 사람들에게 손짓을 했다.

"한번 먹어보십시오. 정말 맛있습니다."

카렌의 말에 일행들이 조금은 주저하는 손길로 참치 살을 집어 소스를 찍어 먹기 시작했다. 그런 반면 선장과 선원들은 조금도 망설이지 않은 채 마구 집어먹었다.

"뭐 해? 이럴 때 술이라도 한잔해야 되잖아."

누군가 선장의 눈치를 보면서 이야기를 꺼냈고, 나머지 선원들도 선장의 눈치를 살폈다.

그런 선원들의 행동에 선장은 일행들의 리더인 카렌에게 물었다.

"카렌님, 선원들과 술을 마셔도 되겠습니까?"

"운항에 무리만 없다면 상관이 없습니다."

"많은 양은 자제를 하도록 하겠습니다. 카렌님께서 허락을 하셨다. 술통을 가져와라!"

"와~"

"선장님 맘 변하시기 전에 빨리 가져오라고. 변덕이 죽 끓듯 하는 양반이니까."

누군가가 들고 온 술통이 개봉되었고, 카렌과 일행들도 결국 선원들이 권한 술을 마시며 그들과 어울려야만 했다.

술자리는 밤새도록 계속되었지만 카렌의 일행들과 선원들은 잡은 참치는 반에 반도 채 먹지 못했다.

새벽에 잠에서 깬 카렌은 같은 방에서 자고 있던 일행들을 한 번 보고는 최대한 인기척을 죽인 채 갑판으로 향했다.

일행들이 탄 배는 자욱하게 해무가 낀 바다를 가르며 소리도 없이 움직이고 있었다.

파도 소리가 들리지 않아 적막감마저 들 정도로 조용한 바다는 사람의 기분을 가라앉게 만드는 묘한 정서가 있었다.

선수(船首)에 선 카렌은 정면을 바라보았지만 해무로 인해 아무것도 보이지 않았다. 하지만 동녘을 발갛게 물들이며 태양이 떠오르기 시작하자 해무는 금세 사라져 버렸고, 에메랄드 빛으로 빛나는 바다가 눈앞에 펼쳐졌다.

지평선과는 전혀 다른 느낌을 주는 수평선을 바라보던 카렌은 종리격과 그 일행들이 얼마나 고생을 하면서 뮤란 대륙으로 왔을지 충분히 짐작이 되었다.

눈이 부실 정도로 빛나는 바닷물을 한동안 바라보던 카렌은 문득 저 멀리 수평선이 조금 이상하게 보이는 것을 깨닫고는 긴장을 했다.

그때였다.

"육지다! 전방에 육지가 나타났다!"

마스트 위의 망루에서 전방을 주시하던 견시수의 외침에 잠에 빠져 있던 선원들이 선실을 빠져나왔고, 뒤이어 종리격과 그 일행들이 나타 났다.

"육지라고 했나?"

"그렇습니다, 선장님. 하지만 크기로 봐서는 섬 같습니다."

"섬이라고? 혹시 몬스터나 맹수의 습격이 있을지도 모른다. 모두들 전투 준비!"

선장의 말에 선원들은 일제히 시미터를 뽑아 든 채 혹시 있을지도 모르는 적의 공격에 대비했다.

"카렌님과 다른 분들께서도 대비를 해주십시오."

선장의 말에 카렌과 일행들은 고개를 끄덕였다.

까마득히 멀리 보이던 섬은 정오가 될 때쯤 확실하게 확인할 수 있 었다.

견시수는 분명 섬이라고 했지만 가까이에서 바라본 섬의 모습은 육 지라고 해도 믿을 정도로 컸다. 잠시 주변을 둘러보던 선장은 견시수 에게 질문을 했다.

"이상한 점은 보이지 않나?"

"무인도인 모양입니다. 조용합니다."

"혹시 배를 댈 만한 곳은 있나?"

"북쪽으로 500미터쯤 올라간 곳에 자그마한 만(灣)이 있습니다."

두 사람의 대화를 듣고 있던 카렌이 선장에게 질문을 했다.

"섬에 상륙할 생각이십니까?"

"예, 식수가 거의 떨어져 항해를 계속하려면 아무래도 이곳에서 식수를 보충해야만 할 것 같습니다."

"알겠습니다. 그럼 저희가 함께 움직이면서 선원들을 보호하도록 하겠습니다."

"감사합니다, 카렌님. 지금 즉시 만에 접안하도록 해라!"

선장의 지시에 배는 조심스럽게 해안에 접근했고, 카렌과 러쎌, 알리샤와 종리격이 네 명의 선원들과 함께 섬에 상륙했다. 주변의 지형을 살핀 사람들은 우선 물이 있을 것 같아 보이는 계곡으로 향했다.

얼마 지나지 않아 사람들은 작은 샘을 발견하고는 가지고 온 가죽 주머니와 물통에 물을 가득 담았다. 가지고 온 가죽 주머니와 물통이 적지 않았지만 카렌과 일행들이 내공을 가진 무인들이기에 들고 가는 것은 그리 어려운 일은 아니었다.

식수가 보충되자 선장은 지체없이 출발을 명령했고, 배는 섬을 뒤에 두고 순식간에 멀어져 갔다. 섬을 떠난 후 3일이 지났지만 지금까지의 여행처럼 아무 일도 일어나지 않았다.

그렇지만 카렌과 알리샤만은 이스턴 대륙이 가까워졌음을 본능적으로 깨닫고 있었다.

카렌은 자신이 가지고 있던 신성력을 품고 있는 샤이닝 블레이드와 헬 블레이드가 진동을 일으키는 것으로, 그리고 알리샤는 대기 속에 섞여 있는 네거티브한 기운, 즉 마기(魔氣) 때문에 이스턴 대륙에 가까이 접근했다는 사실을 깨달을 수 있었던 것이다. 그리고 시간이 지날수록 선원들과 일행들은 한 가지 사실을 깨달을 수 있었다.

어느샌가 먹구름이 모여든 듯 점점 하늘이 어두워지기 시작한 것이다. 동시에 약간은 가슴이 답답하고 불쾌한 느낌이 들기 시작한 것이었다.

"이런 기운이 느껴지는 것을 보니 드디어 도착을 한 것 같습니다."

"그럼 여기가 전설의 그 이스턴 대륙이란 말입니까?"

선장의 말에 종리격은 그저 씁쓸한 표정을 지을 뿐이었다.

허접한 마물들조차 막아내지 못해 도움을 청하러 가야만 했던 처지에 뭐가 전설의 대륙이란 말인가? 씁쓸한 마음을 감추며 일행들에게 주의를 주었다.

"이제부터 언제 마물들의 공격이 있을지 모릅니다. 모두 긴장을 하는 것이 좋을 겁니다."

종리격의 주의가 있은 후 하루가 지났을 때 일행들은 드디어 길게 늘어선 해안을 발견할 수 있었다.

수면 위로 드러난 암초를 피해 솜씨 좋게 배를 몰던 선장은 해안이 약 200미터쯤 남았을 때 닻을 내리고 정박했다. 그럴 수밖에 없는 것이 암초들이 너무 많은 탓도 있었지만 바다 밑바닥[海底]이 너무 낮아 배를 접근시킬 수 없었기 때문이다.

"카렌님, 제가 해드릴 수 있는 것은 여기까지 인 듯싶습니다."

"감사합니다, 선장님. 나중에 다시 만날 기회가 있다면 술이라도 한 잔하고 싶군요."

"물론입니다. 저야 타고난 뱃놈이니 배를 떠나 살 수 있겠습니까?

그러니 언제든 무디스 항을 찾아주십시오."

"그동안 수고 많으셨습니다, 선장님."

"몸조심하십시오. 뭣들 하고 있나? 어서 상륙선을 내려라!"

선장의 명령에 선원들은 배 옆에 매달려 있던 작은 보트 두 척을 내렸고, 카렌과 일행들은 보트에 나누어 타고는 해안을 향해 배를 몰아갔다. 잠시 후 일행들은 백사장에 내렸고, 선원들은 다시 배로 돌아갔다.

잠시 후 닻을 올리고 멀어져 가는 배를 바라보다 고개를 돌리던 카렌은 먼저 일행들을 둘러보았다. 수평선을 향해 멀어지는 배를 보던 카렌은 백사장 밑에서 뭔가가 움직이는 것을 깨달을 수 있었다. 하지만 그 누구도 그 낌새를 알아채는 사람이 없어 보였다. 해서 재빨리 일행들에게 주의를 주었다.

"모두 조심하시오. 백사장 아래에 뭔가가 있소."

"예?"

카렌의 말에 모두들 깜짝 놀라면서도 지체없이 무기를 뽑아 들고는 황급히 주위를 경계하기 시작했다. 하지만 백사장은 조금의 변화도 없었다.

카렌은 백사장과 연결된 해송림(海松林)을 흘깃 바라보고는 일행들에게 지시를 했다.

"한시라도 빨리 해송림으로 피하는 것이 좋을 것 같소."

카렌의 지시에 일행들, 특히 카렌에게 당한 뒤로 분한 마음을 아직 풀지 못하고 있던 강천림으로서는 내심 불만을 느꼈지만 우선은 다른 사람들과 함께 해송림으로 이동하기로 했다.

약 20여 미터의 백사장을 가로지르며 해송림으로 다가갔지만 아무 일도 일어나지 않았다.

"뭐야? 아무 일도 없잖아? 괜히 헛소리를 해서 사람들을 불안하게 만들어……."

팟!

그때 뭔가가 백사장을 뚫고 강천림을 향해 달려들었는데 그것의 크기가 웬만한 어린아이보다 훨씬 컸다. 거의 본능적으로 강천림은 가문의 천접비류검법 중 수비 초식인 천접밀막(千蝶密幕)을 펼쳤다.

딱!

단단한 물체에 부딪쳤는지 강천림의 검은 그대로 튕겨 나왔고, 강천림은 재빨리 뒤로 물러서서는 자신에게 달려든 물체를 확인했다.

"자, 저게… 뭐야?"

"혈절(血蠣)이라고 부르는 놈이오."

강천림의 질문에 대답한 사람은 종리격이었다.

백사장의 모래 색과 같은 등껍질을 가진 거대한 게 수십 마리가 양쪽 집게발을 쳐든 채 일행들을 포위하고 있었다. 일행들은 게들의 접근을 막으며 봉리격의 설명에 귀를 기울였다.

"혈절은 원래 주먹만 한 크기로 죽은 동물이나 물고기, 혹은 물에 빠진 시체를 뜯어 먹고 살던 놈들이었소. 그런데 언제부턴가 저렇게 커져서 이제는 살아 있는 사람들까지 공격한다고 들은 적이 있소이다. 다행히도 이놈들은 바닷가 근처에서만 살기 때문에 아직까지는 사람들에게 큰 피해를 주지는 않고 있지만 딱딱한 외피를 가지고 있기 때문에 웬만한 공격은 그대로 튕겨 버린다니 모두들 조심하시기 바라오."

"차앗! 혈광낙지!"

러셀이 뽑아 들고 있던 그레이트 엑스가 시뻘건 마나에 휩싸인다고 느끼는 순간 무서운 속도로 떨어지면서 눈앞의 혈절 한 마리를 그대로 박살 냈다.

순간 러셀은 자신도 모르게 인상을 썼다.

그도 그럴 것이 박살 난 혈절의 몸에서 쏟아진 것은 오로지 검붉은 색의 끈끈한 액체뿐이었기 때문인데 역한 냄새를 풍겨 저절로 눈살을 찌푸리게 만들었다.

눈살을 찌푸린 러셀이 다시 혈절 한 마리를 박살 내는 사이 카렌과 알리샤도 각각 두 마리씩의 혈절을 처치하고 있었다.

카렌이 샤이닝 블레이드와 헬 블레이드가 가진 신성력으로 혈절을 물리쳤다면 알리샤는 지금까지 사용한 적이 없었던 다크 문을 사용해 혈절의 생명력을 빼앗았다. 특히 다크 문에게 목숨을 잃은 혈절들은 마치 가뭄에 말라 죽은 동물의 사체처럼 말라 비틀어져 있었다.

종리격과 일행들이 혈절들의 접근을 막는 동안 카렌과 러셀, 알리샤가 혈절들을 모조리 처치했다. 조금 전 눈부시게 빛나던 백사장은 어느새 혈절들의 잔해로 뒤덮여 시뻘겋게 변해 마치 핏물 위에 서 있는 것처럼 느껴졌다.

"아직도 근처에 이것들의 동료가 많은 것 같습니다. 그것들이 몰려오기 전에 빨리 이 자리를 피하는 것이 좋겠소."

카렌의 말에 종리격과 일행들은 몸서리를 치고는 황급히 해송림으로 이동했다.

뒤를 돌아본 백리경운은 헛구역질을 했다. 그럴 만도 한 것이 어느새 혈절들이 동료들이 죽으며 남긴 잔해들을 먹기 위해 몰려들어서는 창처럼 날카로운 집게발을 휘두르고 있었는데 그 모습이 너무 게걸스러워 저절로 욕지기가 치밀었던 것이다.

그리 넓지 않은 해송림을 헤치고 나왔을 때 그들이 본 것은 바리바리 짐을 실은 짐마차들의 행렬이었다. 짐작하건대 아마도 상인들의 행렬인 듯 보였다.

50여 대의 짐마차들이 길게 늘어선 것을 보면 상당한 대상(大商)인 듯 보였다.

카렌과 일행들이 해송림에서 나오자마자 대상 행렬의 선두에 서 있던 두 명이 몸을 날려 일행들 앞에 내려섰다. 그런 그들의 손에는 어느 틈에 뽑아 들었는지 검이 들려 있었다.

"멈추시오."

날렵한 몸놀림이나 검을 든 자세를 보면 꽤나 수련을 한 것 같았다.

카렌과 일행들이 멈추자 두 사내 가운데 한 명이 종리격에게 포권지례(包拳之禮)를 했다. 그가 보기엔 종리격을 일행들의 우두머리라고 판단했기 때문이었다.

"죄송합니다. 전 비룡표국(飛龍鏢局)의 표두인 목우석(穆友奭)이라고 합니다. 실례지만 귀하들은 누구신지 신분을 밝혀주십시오."

질문은 정중했지만 긴장의 끈을 놓지 않고 있었다.

목우석의 질문에 종리격은 품 안에서 하나의 동패(銅牌)를 꺼내서는 그에게 내밀었다.

'집검련(集劍聯)'이란 글자가 양각되어 있는 동패를 본 목우석은 다시 동패의 뒤편을 살폈다. 그곳에는 '순찰(巡察)'이란 단어가 새겨져 있었다.

"집검련의 순찰영주를 뵙습니다. 무례를 저질러 죄송합니다."

목우석이 내민 동패를 받아 든 종리격은 우선 자신이 궁금하게 생각하고 있던 것을 그에게 질문했다.

"괜찮소이다. 그보다 목 표두께 물을 것이 있소이다만……."

"말씀하십시오."

"실례지만 이곳이 어디요? 그리고 어디로 가야 집검련으로 갈 수 있는지 말씀을 좀 해주시면 고맙겠소이다."

"예?"

종리격의 질문이 너무도 뜻밖이었는지 목우석은 눈을 동그랗게 뜬 채 종리격을 쳐다보았다. 상대의 반응을 본 종리격은 그가 왜 그런 표정을 지은 것인지 충분히 짐작이 갔다.

"사실 우리는 비밀리에 임무를 수행하고 돌아오는 길이었는데 배가 난파해서 이곳에 도착했기 때문에 이곳이 어딘지 몰라 묻는 것이외다."

"정말 고생 많으셨습니다. 이곳은 선주(禪州)라는 곳입니다. 집검련의 총단이 있는 청주(淸州)는 이곳으로부터 북동쪽으로 천여 리 정도 떨어진 곳이지요."

"집검련의 총단이 봉선(鳳仙)이 아니라 청주라고 했소이까?"

"예. 봉선에서 청주로 총단을 옮긴 지도 벌써 5년이 넘었습니다. 아~ 비밀 임무 때문에 꽤 오래전에 총단을 떠나신 모양이군요."

종리격은 집검련이 총단을 옮긴 지 5년이나 지났다는 말을 듣긴 했지만 목우석이 잘못 말한 것이라고 생각했다. 사실 5년 전이라면 자신들이 뮤란 대륙으로 출발하기 전이 아닌가.

"혹시…… 총단을 청주로 옮긴 이유를 아시오?"

"제가 알기로는 마물들과의 싸움에서 점차적으로 우세를 보였기 때문에 집검련의 총단도 좀 더 북쪽으로 옮긴 것으로 알고 있습니다."

"떠나기 전에는 마물과의 싸움에서 계속 밀려 걱정을 많이 했었는데…… 상황이 나아졌다니 다행이구려."

"가는 길이 같았으면 동행을 하고 싶지만 저희는 강주(姜州)에 주둔하고 있는 태국(太國)의 주둔군에게 식량을 전달해야 하기 때문에 이곳에서 헤어져야겠습니다."

"목적지까지 무사히 가시길 빌겠소이다."

"대협께서도 집검련 총단까지 편안한 길이 되시길 빌겠습니다."

종리격에게 포권지례를 한 목우석과 다른 표두는 곧 일행들에게로 돌아가서는 갈 길을 재촉했다. 그들이 떠나는 모습을 지켜보던 종리격은 다른 사람들에게 설명했다.

"저도 여기 선주에 와본 적은 없지만 이 지역이 평야 지대라는 말은 들었습니다. 따라서 마을만 만나면 여행에 필요한 말을 구하는 것은 그리 어렵지는 않을 거라 생각됩니다. 해서 일단은 총단이 있다는 청주를 향해 직선으로 이동을 하려고 하는데, 여러분의 생각은 어떠십니까?"

"저희들은 종리 대협의 의견에 따르겠습니다."

"저희 생각도 그렇습니다."

"그럼 일단 마을을 만날 때까지 제가 앞장을 서도록 하겠습니다."

종리격이 앞장을 섰고, 나머지 일행들이 그 뒤를 따랐다.

일행들은 하루가 지나서야 작은 마을 하나를 만날 수 있었다.

뮤란 대륙 어디서든지 흔히 볼 수 있는 농촌의 풍경이었다. 하지만 자세히 보니 자신이 지금까지 알고 있던 것과는 조금씩 다른 것들을 금방 발견할 수 있었다.

　낮고 투박하게 흙으로 만든 담장, 볏단을 이용해 만든 지붕, 그리고 집과 연결된 낮은 굴뚝은 뮤란 대륙의 농가와는 확실히 다른 모습이었다.

　마을로 들어가던 카렌이 갑자기 멈춰 섰고, 곧이어 러쎌과 알리샤도 걸음을 멈췄다.

　북쪽을 잠시 바라보던 카렌은 그대로 달려갔고, 러쎌과 알리샤도 카렌의 뒤를 따라 달려갔다. 뒤에 남은 종리격과 일행들은 잠시 어리둥절한 표정을 짓다가 그들의 뒤를 따라갔다.

　잠시 후 그들은 카렌을 비롯한 세 사람이 서 있는 것을 발견할 수 있었다. 그리고 그들의 시선이 향하는 곳에 어떤 사내가 커다란 털북숭이 괴물과 싸우고 있었다.

　"금모신원(金毛神猿)?"

　"이곳에서는 저 녀석을 금모신원이라고 부릅니까?"

　"그렇습니다. 그럼 뮤란 대륙에서는 뭐라고……."

　"털의 색이 조금 이상하긴 하지만 오거라고 부릅니다. 덩치도 크지만 무엇보다 팔 힘이 대단해 웬만한 것들은 모조리 찢어발길 수 있는 괴력을 가진 몬스터지요."

　카렌의 대답에 종리격은 눈을 떼지 않은 채 질문을 했다.

　"그런데 저 사람 혼자서 저 금모신원을 막아낼 수 있겠습니까?"

　"제가 보기엔 쉽진 않겠지만 그렇다고 전혀 불가능해 보이지도 않군요."

　"예?"

　종리격은 카렌의 말에 눈을 동그랗게 뜨고는 금모신원과 싸우고 있는 사내를 바라봤다.

빠른 신법으로 금모신원의 공격을 피하면서 일격필살의 기회를 노리는 듯 보이는 사내는 뜻밖에도 이제 20대 초반쯤으로 보이는 젊은 청년이었다. 호리호리한 체격에 유난히도 길어 보이는 장검을 들고 있었는데 어디선가 본 듯했다.

"흠~ 어디서 봤지?"

"오뢰검문(五雷劍門)의 제자 아닌가요?"

백리경설의 말에 종리격은 자신의 이마를 쳤다.

절정의 쾌검으로 이름을 날리고 있는 오뢰검문의 특징이 바로 유난히도 긴 장검이 아니던가. 자신에 비해 나이도 어린 백리경설이 단번에 알아본 것을 자신은 왜 알아보지 못한 것인지…… 정말 한심스러운 일이었다.

계속 몸을 피하던 청년은 드디어 기회를 잡은 것인지 공세를 취했다.

"전궁섬(電弓閃)!"

번쩍!

뭔가가 번쩍이는 순간 청년의 검이 금모신원의 심장과 목, 머리를 향해 날아갔다. 금모신원은 너무도 빠른 상대의 공격에 그대로 당해 버리고 말았다.

그 모습에 카렌은 고개를 흔들었다. 만약 눈앞의 저 몬스터가 자신이 알고 있는 오거가 분명하다면 저 정도의 공격에 당할 리 없었기 때문이다. 그리고 상대의 공격이 너무나 빨라 오거가 당한 것이 아니라 그 정도의 공격으로는 부상을 입지 않을 자신이 있어 피하지 않은 것 같았다. 그리고 결과는 카렌의 예상대로였다.

"위험……."

휙!

카렌의 말이 끝나기도 전에 금모신원의 커다란 주먹이 청년에게로 날아들었다.

자신의 공격이 성공할 것을 믿어 의심치 않던 청년은 느닷없이 날아든 금모신원의 주먹에 대경실색하고는 황급히 뒤로 피했지만 그때는 이미 늦어 있었다.

퍽!

금모신원의 주먹에 맞은 청년은 거의 15미터 이상 날아가 지면에 세차게 부딪쳤다. 자신의 공격이 성공한 것을 본능적으로 안 금모신원은 끝장을 내기 위해 막 청년에게 달려가려다 자신에게 살기를 뿌리고 있는 존재를 발견하고는 고개를 휙 돌렸다.

그곳에는 거대한 도끼를 들고 있는 거대한 인간이 한 명 서 있었다.

크아아앙~

자신의 흉포성을 과시하듯 우렁찬 울음을 토해낸 금모신원은 도끼를 든 인간에게 달려들었다. 상대의 공격은 신경도 쓰지 않았다. 그럴 만도 한 것이 지금껏 질기디질긴 가죽은 고사하고 가죽을 둘러싸고 있는 금모(金毛)조차 다치게 한 인간이 없었기 때문이다.

상대와의 거리가 5미터쯤 남았을 때 높이 쳐든 도끼가 희미하지만 붉은색을 띠기 시작하자 본능으로 위기를 느낀 금모신원은 황급히 걸음을 멈추려 했다.

"혈광낙지!"

마치 붉은색 번개가 지상으로 떨어진 것처럼 상대의 도끼가 지면을 향해 있었다.

공격이 빗나갔다고 생각하고 상대를 향해 주먹을 휘두르려던 금모신원은 문뜩 자신의 팔이 엄청나게 무거워졌다는 것을 깨닫고는 고개를 갸웃거렸다. 갑자기 몸이 무거워진 것을 확인하는 순간 금모신원은 그대로 지면에 쓰러지듯 주저앉았다.

쩍!

주저앉는 순간 금모신원의 몸이 그대로 수직으로 쪼개어져 길 위로 널브러졌다.

볼 때마다 감탄을 하는 것이지만 러쎌의 공격은 상당히 단순하게 보였지만 그만큼 빨랐고 또한 강력했다. 지금껏 그의 도끼질에 두 쪽이 나지 않는 존재를 보지 못했다. 그렇다고 러쎌이 단지 완력이 강한 인물이란 판단은 너무 섣부른 것이었다.

그가 기(氣)를 운용하든 말든 그의 도끼는 언제나 최단의 동선으로 상대를 공격했고, 쓸모없는 동작은 눈을 씻고 찾아봐도 없는, 그야말로 대상을 파괴하는 데 최적화된 공격 초식이라 할 수 있었다. 만약 전력을 다해 공격을 한다면 어떤 결과를 보일까 정말 궁금해지는 종리격이었다.

쓰러져 있던 청년에게 다가간 백리경운은 그의 맥을 짚어보고는 간단히 응급조치를 했다. 갈비뼈가 부러졌지만 백리경운이 복용시킨 환단 덕분인지 곧 정신을 차렸다.

백리경운의 부축을 받은 채 일행들에게 다가온 청년은 러쎌에게 포권지례를 했다.

"가, 감사… 합니다. 신세를 졌습니다."

"별일 아니니 신경 쓰지 마시오."

고통이 심한 듯 청년의 얼굴은 찌푸려져 있었다.

상대의 무덤덤한 대꾸에 청년은 러쎌의 얼굴은 무례하다고 할 정도로 빤히 쳐다봤다.

"소생은… 오뢰검문의 제자인… 오휘(吳輝)이라고 합니다. 대협의…… 존대성명은 어떻게 되시는지요?"

청년 곁에 서 있던 백리경운의 통역에 러쎌은 그레이트 엑스를 휘둘러 도끼 표면에 묻은 금모신원의 피를 털어내고는 어깨에 둘러메며 말했다.

"러쎌이오."

러쎌의 대답은 그뿐이었다.

좀 더 자세한 대답을 기대했던 오휘는 러쎌의 무미건조한 대답에 실망을 금치 못하면서도 그의 이름이 상당히 이상하다고 생각했다. 다시 질문을 던지려던 오휘는 갑자기 들린 음성에 그쪽으로 고개를 돌렸다.

"당신, 상당히 경솔하더군."

"뭐라고 하셨습니까?"

"너무 경솔해. 지금까지 산속에서 수련만 해온 모양이군."

카렌이 조금은 비웃는 듯이 말하자 오휘는 불쾌했지만 그래도 자신의 목숨을 구해준 러쎌의 동료인 것 같아 필사적으로 자신의 감정을 억눌렀다. 하지만 그대로 참기엔 상대의 말이 너무 자극적이었다.

"말을 너무 함부로 하는군. 내가 귀하에게 그런 말을 들어야 할 이유라도 있소?"

"저 괴물의 공격을 피하며 반격의 기회를 노린 것은 칭찬할 일이지만 멍청하게도 자신의 공격이 반드시 성공할 것이라는 자만에 빠져 상대가 자신의 공격에 아무런 타격도 받지 않을 것이란 것도, 또 반격할 것이라고는 생각도 못하고 있었겠지. 자신이 어떻게 지금의 위치에 이르렀는지 한 번이라도 생각해 봤나? 부모와 스승, 그리고 동문을 비롯한 여러 사람의 기대와 관심을 받고 있다는 생각은 안 해봤나? 단순히 본인의 생명을 잃는 것으로 끝날 문제가 아니지. 조금 전과 같은 성급한 행동은 본인은 물론 다른 사람들의 기대와 관심마저 파괴하는 아주 어리석고 멍청한 행동이라고 말해주고 싶군."

카렌의 말에 즉시 반박하고 싶었지만 그의 말처럼 자신이 조심성이 부족했던 것만은 사실이었다. 게다가 카렌이 어떻게 알았는지는 모르지만 사실 지금까지 실전을 치러본 경험이 거의 없었다. 맹수 몇은 상대해 본 적이 있지만 금모신원 같은 마물은 한 번도 만나본 적이 없었다.

"종리 대협, 이 마을은 너무 작아 말이 없을 것 같군요."

카렌의 말에 종리격은 고개를 끄덕였다. 본인이 생각하기에도 마을이 너무 작아 농사지을 때 사용하는 늙은 말을 제외하고는 말이 있을 것 같지 않았다.

"제가 생각하기에도 그렇군요. 아무래도 다른 마을로 가봐야 할 것 같습니다."

"그렇다면 한시라도 빨리 출발하는 것이 좋을 것 같군요. 얼마나 멀리 떨어졌을지 모르니까요."

카렌의 말에 일행들은 동조를 표했고, 이곳에 올 때처럼 종리격이 앞장을 섰고 나머지 일행들은 그의 뒤를 따랐다. 그들의 뒤를 따라가던 오휘는 조금 떨어진 곳에서―왜 그렇게 느꼈는지는 모르겠지만―건방진 걸음걸이로 일행을 따라오는 검은 말 한 마리를 발견했다.

일행들 가운데 누군가의 말이었다면 재갈이나 안장이라도 있어야 할 텐데 그렇지 않은 것을 보면 주인이 없는 것 같기도 했고, 하지만 등에 담요가 있는 것을 보면 주인이 있는 것 같기도 했다.

어지간하면 그냥 참겠지만 걸음을 옮길 때마다 부러진 갈비뼈에 충격이 전해져 견디기 힘들 지경이었다. 주인에게 양해를 구하고 말을 타야겠다는 생각에 일행들에게 질문을 던졌다.

"저 검은 말의 주인이 누구요?"

"내 친군데…… 왜 그러지?"

카렌의 대답에 오휘의 얼굴이 일그러졌다. 그도 그럴 것이 이들 가운데 가장 껄끄럽게 생각하는 사람이 바로 카렌이었는데, 하필이면 말이 그의 것이라니…… 부탁을 해야 할지 말아야 할지 잠시 고민하지 않을 수 없었다.

"실은… 옆구리가 아파서 그러는데 당신이 괜찮다면 말을 타도 괜찮겠소?"

"실피드를 타겠다고? 후후후, 어디 탈 수 있으면 타보시지."

"내가 비록 부상을 당했지만 이깟 말을 타는 게 뭐가 그리 어려운 일이라고……."

휙!

가볍게 지면을 박찬 오휘는 실피드 위에 올라탔다. 다른 말보다 큰 탓인지는 꽤나 안락하게 느껴졌다. 하지만 그 생각은 흡사 인간들처럼 실피드가 콧방귀를 낀다고 느끼는 순간 사라졌다.

앞발을 들었다 뒷발로 지면을 박차는 순간 오휘는 그야말로 끈 떨어진 연처럼 날아갔고, 그 모습에 피식 웃음을 짓던 카렌은 지면을 박차고는 떨어지는 오휘를 사뿐히 받아 들었다.

"내 친구를 타려면 저 친구, 실피드한테 허락을 받아야만 할 거요."

오휘의 얼굴은 옆구리에서 느껴지는 통증으로 인해 어느새 하얗게 질려 있었다.

사실 오휘가 싫다기보다는 경솔한 행동이 마음에 들지 않았던 카렌이지만 그의 고통을 모른 척할 수만은 없었다.

오른쪽 옆구리의 감각을 뇌로 전달하는 신경이 있는 목덜미 뒤쪽을 엄지손가락으로 꾹 눌러주었다. 카렌의 행동을 이해하지 못한 오휘는 분통을 터뜨리려다가 자신이 별다른 고통 없이 서 있다는 것을 깨닫고는 깜짝 놀랐다.

"통증을 느끼지 못하는 것뿐이지 상처가 나은 것은 아니니까 조심하는 게 좋을 거요."

"고, 고맙소."

그렇게 엉겁결에 카렌들과 일행이 된 오휘는 그들을 따라 걸음을 옮겨야 했다. 사실 스승 몰래 사문을 떠난 뒤 갈 데가 없다는 것이 더 큰 이유였지만 말이다.

"적기대(赤旗隊)는 그 자리를 지키고 청기대(靑旗隊)는 우측을, 녹기대(綠旗隊)는 좌측을 공격해라. 자기대(紫旗隊)와 흑기대(黑旗隊)는 적 후방을 향해 화살 발사. 황기대(黃旗隊)와 백기대(白旗隊)는 대기, 금기대(金旗隊)와 은기대(銀旗隊)는 즉시 섭혼인(攝魂人)을 색출, 참살해라!"

누군가의 호통 소리가 산과 계곡을 쩌렁쩌렁하게 울렸다.

가까스로 말을 구해 집검련이 있는 청주로 가던 길이었다.

산길로 들어선 지 얼마 되지 않아 소리가 들려오자 카렌이 달려가는 바람에 어쩔 수 없이 일행들도 그의 뒤를 따라 이곳까지 온 것이었다.

먼저 도착한 카렌은 조금은 특이한 광경을 목격했다.

카렌이 가장 먼저 발견한 것은 마치 좀비처럼 느릿하고 흐느적거리며 움직이는 사람들의 모습과 괴상한 모습의 온갖 맹수들의 모습이었다. 그들이 왜 그런 모습과 행동을 하는 것인지 이유는 알 수 없었지만 그들은 지금 색색의 옷을 입은 사람들과 처절한 혈전을 벌이고 있었다.

"집검련의 동료들입니다. 가서 도와야 합니다."

"잠시만 기다리십시오, 종리 대협. 일단 지금 상황이 그리 위험해 보이지 않으니 잠시 지켜보도록 하는 게 좋겠습니다."

카렌의 말에 종리격은 우선 집검련의 무인들을 통솔하는 이를 먼저 살폈다.

역시나 자신의 생각대로 제갈세가(諸葛世家)의 가주 제갈효(諸葛爻)였다.

올해로 60이 넘은 제갈효는 가진 무공은 그리 강하지 않지만 천하에서 가장 해박한 인물로 정평이 난 인물이었다. 현 집검련의 련주(聯主)인 수라마검(修羅魔劍) 곽세찬(郭世燦) 다음 가는 직책인 군사(軍師)로 집검련에서 그가 개입하지 않은 일이 없을 정도로 활동적인 인물이었다. 또 지금처럼 전투가 벌어지는 상황에서는 결코 뒤로 물러나 안전한 곳에서 지휘를 하지 않고 직접 참전하기 때문에 아랫사람들에게 많은 존경을 받는 인물이었다.

상황은 전반적으로 집검련 측에게 유리하게 진행되고 있었다.

다만 한 가지 카렌이 이해할 수 없는 것은 집검련을 공격하고 있는 인간과 맹수들의 행동 때문이었다. 여럿이서 합공을 하면 상황을 반전시키지는 못해도 지금 보는 것처럼 일방적인 학살은 당하지 않을 텐데 인간은 인간대로, 맹수는 맹수대로 그저 눈앞에 보이는 집검련의 무사들을 상대하고 있을 뿐이었다.

카렌을 더욱 이상하다는 느낌을 들게 한 것은 흐느적거리는 인간들이었다. 비록 손에 무기를 들고 있기는 했지만 검술을 익히지 못했는지 그저 마구잡이로 무기를 휘두를 뿐이었다. 게다가 더더욱 이해가 되지 않는 것은 흐느적거리는 그들의 행동이었다.

상대가 공격을 해와도 피할 줄 몰랐고, 또한 상대의 무기에 당해도 쉽게 쓰러지지 않았다. 어떤 인간은 심지어 심장에 적의 무기를 꽂고도 검을 휘두르고 있었다. 그 모습에 집검련의 무인들은 질릴 만도 했건만 이런 일이 예전에도 있었는지 묵묵히 동료들과 보조를 맞춰 수중의 무기를 휘두르고 있었다.

"실혼인(失魂人)이라고 부릅니다."

"예?"

"저기 흐느적거리면서 싸우고 있는 자들을 가리키는 말입니다. 섭혼인이라는 자들에게 영혼이 제압당한 인간들로 섭혼인들이 지시한 대로 아무 생각도 없이 행동할 뿐입니다."

"영혼을 잃어버린 자들이라……."

"문제가 아주 많습니다. 섭혼인이라 불리는 자들은 아무 죄책감도 없이 무고한 일반 양민들의 영혼을 제압해 자신들의 하수인으로 만든 다음 다른 인간들을 무작위로 공격하는 데 쓰고 있습니다."

"그럼 저 이상한 맹수들은 뭡니까?"

"이상하다니, 뭐가 이상합니까?"

"맹수들의 상태가 상당히 이상합니다. 흔히 보는 맹수들보다 특정한 부위가 비정상적으로 발달되어 있군요. 턱 근육과 앞발의 근육이 비정상적으로 발달된 것도 이상한 일이지만 무엇보다 잔뜩 충혈된 듯 보이는 눈빛이 이상해 보이는군요."

카렌의 말에 종리격은 자신도 모르게 고개를 돌려 맹수 쪽을 노려봤지만 3,000장도 넘게 떨어진 곳의 맹수의 눈이 보일 리 만무했다. 그로서는 카렌의 높은 경지를 다시 한 번 절감해야만 하는 순간이었다.

"러셀, 알리샤, 몸 좀 풀어볼까?"

카렌의 말에 러셀은 고개를 끄덕였고, 알리샤는 다크 문을 뽑아 드는 것으로 대답을 대신했다. 종리격들을 뒤로 두고 세 사람은 그대로 지면을 박차고는 혈전이 벌어지는 곳으로 몸을 날렸다.

순식간에 전장에 도착한 세 사람은 실혼인들과 맹수들이 미처 반응을 보이기도 전에 공격을 퍼부었다. 카렌과 러셀이 정면에서 공격한 것에 비해 알리샤는 철저하게 모습을 감춘 채 비교적 강해 보이는 실혼인들을 제거하기 시작했다.

카렌으로서는 무공을 익힌 후 이런 대규모 전투는 처음 경험하는 것이기에 자신이 익힌 진화된 지옥이도류의 파괴력을 시험해 보고 싶었다.

"혈뢰삼인(血雷三刃)!"

지지지—직!

샤이닝 블레이드에서 뿜어져 나온 세 줄기의 핏빛 번개가 굽이치며 전면을 휘몰아쳐 갔다.

소름 끼치는 소음과 함께 카렌의 전면에 있던 실혼인들과 맹수들은 순식간에 숯덩이로 변해 버렸다. 비록 제정신을 가지지 못한 실혼인들과 본능에 따르는 맹수라고는 하지만 그 모습에 겁을 먹었는지 뒤로 주춤주춤 물러섰다.

연환상충폭뢰기의 기운이 실린 지옥이도류의 위력은 지옥마제가 장담했던 대로 그야말로 하늘이 놀라고 땅이 놀랄 정도였다. 재차 연환상충폭뢰기를 끌어올린 카렌은 지옥이도류의 두 번째 초식을 펼쳤다.

"혈뢰십방참(血雷十方斬)!"

조금 전 공격이 전면으로만 향했던 반면 지금은 사방을 향해 핏빛 번개가 사방으로 몰아쳐 갔다. 그런 만큼 그 파괴력은 더욱 엄청날 수밖에 없었다. 순간적으로 카렌 주위가 온통 시커멓게 변해 버렸다.

카렌이 대량 학살을 하면서 주위를 공포로 몰아넣고 있다면 러쎌은 파괴적인 공격으로 주위를 공포에 젖게 만들었다. 수직과 사선으로 동강이 난 시체와 사체들이 러쎌의 주위에 즐비했는데, 저항할 수 없는 강한 힘에 찢겨진 것이 대부분이었다. 그러나 진정한 공포는 소리없이 실혼인들과 맹수들을 덮치고 있었다.

희끗한 뭔가가 실혼인과 맹수의 곁을 스치는 순간 실혼인들과 맹수는 순식간에 말라붙어 가죽과 뼈밖에 남지 않았다. 그러나 그것도 잠시뿐 시체와 사체들은 곧 가루로 변해 사방으로 날아가 버렸다.

그런 변화를 가장 먼저 눈치 챈 사람은 집검련의 무사들이었다.

자신들의 앞을 가로막은 채 공격을 퍼붓고 있던 실혼인들과 맹수들이 어느 순간 바짝 마른 채 먼지로 변해 불어오는 바람에 날리는 모습에 무사들 대부분이 얼어붙은 듯 그 자리에 서 있을 수밖에 없었다. 그리고 그런 변화는 차츰 주위로 퍼졌고, 후방에서 무사들을 지휘하던 제갈효까지 눈치 챌 수 있었다.

멀리 보이는 전장에서 보이는 변화를 군사인 그가 눈치 채지 못한다는 것 자체가 이상한 일이었다.

"무슨 일이 벌어진 건가?"

제갈효의 질문에 근처에 있던 젊은 청년은 이곳저곳을 뛰어다니며 그 이유를 알아내서는 곧 다시 돌아왔다.

"정체를 알 수 없는 자들이 적 좌측에서 개입했습니다. 현재 그들은 파죽지세(破竹之勢)로 적들을 횡단하고 있는데 그들의 무공은 상상할 수도 없을 정도로 가공하다고 합니다."

"어디서 갑자기 그렇게 강한 자들이 나타났단 말인가? 그들의 정체를 알 수 있을 만한 특징이 없는가?"

"글쎄요? 한 청년은 도를 사용하는데 특이하게도 뇌전지기를 사용하는 것 같았고, 덩치가 커다란 청년은 거대하기 이를 데 없는 도끼를 사용하는데 상당히 패도적인 인물 같았습니다. 그리고 또 한 사람이 있는 것 같은데 진원지기를 빨아들이는 사악한 마공을 익히고 있는 것 같습니다. 그자에게 당한 실혼인들과 맹수들이 모두 목내이(木乃伊)처럼 말랐다가 먼지로 변해 버렸답니다."

"뇌전지기를 사용하는 청년과 거부(巨斧)를 사용하는 청년, 그리고 사악한 마공을 익힌 인물이라…… 저들과 싸우는 것으로 봐서는 아군이 될 가능성이 많은 것 같은데……. 정체를 알았으면 좋겠는데 현재로서는 전투가 끝나기를 기다려야겠군. 지금 즉시 녹기대를 뒤로 물리고 자기대와 흑기대는 화살 공격을 멈추고 녹기대와 함께 후방으로 이동시키도록 해라."

"알겠습니다, 군사님."

청년이 황급히 어디론가로 달려간 뒤 녹색과 자색, 그리고 흑색 옷을 입은 무사들이 후방으로 이동하는 모습이 보였고, 가장 치열하게 실혼인들과 맹수들과 싸우던 적색 옷을 입은 무사들이 조금 전과는 달리 상당히 여유로운 상태로 적들을 상대할 수 있었다.

한편 카렌은 실혼인들에게 샤이닝 블레이드를 휘두르면서 과거 지옥마제가 강조하던 몇 가지 사항을 떠올리고 있었다. 다수의 적과 교전을 벌일 때 무엇보다 중요한 것은 공력, 즉 마나의 낭비를 최소한으로 해야 한다는 것이었다.

물론 그런 사실을 카렌이 모르는 것은 아니었지만 어떻게 마나의 소모를 줄이라는 것인지 확실히 깨닫지 못하고 있었다. 그런데 자신의 공격에 제대로 반응도 못하는 실혼인들을 상대로 마나가 무지막지하게 소모되는 파괴력이 강한 공격을 마구 퍼붓는 것은 그야말로 멍청한 짓이라고 할 만한 일이었다.

토끼 한 마리를 잡으려고 수백 발의 화살과 9클래스 급의 마법을 퍼붓는다면 그 얼마나 어리석은 일이겠는가? 토끼 한 마리를 잡을 때는 그에 맞는 힘만 사용하는 것이 가장 효과적이고 효율적인 공격이란 생각이 머리를 스치며 스승인 지옥마제가 한 말이 이해가 될 것 같기도 했다.

첫 번째 초식보다는 두 번째 초식이 더욱 강한 파괴력을 보이는 지옥이도류인 만큼 마나의 소모는 거론할 필요가 없을 정도로 극심했다. 그러니 세 번째 초식은 말할 필요도 없었다. 만약 지옥이도류의 초식들을 마구 남발한다면 아마도 적을 모두 쓰러뜨리기 전에 자신이 먼저 마나가 고갈되어 쓰러질 것이 분명했다.

연환상충폭뢰기를 끌어올린 채 휘두르는 샤이닝 블레이드에 스친 것은 실혼인이든 맹수든 모조리 재로 변하고 있었다. 특별하게 초식을 사용할 필요도 없었다.

적의 수는 불과 50정도밖에 남지 않았지만 그저 맹목적으로 카렌에게 달려들 뿐이었다. 그들을 흘낏 살핀 카렌이 러셀에게 주의를 주었다.

"러셀, 알리샤, 뒤로 물러나!"

두 사람이 지체없이 물러서자 카렌은 샤이닝 블레이드를 쳐들었다. 그리고는 전면을 향해 힘차게 내리그었다.

"혈뢰만천(血雷滿天)!"

흡사 7클래스의 라이트닝 필드가 펼쳐진 것 같았다. 다만 헤아릴 수도 없이 많이 지상으로 내리꽂히는 번개의 색이 붉다는 것만이 라이트닝 필드와 달랐다.

그 순간 카렌을 향해 달려들던 실혼인들과 맹수들은 재로 변해 버렸고, 그 모습을 본 사람들은 예외없이 하나같이 몸서리를 쳤다. 카렌 역시 지옥이도류의 세 번째 초식의 전율할 파괴력에 놀라지 않을 수 없었다. 동시에 아버지인 데미안이 익힌 지옥이도류도 이만한 파괴력을 가지고 있었을까 하는 생각을 잠시 했다.

카렌이 샤이닝 블레이드를 회수할 때 다가오는 알리샤는 누군가의 목을 짓밟고 있었다.

"누구야?"

"몰라. 조금 떨어진 곳에서 이상한 걸 불고 있어서 잡았어."

알리샤에게 목이 짓밟힌 중년의 사내는 알리샤의 발을 잡은 채 어떻게든 빠져나오려고 발버둥을 쳤지만 알리샤의 다리는 꼼짝도 하지 않았다. 사내의 얼굴은 점점 붉어졌지만 알리샤는 신경도 쓰지 않았다.

그때 이들 세 사람에게 다가오는 사람이 있었다. 조금 전 제갈효 곁에 있던 청년이었다.

"이렇게 만나뵙게 되어 영광입니다. 소생은 군사이신 제갈효님의 호위인 백리청(百里靑)이라고 합니다. 제갈효님께서 도움을 주신 것에 감사의 말씀을 드리고 싶다고 하셨습니다. 초대에 응하시겠습니까?"

백리청이란 청년의 태도는 정중하기 이를 데 없었는데, 특히 카렌의 바라보는 그의 눈빛에는 존경과 흠모의 빛으로 가득했다.

"그리고 일행이신 종리격 대협과 나머지 분들도 지금 제갈 군사님을 만나고 계십니다."

"안내를 부탁드려도 되겠습니까?"

"소생의 영광입니다. 그럼 제 뒤를 따라오십시오. 그리고 이자를 저에게 넘겨주지 않으시겠습니까?"

백리청이 쓰러져 있는 중년의 사내를 가리키자 러쎌이 사내의 먹살을 잡아 일으켰다. 그리고는 중년 사내의 목덜미를 가볍게 내려쳤다. 사내가 기절하자 러쎌은 간단히 어깨에 둘러메고는 백리청을 쳐다봤다.

"이자는 내가 데려다 줄 테니 앞장서시오."

굵직한 러쎌의 음성을 듣는 순간 백리청은 자신도 모르게 기가 눌려 아무런 말도 못하고 세 사람을 제갈효에게로 안내했다.

전장을 정리하는 무사들을 지나가자 마치 못 볼 것이라도 본 사람들처럼 황급히 뒤로 물러섰지만 카렌을 비롯한 러쎌이나 알리샤는 신경도 쓰지 않았다.

가까이에서 본 제갈효는 왜소한 체격에 어디에서나 흔히 볼 수 있는 맘씨 좋은 얼굴을 가진 노인이었다. 머리는 하얗게 세어버렸지만 얼굴에 주름이 별로 없어 약간 부자연스럽게 보이기는 했지만 적어도 외견상 상대를 긴장시키는 사람은 아니었다. 하지만 카렌은 그가 보이는 것처럼 그저 마음이 좋은 사람은 아닐 것이란 생각이 들었다.

"어서들 오시오. 우리 집검련에게 도움을 준 것에 진심으로 감사드

리오."

"도움이 되었다니 다행이군요. 저희는 뮤란 대륙에서 온 카렌, 러쎌, 알리샤라고 합니다."

"그렇지 않아도 조금 전 종리격 순찰영주에게서 이야기를 들었소이다만…… 솔직히 믿기 힘든 것이 사실이구려. 어찌 되었든 이곳에서의 일은 끝났으니 나와 함께 갑시다."

"그럼 신세를 지겠습니다."

예의 바른 카렌의 태도에 제갈효는 고개를 끄덕였지만 과연 이 청년들이 자신들이 사는 대륙에 드리운 암운을 거둘 인물이라는 점에 대해서는 회의적인 생각이 들지 않을 수 없었다.

"각 대주(隊主)들은 부상자들을 응급처치한 후 지정된 장소로 이동하라."

"복명."

제갈효의 지시에 각각 색이 다른 옷을 입은 사내들이 일제히 대답을 했다.

무사들이 이동하는 모습을 확인하고서야 제갈효는 카렌들과 함께 그 자리를 떠났다.

카렌과 일행들은 3일이 지나서야 집검련의 총단에 도착할 수 있었다.

집검련의 규모를 전혀 모르고 있던 카렌은 정문에서 바라본 집검련의 규모에 감탄하지 않을 수 없었다.

비록 높은 건물은 별로 보이지 않았지만 광활한 대지 위에 수많은 건물들이 빽빽하게 들어선 모습은 정말 장관이 아닐 수 없었다. 뮤란 대륙의 왕과 황제들이 사는 왕궁이나 황성처럼 웅장하고 화려하지는 않았지만 철저하게 기능적으로 지어진 건물들로 보였다.

"련주(聯主)님께 안내해 드리리다. 그리고 종리영주를 제외한 여러분은 숙소에서 푹 쉬도록 하시오. 곧 다시 부를 것이오."

제갈효의 지시에 백리경설을 비롯한 네 사람은 물러갔고, 네 사람은 다시 제갈효의 뒤를 따라 집검련의 중앙의 빈청(賓廳)으로 갔다.

"곧 련주님을 모시고 오겠소. 잠시만 기다려 주시겠소?"

"알겠습니다. 다녀오십시오."

제갈효가 나가고 난 뒤 자리에 앉아 잠시 쉬고 있던 카렌은 뭐가 이해가 되지 않는지 연신 고개를 갸웃거리고 있었다. 그 모습을 보고 있던 러셀이 물었다.

"왜 그래, 카렌?"

"러셀, 이상하지 않아?"

"뭐가?"

"여기 무인들 말이야."

"여기 무인?"

카렌의 말이 이해가 되지 않는지 러셀은 반문을 했다. 카렌의 말에 신경 쓰기는 알리샤 역시 마찬가지였다.

"그래, 여기 무인들 말이야…… 생각보다 너무 약하지 않아?"

"글쎄……."

말꼬리를 흐리면서 러셀은 종리격 일행과 합류한 다음부터를 생각해 보았다.

자신이 소드 마스터에 근접한 실력을 가지고는 있지만 소드 마스터는 아직 아니었다. 그런데 그런 자신을 마치 대단한 사람인 양 여기는 종리격 일행의 시선과 관심 때문에 불편했던 점이 한두 가지가 아니었다.

가만히 생각해 보면 종리격 일행들이 배를 타고 1년이 넘는 거리를 뮤란 대륙까지 올 정도라면 그들의 실력이 다른 사람들보다 상당히 뛰어나기 때문이 맡긴 임무가 아니겠는가? 그렇지만 러쎌은 한 번도 그들의 실력이 뛰어나다고 느껴본 적이 없었다.

그런 사실을 왜 이제야 깨달은 것일까?

"확실히 네 말처럼 대단한 실력을 가진 사람들은 본 적이 없어."

"그렇지? 스승이신 지옥마제님은 벌써 4,000년 전의 분이시잖아. 그동안 무공이 계속해서 발전했을 텐데 어째서 소드 익스퍼트 상급 정도 되는 실력을 가진 사람도 없는 거지? 아까 실혼인들과 싸우는 자들 가운데 우두머리격인 대주란 사람들만 해도 소드 익스퍼트 상급이 될까 말까 하던데 대체 어떻게 된 일인지 모르겠군?"

"내가 생각을 해봐도 확실히 이상한 일이야. 스승님께 들은 이야기로는 과거에 이스턴 대륙으로 오셨을 때는 오러 블레이드는 물론 오러 스매쉬를 사용하는 자들을 심심찮게 볼 수 있다고 하셨는데 그럴 만한 실력을 가진 사람은 거의 없더군."

"무슨 이유가 있는 것일까? 아니면 정말 강한 자들은 다른 곳에 있는 것일까?"

러쎌도 그 점이 너무 궁금했다. 그리고 강하다면 얼마나 강한 것인지, 그리고 강한 인간들이 많다면 얼마나 많은 것인지 알고 싶었다.

그런 생각을 하는 동안 여러 사람이 걸어오는 것을 세 사람 모두 느꼈다.

대부분 기세가 날카롭기는 하지만 소드 마스터에서 느낄 수 있는 기세는 아니었다.

"들어가도 되겠소?"

"들어오십시오."

문을 열고 안으로 들어선 사람은 조금 전 사라졌던 제갈효와 60대 초반으로 보이는 건장한 노인과 60대 중반으로 보이는 노인 둘이었다.

커다랗고 둥근 탁자에 둘러앉은 채 사람들은 그저 상대를 살피기만 할 뿐 아무도 입을 열지 않았다.

제갈효 곁에 앉은 노인은 나이 먹은 사람치고는 상당히 건장한 몸을 가지고 있었는데 러쎌과 비슷할 정도로 패도적인 기운을 흘리고 있었다. 상당히 정제되고 농축된 기운을 느끼게 했는데 소드 마스터를 목전에 둔 소드 익스퍼트 최상급의 실력을 가진 듯했다.

카렌이 이스턴 대륙에 와서 처음 만나보는 실력자였다. 그런 반면 그의 옆쪽에 있는 뚱뚱하고 키가 작은 노인과 홀쭉하며 키가 큰 노인은 이제 겨우 소드 익스퍼트 상급의 초입에 들어섰을 뿐이다.

"이렇게 만나게 되어 정말 반갑소이다. 노부는 집검련의 련주인 수라마검 곽세찬이라고 하오. 우선 한 가지 물을 것이 있소."

"말씀하십시오."

"귀하들 가운데 누가 350년 전 천안혈뢰 대미안님의 후손이오?"

"350년 전? 300년 전이 아니란 말입니까?"

카렌의 반문에 곽세찬은 고개를 끄덕이며 말을 이었다.

"그렇소. 천안혈뢰 대미안님은 분명 350년 전의 기인이셨소. 그런데 이상하구려. 귀하들을 모시러 갔던 종리영주나 다른 사람들도 300년 전이라고 이야기하던데 왜 그런지 이해할 수가 없구려."

곽세찬의 말에 카렌은 금세 그 이유를 알 수 있었다. 하지만 이들에게 공간과 시간의 뒤틀림을 어떻게 설명할 것인가?

아마도 당사자인 종리격과 일행들의 놀라움은 이루 말할 수 없을 정도였을 것이다. 그저 잠시의 외유라고 생각했을 텐데 막상 돌아와 보니 50년의 세월이 지났다면 누가 놀라지 않을 수 있겠는가.

"이유야 어찌 되었든 제가 과거 천안혈뢰 대미안이라고 불렸던 분의 후손이 맞습니다."

카렌의 대답에 곽세찬을 비롯한 노인들은 무례하다고 할 정도로 빤히 카렌과 일행들의 아래위를 훑어봤지만 과연 저들이 천하에 암운을 드리우게 만든 자들을 물리칠 수 있을 것인가라는 것에 대해서는 전혀 인정할 수 없었다. 차라리 적당히 나이를 먹은 40대 초, 중반이라면 그럴 만한 능력이 있을지도 모른다고 생각했겠지만 이제 겨우 20대 초, 중반밖에 안 된 어린 청년들에게 대체 무엇을 바란단 말인가?

그런 생각에 세 노인의 입에서는 가벼운 한숨이 흘러나왔다.

물론 카렌이나 러쎌은 그들이 왜 그런 태도를 보이는 것인지 이해를 할 수 있었지만 그렇다고 무시를 당했는데 기분이 좋을 수는 없는 일이었다. 특히 가장 왼쪽에 앉아 있던 빼빼 마른 노인의 한숨은 너무나도 노골적이라 앞에 앉은 사람이 얼굴이 붉어질 정도였다.

"그래, 자네는 그렇다고 쳐도 곁에 있는 저 근육덩어리 청년과 여기 예쁘기만 한 낭자도 그분의 후손이란 말인가?"

"여기 두 사람은 제 친굽니다. 저를 도와주기 위해 같이 온 겁니다."

무례하기까지 한 상대의 반응에 카렌의 얼굴에서도 미소가 사라졌다.

러쎌과 알리샤도 네로브가 자신들의 무기에 걸어준 통역 기능 때문에 마른 노인이 무슨 말을 한 것인지 모두 알아들을 수 있었다.

당연히 기분이 좋을 리 없었다. 특히 알리샤의 얼굴이 냉랭하게 변했다. 아름답기는 하지만 냉기가 서린 그녀의 얼굴을 보며 그녀가 지금 무슨 생각을 하고 있는지 단번에 알 수 있을 정도였다. 하지만 마른 노인은 오히려 가소롭다는 표정을 지을 뿐이었다.

그대로 참고 있을 알리샤가 아니었다.

"죽고 싶나?"

"나이도 어린 계집이 말이 꽤 험하구나. 세상을 아직 반도 살지 못한 계집이……."

마른 노인의 말에 알리샤는 더 이상 대꾸를 하지 않았다.

사실 그동안 알리샤는 오직 무공 수련과 몬스터 퇴치만 했지 외부, 그러니까 다른 사람과의 접촉은 전혀 없었다. 당연히 알리샤의 성격은 더욱 편협하게 변할 수밖에 없었다.

챙!

날카로운 쇳소리가 들리는 순간 알리샤가 뽑아 든 다크 문의 칼끝은 마른 노인의 천돌혈을 지그시 누르고 있었다. 카렌을 제외한 그 누구도 알리샤가 다크 문을 뽑아 드는 모습도, 또한 마른 노인을 공격하는 모습도 알아채지 못했다.

물론 마른 노인도 알리샤의 표정이 변하는 순간 그녀가 공격할 것이라 예상을 했다. 또한 그런 그녀의 공격을 막고 반격을 가해 그녀를 톡톡히 망신 줄 생각이었다. 하지만 그녀의 공격은 그야말로 번개가 치는 순간을 천으로 쪼갠 그 하나도 되지 않을 정도로 찰나의 순간에 불과했다.

노인이 막 손을 뻗으려고 하는 순간 다크 문의 검극은 이미 노인의 목에 닿아 있었다.

그 광경에 놀라지 않은 사람은 아무도 없었다. 하지만 알리샤의 표정에는 아무런 변화도 없었다. 아니, 그녀의 표정만 보면 당장이라도 찌를 것 같아 곁에 있던 사람들은 그저 바라보기만 할 뿐 아무런 반응도 보일 수 없었다.

"늙은이, 죽고 싶나?"

알리샤의 싸늘한 도발에도 마른 노인은 아무런 말도 할 수 없었다. 아니, 말은커녕 그 자리에서 꼼짝도 할 수 없었다.

"알리샤, 그만 하는 게 좋을 것 같은데……."

"난 날 우습게 여기는 자를 그냥 둘 순 없어. 내가 왜 여기까지 왔는데? 아니, 넌 여기까지 왜 왔어? 이자들이 죽든 말든 신경 쓸 필요가 없잖아. 네가 왜 희생을 해야 하는데? 아니, 희생도 부족해 이런 모욕까지 당하면서도 왜 참아야 하는지 난 이해가 안 돼."

"알리샤, 난 누구에게 인정받기 위해 이곳에 온 것이 아니야. 난 그저 내가 할 일을 할 뿐이야. 이 사람들이 나를 어떻게 생각할지는 알 필요도 없고 또 알고 싶지도 않아. 그러니까 우선 검부터 치워."

카렌의 태도도 어느새 냉랭하게 변해 있었다.

그런 카렌의 변화에 누구보다 놀란 사람은 바로 곽세찬이었다.

제갈효가 보고한 내용에 따르자면 저들 일행 가운데 가장 강한 인물이 카렌이라고 했지만 곽세찬은 그가 강하다고 느낀 적이 한순간도 없었다. 그런데 표정이 바뀌는 순간부터 풍기는 기도가 완전히 달라진 것이었다.

"우리는 환대를 받기 위해서도, 또 당신들에게 뭘 바라서 여기까지 온 것이 아닙니다. 만약 우리가 이곳에 온 것이 마음에 들지 않는다면 우린 이곳을 나가겠습니다."

"미안하오. 하지만 귀하들을 모욕하려는 의도는 없었소이다."

깐깐하고 고집스럽게 생긴 얼굴과는 달리 곽세찬은 즉시 사과를 했다. 높은 자리에 있는 사람에게서는 좀처럼 찾아볼 수 없는 솔직함이었다. 카렌은 문득 곽세찬에 대해 약간의 호감이 생기는 것을 느꼈다.

"여러분이 지금 무슨 생각을 하고 있는지 충분히 짐작 갑니다. 하지만 아직까지 저희는 저희의 능력을 발휘할 어떤 기회도 가진 적이 없습니다. 저희가 여러분에게 도움이 될 수 있다는 것을 보여 드릴 수 있는 기회를 주십시오. 저희의 능력을 보여 드리겠습니다."

"낭자, 내가 잘못했소. 사과하리다. 그러니 이 검 좀……."

카렌의 말에 용기를 얻은 마른 노인은 자신의 목을 가리키며 알리샤를 바라봤다. 하지만 알리샤는 어느새 다크 문을 회수한 뒤 자신의 자리에 앉아 있었다. 정말 유령 같은 몸놀림이라 하지 않을 수 없었다.

알리샤의 놀라운 무공에 노인들은 더 이상 그들의 능력에 대해 의심을 할 수 없었다.

잠시의 침묵이 흐르고 곽세찬이 입을 열었다.

"어찌 되었든 현재 우리는 많은 사람들의 도움을 필요로 하고 있소이다. 도와주시오. 이 신세는 언제고 반드시 갚겠소."

"지금 가장 피해가 심한 곳이 어딥니까?"

"사실 골치 아픈 곳이 한 곳 있소. 괴상한 마물이 출몰하기도 하지만 무엇보다 정체를 알 수 없는 복면인들이 나타나는데 그들의 무공이 상상을 초월할 정도로 강한 것이 문제요. 지금까지 그곳에 투입되었던 토벌대 수백 명이 목숨을 잃었소이다. 일단 그곳만 토벌한다면 상당히 북쪽으로 전진할 수 있을 것 같은데…… 문제가 아주 심각하오."

"그럼 저희를 그곳으로 보내주십시오. 저희가 해결하도록 하겠습니다."

"다시 말하지만 그곳은 상당히 위험한 곳이오. 귀하들의 안전을 보장하지 못하는 곳이오."

"그것은 저희가 알아서 하도록 하겠습니다. 방금 련주님께서 말씀하신 곳으로 안내할 사람이 있다면 저희들은 당장 그곳으로 가겠습니다."

"그 문제는 군사가 알아서 조치해 줄 것이오."

곽세찬의 말에 제갈효가 고개를 끄덕였다.

"그럼 부탁을 하겠소. 본인은 일이 있어 이만 실례를 하겠소이다."

그 말만을 남기고 곽세찬은 뚱뚱하고 마른 노인과 함께 실내를 빠져나갔다.

"조금 전 문 호법이 실례를 범한 것에 대해 내가 다시 한 번 사과를 하겠소이다. 워낙 폐쇄적인 성격이라 새로운 사람을 잘 받아들이지 않는 면이 없지 않아 있소. 게다가 가족 대부분을 재림교단과의 싸움에서 잃은지라 아마 그들에 대한 증오가 성격을 더욱 편협하게 만든 모양이오."

"지금 재림교단이라고 하셨습니까?"

"그렇소이다. 그들은 과거 350년 전 이 땅에 강림했던 악신(惡神)이 다시 한 번 재림하기를 바라는 자들이 모여서 만든 교단이오. 사이한 술법으로 온갖 괴상한 존재들을 만들어내서는 사람들을 자신들의 꼭두각시로 삼아 인간들을 공격한 자들이오. 절대 용서할 수도, 용서받아서도 안 되는 자들이오."

카렌은 직감적으로 그자들이 이 모든 사건의 원흉임을 깨달을 수 있었다.

“혹시 오해를 할 수도 있을지 몰라 미리 사과의 말씀을 드리겠습니다. 단지 저희는 이해가 되지 않아서 묻는 것입니다.”

“무슨 말인지는 모르겠지만 말해보시오. 내가 아는 것이라면 설명을 해주리다.”

“무슨 이유로 이스턴 대륙에 있는 무인들의 무공 수준이 과거보다 떨어진 겁니까?”

“예? 그게 무슨 말이오?”

“저희들에게 무공을 가르쳐 주신 분은 과거 이스턴 대륙에서의 기인이셨습니다. 그분의 무공은 그야말로 놀랍기 그지없어 그분의 검법은 오러 스매쉬, 그러니까 이곳 말로는 검강이군요. 검강을 사용할 수 있어야만 익힐 수 있는 검법이 있을 정도였습니다. 그분에게 무공을 배운 저희들로서는 당연히 스승님의 고향이라고 할 수 있는 이곳의 무인들이 굉장히 강할 것으로 예상하고 있었습니다. 하지만 막상 이곳에 와보니 그렇지 않았는데…… 실례가 안 된다면 그 이유를 알 수 있겠습니까?”

“실례라고 할 것도 없소이다.”

상당히 조심스럽게 질문을 한 카렌과는 달리 제갈효는 금방 대답했다.

“과거 그러니까… 350년 전 악신이 강림하고 천안혈뢰 대미안님과 천우신검 강찬휘 대협께서 그 악신을 물리쳤을 때로 되돌아가오. 악신이 사라진 후 대륙 전역에서 출몰하던 마물들은 대부분 사라졌소. 때문에 우리는 모든 것이 예전으로 돌아갈 것으로 생각했었소. 하지만 결과는 그렇지 않았소. 언제부턴가 대륙 전역에 마기가 드리워지기 시작했는데 여러분들도 알겠지만 무공을 익힐 때 가장 중요한 것이 바로 호흡을 통한 기의 축적 아니겠소? 그런데 마기를 흡입하면 어떻게 되겠소? 마기를 흡입해 그 사람의 성격이 변하는 것은 물론, 심할 경우 내공의 불안정으로 주화입마에 빠져 목숨을 잃게 되는 경우가 빈번하게 발생했소이다. 그런 사태가 한동안 지속되자 사람들은 내공보다는 외공에 치중을 했고, 결과적으로는 무인들의 수준 저하를 가져오게 된 것이오. 그렇게 300년 이상이 흐르다 보니 이제는 검강은커녕 검기를 사용하는 무인조차 찾아보기 힘들게 된 것이오."

"그럼 아직도 마기가 대륙 전역에 퍼져 있는 겁니까?"

"그렇지는 않소. 남쪽서부터 토벌을 시작한 탓인지는 모르겠지만 남쪽에는 마기가 거의 없소. 마기가 있는 곳은 대륙의 중간과 북쪽인데, 특히 북쪽은 너무 심해 사람들이 접근을 할 수 없을 정도로 심하오."

"그렇군요."

잠시 생각에 골몰하던 카렌이 다시 질문을 했다.

"혹시 일식(日蝕)을 아십니까?"

"당연히 알고 있소이다."

"그런 일식이 언제 일어날지 정확한 시기를 알 수 있겠습니까?"

"주기적으로 일어나는 것이니 꼼꼼하게 계산을 해보면 상당히 정확한 시기를 추려낼 수 있을 것이오. 그런데 일식은 왜 묻는 것이오?"

"일식이 일어날 때 아마도 화산 폭발과 해일, 그리고 지진이 대륙 전역에서 발생하게 될 겁니다. 그러니 미리 사람들에게 알려 피해를 최소한으로 해야 할 겁니다."

카렌의 말에 제갈효는 어이가 없다는 표정으로 카렌의 얼굴을 빤히 쳐다보았다.

“그러니까 일식 때 대륙 전역에 화산 폭발과 해일, 그리고 지진이 일어날 거란 말이오? 무슨 근거에서 그런 말을 하는 것이오?”

“제가 잘 아는 프리스트, 그러니까 이곳 말로는 신관이 되겠군요. 그분께서 일식 때 이스턴 대륙 전역에서 자연재해가 일어난다는 신탁을 받으셨습니다.”

“신탁? 그럼 신께서 그런 계시를 내리셨단 말씀이오?”

“그렇습니다.”

“지난 수천 년 동안 한 번도 내려진 적이 없던 신탁이 갑자기 내려졌다니 좀처럼 믿기 힘들구려. 게다가 더더욱 믿기 힘든 것은 이곳 대륙 사람도 아닌 그 신관이란 분이 어떻게 이곳에 자연재해가 일어날 것이란 신의 계시를 받을 수 있는 것인지 이해가 되지 않는구려.”

“신의 오묘한 뜻을 어리석은 인간이 어떻게 알 수 있겠습니까? 다만 그 신관은 이미 뮤란 대륙에서는 이곳에서는 지존성모로 불리는 아레네스님의 음성이라고 불리는 분입니다. 신탁으로 많은 사람들을 구하셨다고 알려진 분이지요.”

카렌의 말에 제갈효의 얼굴에는 복잡한 빛이 어렸다.

믿을 수도, 그렇다고 믿지 않을 수도 없는 일이었다.

“그리고 그때를 즈음해 사람들이 힘을 합쳐 일제히 반격한다면 이스턴 대륙에 암운을 드리웠던 악의 세력, 아까 말씀하신 재림교단이 사라질 것이라는 말씀도 있으셨습니다. 지금 제가 드린 말씀을 믿든 믿지 않든 그것은 제갈 군사님의 재량이시겠지만, 부디 반격의 기회를 놓치지 않으시길 빌겠습니다.”

“반격의 기회라…….”

제갈효는 그 말만을 남기고 깊은 생각에 빠져들었다. 그가 다시 입을 연 것은 한참의 시간이 흐른 뒤였다.

"그렇게만 된다면야 더 이상 바랄 것이 없는 것이 현재 우리의 상황이오. 단순히 무인들만이 아니라 각국의 정병들도 모두 그 기회를 잡기만 학수고대하고 있소. 하지만 그 신관이란 분이 말한 자연재해, 아니, 그 정도면 거의 재앙이라고 할 정도의 수준이라면 우리들 역시 많은 피해를 입을 텐데…… 본인은 솔직히 그것이 더 신경 쓰이는구려."

"지형이나 지맥에 대해 잘 알고 있는 분은 혹시 안 계시는 겁니까?"

"물론 그것에 대해 연구한 사람도 찾아보면 있을 거요."

"그분들을 모아 화산의 활동이나 지진이 자주 일어나는 곳, 그리고 지진의 규모나 진행 방향 등을 연구하다 보면 피해없이 대피하는 것도 가능할 거라고 생각합니다. 그리고 해안에 사시는 분들은 미리 경고를 하시면 피해를 많이 줄일 수 있지 않겠습니까?"

"그 문제는 본인이 알아서 처리해야 할 일인 듯하구려. 최대한 일식이 일어나는 날짜를 알아내도록 하겠소이다. 물론 화산이나 지맥에 대한 전문가들을 모아 재앙을 피할 수 있는 방법을 강구하겠소."

"그럼 저희는 오늘은 쉬고 내일 련주님께서 말씀하신 곳으로 출발하겠습니다. 그러니 저희를 그곳으로 안내해 줄 분을 부탁드리겠습니다."

"그렇지 않아도 생각해 둔 사람이 있소. 그 사람이라면 길 안내뿐만 아니라 여러분이 하는 일에 많은 도움이 될 것이라 생각하오."

"그렇습니까?"

"그럼 난 이만 갈 테니 쉬도록 하시오. 그리고 그 사람은 내일 아침 여러분을 찾도록 지시를 해놓겠소."

"그럼 내일 아침에는 인사도 못 드리고 갈 것 같군요. 미리 작별 인사를 드리겠습니다. 또 뵙도록 하겠습니다. 그리고 련주님에게도 미처 인사를 드리지 못하고 같다고 전해주시면 감사를 드리겠습니다."

"변변한 대접도 못했는데 벌써 이별이라니, 참으로 아쉽구려. 하지만 임무가 끝나면 반드시 총단으로 돌아와 주시오. 내 그대들과 술이라도 한잔 나누고 싶구려."

"기회가 생긴다면 반드시 찾아뵙겠습니다."

제갈효가 나간 뒤 카렌은 친구들의 얼굴을 처다보았다.

오직 자신만을 위해 까마득히 먼 이곳까지 온 친구들이었다. 고마운 마음을 어떻게 표현하면 좋을지 종잡을 수 없었다. 단지 고맙다는 말로만은 부족한, 하지만 그 이상의 듣기 좋게 포장된 말과 행동은 오히려 친구의 고귀한 뜻을 손상시킬 것 같다는 생각 때문에 더 이상은 입을 열 수 없었다.

"내일부터 본격적으로 움직여야 할 것 같으니 오늘은 그만 쉬는 게 좋을 것 같은데…… 너희들 생각은 어때?"

"그러는 게 좋을 것 같아. 난 이만 잔다."

러쎌은 그 말만을 남기고는 빈청과 연결된 방으로 들어가 잠을 청했다. 그리고 알리샤는 아무런 말도 없이 빈방으로 들어가 버렸다. 졸지에 혼자 남게 된 카렌은 잠시 쓴웃음을 짓다가 남은 방으로 들어가 억지로 잠을 청했다. 눈을 감은 카렌은 나직하게 중얼거렸다.

"고맙다, 친구들."

제7장
사인(蛇人)

사인(蛇人)

“저기 마을이 보이십니까?”

“물론이오.”

주위를 병풍처럼 감싸고 있는 분지의 중앙에 그림처럼 아름다운 작은 마을이 있었고, 카렌과 러쎌, 알리샤와 검붉은 옷을 입은 청년이 마을 동쪽 산 위에 엎드려 몸을 최대한 숨긴 채 마을을 내려다보고 있었다.

“저곳이 저희 집검련에서 가장 위험한 지역으로 분류된 곳입니다.”

“그냥 평범한 마을처럼 보이는구려.”

“보기엔 그렇지만 저희 집검련의 산하 단체 가운데 가장 무력이 센 단체 여럿이 저 마을을 토벌하러 갔다가 모두 몰살당하고 말았습니다.”

주먹을 불끈 움켜쥔 청년은 몹시도 분한 듯 이를 악물고 있었다.

“피해가 꽤나 컸던 모양이군요.”

"무려 3,000명이 넘는 동료들이 원인도 모른 채 저 마을에서 목숨을 잃었습니다. 원한이 없다면 거짓말이 되겠지요."

"혹시 저 마을에 대해 밝혀진 것이 있습니까?"

"유일한 생존자인 한 청년의 말에 의하면 저 마을에는 인간의 탈을 쓴 뱀들이 산다고 했습니다. 그게 무슨 말인지에 대해 의견이 분분하지만 아직까지 정확하게 알려진 것은 아무것도 없다고 보시면 됩니다."

"인간의 탈을 쓴 뱀? 이해가 잘 안 되는군요."

"비록 그 청년이 목숨은 구했지만 무슨 일을 겪었는지 극심한 공포로 인해 거의 실성한 상태라 제대로 된 대화가 불가능해서 그가 정확히 무슨 일을 당한 것인지는 전혀 알 도리가 없었습니다."

"어쩔 수 없이 직접 마을로 가서 확인을 해봐야겠군요."

"필요하신 것이 있으면 말씀만 하십시오."

"일단은 나와 친구들이 먼저 정탐을 해봐야겠소. 그대와 철혈대(鐵血隊)는 이곳에서 대기하고 있다가 신호를 보내면 그때 급습을 하도록 하시오."

"안 됩니다, 너무 위험합니다. 지금까지……."

"철혈대주님, 지금은 제가 위험한 것보다 저 마을의 정체를 밝혀 억울하게 목숨을 잃은 분들의 원한을 풀어주는 것이 더 중요합니다. 그러니 일단은 제 말을 들어주십시오."

철혈대주가 좀처럼 자신의 말을 들으려 하지 않자 카렌은 자신의 힘을 보여줄 수밖에 없었다. 천천히 연환상충폭뢰기를 끌어올려 오른손으로 보냈다. 카렌의 오른손이 조금씩 밝아지기 시작하더니 곧 뇌전지기에 의해 방전이 일어나기 시작했다.

　　방전이 좀 더 심하게 일어나는가 싶더니 곧 둥근 구를 형성하고는 곧 카렌의 손 위로 떠올랐다. 처음에는 손톱만 한 크기였던 전구(電球)는 순식간에 크기를 불리더니 금세 주먹만 한 크기로 커졌다. 그 모습을 지켜보던 철혈대주는 너무 놀라 그저 입만 쩍 벌릴 뿐 아무런 말도 할 수 없었다.

　　“수, 수강(手罡)?”

　　설마 카렌이 전설상으로만 전해지는 수강을 펼칠 줄은 몰랐기에 놀람을 넘어선 경악을 느끼지 않을 도리가 없었다. 털썩 주저앉은 철혈대주의 모습을 보고 카렌은 연환상충폭뢰기를 거두어들였다.

　　잠시 후 정신을 차린 철혈대주는 존경과 흠모의 빛이 가득한 눈으로 카렌을 쳐다보았다. 그리고는 다소 긴장한 음성으로 질문을 던졌다.

　　“저어~”

　　“하고 싶은 말이 있으면 하십시오.”

　　“그럼… 혹시 강기를 검으로 쏟아내는 검강(劍罡)도 가능하십니까?”

　　“손이든 검이든 내공의 흐름을 본인이 통제할 수 있다면 무엇으로든 강기를 표출할 수 있습니다. 이렇게 말입니다.”

　　카렌이 뽑아 든 샤이닝 블레이드는 순식간이 번쩍이는 뇌전지기에 휩싸이더니 검극이 길게 뻗어나기 시작했다. 1미터 이상 길게 뻗은 채 번쩍이고 있는 샤이닝 블레이드를 보고 있는 철혈대주의 표정은 감동 그 자체였다.

　　자신이 알기로는 련주인 곽세찬도 검강을 채 30센티미터도 유지하지 못한다고 했다. 그런데 눈앞의 이 청년은 1미터 이상 뻗은 검강을 유지하고도 얼굴에는 부드러운 미소를 짓고 있는 것이 아닌가?

"시연은 이 정도로 하는 것이 어떻소?"

"그 상태에서 말까지 하다니…… 충분합니다. 정말 대단하시군요. 나이는 오히려 저보다 어리신 듯 보이는데 말입니다."

"워낙 훌륭하신 분을 스승으로 모실 수 있었기 때문입니다."

"혹시 그분의 존호(尊號)를 알 수 있겠습니까?"

"과거 지옥마제라고 불리셨던 분입니다."

"지옥마제?"

철혈대주는 나직하게 지옥마제의 별호를 중얼거리며 기억을 떠올려 봤지만 전혀 기억이 나지 않았다. 하지만 천하에 기인이사(奇人異士)가 얼마나 많은가를 누구보다 잘 아는 그였기에 곧 고개를 끄덕였다.

"정말 대단한 분이신가 보군요. 이렇게 훌륭한 제자를 두신 것을 보면 말입니다."

"별말씀을."

상상할 수 없을 만큼 강하면서도 결코 오만하지 않은 카렌의 태도에 철혈대주는 호감이 생기는 것을 감출 수 없었다. 비록 어리지만 충분히 존경할 만한 청년이었다.

"그럼 쉬십시오. 전 대원들을 마을 주위에 배치시키도록 하겠습니다."

철혈대주가 물러간 뒤 카렌은 친구들을 봤다.

러쎌은 바위에 기대어 휴식을 취하고 있었고, 근처에서 알리샤가 다크 문을 무릎 위에 올려놓은 채 운공을 하고 있었다. 무슨 이유에선지 모르겠지만 이스턴 대륙에 도착한 후부터 알리샤는 모든 시간을 운공에 집중하고 있었다.

카렌도 잠시 눈을 감고 소주천을 했다. 마나 홀에서 시작된 마나는 순식간에 전신을 돌고는 다시 단전으로 돌아왔다. 그 순간 단전에서 꿈틀거리는 뭔가가 느껴졌다.

소주천을 마친 카렌은 여전히 눈을 감은 채 대화를 시도했다.

'라이덴, 어때, 힘은 잘 키우고 있어?'

―그래. 조금만 더 힘이 모이면 라크렘으로 진화가 가능할 것 같다.

'라크렘이 되면 힘이 얼마나 강해지는 거지?'

―글쎄? 자연계에 라크렘의 존재가 없어서 그건 잘 모르겠다. 하지만 라크렘이 되면 자연계에 스스로 모습을 드러낼 수 있을 것 같다.

'그래? 그럼 내가 도울 건 없어?'

―직접적으로 날 도울 수는 없다는 걸 너도 이미 알고 있지 않나? 나를 도울 방법은 네가 만드는 번개의 힘을 더욱 강력하게 키우는 것밖에 없다.

'그러니까 연환상충폭뢰기를 완성시키라는 말이야?'

―그 연환상충폭뢰기라는 힘은 인간의 힘으로 절대로 완성시킬 수 있는 것이 아니다. 오직 좀 더 커다랗게 키울 수 있을 뿐이지. 만약 그렇게만 할 수 있다면 그때는 나에게 더욱 강한 힘을 전해줄 수 있을 거다.

'연환상충폭뢰기의 힘을 키우려면 지옥이도류를 완벽하게 익히는 수밖에 없어. 하지만 더 이상 진전이 없는 현재 상황에서 완벽하게 지옥이도류를 익히려면 다음 단계에 대한 깨달음이 있어야 하는데 지금은 사부님까지 없으니…… 휴우~'

카렌은 한숨이 절로 흘러나왔다.

그러는 사이 알리샤가 운공을 마쳤다.

"러쎌, 알리샤. 가자."

세 사람은 나란히 말을 탄 채 마을에 들어섰다.

풀밭 위에서 뛰노는 어린아이들,

달걀 바구니를 조심스럽게 들고 가는 뚱뚱한 부인,

양 떼를 몰고 가는 코흘리개 꼬마, 빨래를 널고 있는 아가씨,

장작을 쪼개고 있는 아저씨,

햇살을 쬐며 꾸벅꾸벅 졸고 있는 노인.

여느 시골 농촌에서 흔히 볼 수 있는 광경이었다.

러셀과 알리샤는 조금도 방심하지 않은 채 주위를 샅샅이 훑어봤지만 이상한 점은 전혀 보이지 않았다. 그런 반면 카렌은 정확히는 알 수 없지만 뭔가 찜찜한 것이 느껴져 마음을 놓을 수 없었다.

뭔가 차갑고 묵직한 것이 전신을 누르고 있는 것 같아 불쾌한 기분마저 들었다. 친구들에게 경고를 하려다가 그들은 아무것도 느끼지 못하는 것 같아 말을 하지는 않았다.

주위를 두리번거리던 세 사람은 마을 중심에 있는 유일한 2층짜리 건물 앞에서 말을 멈췄다.

없어도 이상하지 않은 작고 허름한 술집 하나가 그곳에 있었다.

〈황혼〉이란 술집 안에 들어서 보니 허름한 테이블 네 개가 전부였다.

지어진 지 오래되었는지 정면에 보이는 카운터도 낡아 보였고, 벽을 장식하고 있는 선반에도 거미줄이 잔뜩 쳐진 것이 과연 이런 곳에 사람이 살까 하는 의심마저 들 정도였다.

세 사람이 주위를 둘러볼 때였다.

"누군가? 이 마을 사람들은 아닌데……."

“저희는 이 마을을 지나가던 여행자들입니다. 식사를 할 수 있는 곳이 여기뿐인 것 같아 들어왔습니다.”

“이 마을에 가게라고는 우리 집뿐이지. 흘흘흘.”

실내와 연결된 작은 쪽문을 열고 허리가 팍 꼬부라진 노인 하나가 지팡이를 짚은 채 진물이 가득한 눈으로 카렌과 친구들을 쳐다보고 있었다. 짓무른 눈이나 직각으로 꺾어진 허리를 보면 어떻게 장사를 할까 의심스러운 노인이었다.

“뭘 먹으러 온 건가?”

“식사를 할 수 있을까요?”

“식사? 우리 가게에서 되는 건 하나뿐이야. 가져다줄 테니까 아무 데나 앉아.”

노인의 말에 세 사람은 가까운 곳에 있는 테이블에 앉았다. 삐걱거리는 소리가 신경을 거슬리게 만들었다.

잠시의 시간이 흐른 뒤 음식을 가지고 온 사람은 노인이 아니라 젊은 아가씨였다.

왠지 시골의 분위기와는 어울리지 않게 화려해 보이는 여인이었다.

테이블에 음식을 내려놓는 아가씨는 갈 생각을 하지 않은 채 러셀에게 말을 걸었다.

“손님들은 어디로 가는 여행자들이신가요? 여행은 많이 해보셨나요? 도시는 어떤 곳인가요? 정말 멋진 남자들과 아름다운 여인들이 그렇게 많나요?”

폭포수처럼 쏟아지는 아가씨의 질문에 무뚝뚝한 얼굴을 하고 있던 러셀마저도 황당한 표정을 지을 수밖에 없었다.

“저는 여행자 여러분이 너무나 부러워요. 이렇게 넓은 세상을 마음

대로 돌아다닐 수 있다니…… 저는 여러분이 정말 너무너무 부러워
요."

"꼭 그런 것만은……."

"도시에 가면 아름다운 옷과 보기만 해도 눈이 부신 보석들도 많겠
지요? 아~ 얼마나 아름다울까?"

정신없이 중얼거리던 아가씨는 몽롱한 시선으로 허공을 바라보다
황급히 안색을 바꾸고는 주위를 두리번거리다 나직하고 은근한 음성으
로 입을 열었다.

"여행자님, 이 마을을 떠날 때 저도 데려가주세요. 데려가만 주시면
그 은혜는 두고두고 갚을게요. 그러니까……."

"망할 년, 틈만 나면 사내 놈한테 붙어서!"

휘익!

언제 나타났는지 가게 주인이 지팡이를 마구 휘두르며 아가씨에게
욕지거리를 내뱉었다. 이리저리 지팡이를 피하던 아가씨는 가게 주인
을 향해 혀를 내밀고는 밖으로 도망쳤다.

"어떻게 만난 놈마다 달라붙어 아양을 떨어? 허파에 쓸데없이 바람
만 잔뜩 들어가지고는…… 에잉!"

노인은 뭐가 마음에 들지 않는지 계속 푸념을 늘어놓았다.

빵과 수프, 그리고 간단한 고기볶음으로 식사를 마친 카렌이 노인에
게 말을 걸었다.

"영감님, 숙박을 할 수도 있습니까?"

"허름하긴 하지만 2층에 빈방이 몇 개 있지."

"식사비와 숙박료를 미리 지불하겠습니다. 얼마를 드리면 됩니까?"

"우리 먹던 음식에 놀고 있는 방을 하루 빌려주는 건데 돈은 무슨

돈, 그냥 아무 방이나 골라서 자."

"그래도 공짜로 먹고 자는 것은 저희가 부담스러우니 알아서 계산하
겠습니다."

카렌은 대충 잡히는 대로 돈을 집어 테이블 위에 놓고는 친구들과
2층으로 향했다.

알리샤는 옆방으로 들어갔고, 카렌은 러쎌과 함께 방으로 들어가서
는 휴식을 취했다.

시간이 얼마나 흘렀을까?

어느새 주위에는 어둠이 내려앉았는데 산골의 밤이라서 그런지 더
욱 어둡게만 느껴졌다.

지그시 눈을 감고 있던 카렌의 눈이 번쩍 떠졌다. 러쎌에게 주의를
주려고 했지만 러쎌도 뭔가를 느꼈는지 이미 창가에 서서 그레이트 엑
스를 움켜쥐고 있었다.

자리에서 일어난 카렌은 창가로 다가가서는 자신들이 있는 술집을
향해 다가오는 불빛들을 바라봤다. 횃불은 사방에서 몰려들고 있었는
데 그 수가 200여 개에 이르고 있었다.

"겨우 저 정도의 숫자에 집검련의 무인들이 몰살을 당했을까?"

"글쎄, 직접 부딪쳐 보면 알겠지. 그럼 슬슬 내려가 볼까?"

와장창!

창문을 부수고 밑으로 뛰어내린 카렌과 러쎌은 무기를 늘어뜨린 채
그들이 접근해 오기를 기다렸다. 얼마 지나지 않아 횃불을 든 사람들
이 몰려들었는데 모두 마을 사람들이었다.

다만 낮에 보았을 때와 달라진 점이라고는 그들이 모두 무기를 들고
있다는 것이었다. 그리고 또 한 가지 그들의 눈이 모두 검게 변한 채

번들거리고 있다는 것이었다.

잠시의 대치 상태를 깬 사람은 가장 앞쪽에 서 있던 술집 노인이었다.

"흘흘흘, 역시 이 마을을 정탐하러 온 놈들이구나. 너흰 오지 말아야 할 곳에 온 죄로 모두 제단에 제물로 바쳐질 것이다."

"노인장이 이들의 우두머리요?"

"우두머리? 난 그저 잠시 이들을 통솔할 뿐이지. 우리 흑신교단(黑神敎團)에서는 교주님을 제외하면 모두 동등하다."

"흑신교단? 혹시 마신 지하르트를 믿고 따른다는 재림교단을 말하는 거요?"

"흥! 우리 교단을 너희들 멋대로 재림교단이라고 부르지 마라. 흑신을 믿지 않는 자, 그분을 모욕하는 자, 그리고 그분을 믿고 따르는 우리를 괴롭히는 자들은 모두 그분께서 지옥의 불길로 영혼마저 태우실 거다. 폴리모프!"

노인의 외침에 모여든 마을 사람들은 동시에 변화를 보였다.

먼저 얼굴과 목이 조금 가늘어지더니 뱀의 비늘처럼 보이는 녹색의 비늘이 돋아났고, 무기를 든 그들의 손은 가늘고 긴 파충류의 발로 변했다.

그 모습을 본 카렌은 철혈대주가 말한 인간의 탈을 쓴 뱀이란 말이 무슨 말인지 그제야 이해가 갔다. 하지만 아버지인 데미안이 보았다면 사두용인(蛇頭龍人)이라고 외쳤을 것이다.

포위망을 굳힌 사두용인들이 좁혀오기 시작했다.

그 모습을 본 노인 사두용인이 다시 큰 소리로 외쳤다.

"디스토르션 스페이스(DistortionSpace:결계)!"

　노인의 외침이 끝나자마자 카렌과 러쎌은 마치 깊은 물속에 잠긴 것처럼 보이지 않는 무엇인가가 전신을 짓누르는 것을 느꼈다. 그러나 그것 말고는 다른 이상은 보이지 않았다.

　시간을 지체하면 할수록 자신들에게 불리하다고 판단한 두 사람은 거의 동시에 사두용인들을 향해 달려들었다.

　카렌은 정면에 있던 중년 사내에게 샤이닝 블레이드를 휘둘렀고, 러쎌은 어린 소녀를 향해 그레이트 엑스를 휘둘렀다.

　놀라는 기색도 없이 중년 사내는 검을 들어 샤이닝 블레이드를 막으려 했지만 보기보다 카렌의 공격이 빨라 어느 틈엔가 샤이닝 블레이드는 중년 사내의 목을 가르고 있었다.

　챙!

　하지만 어이없게도 샤이닝 블레이드는 그저 약간의 상처만 남긴 채 튕겨져 나왔다. 황당한 사태에 카렌도 깜짝 놀랐지만 언제까지 놀라고 있을 수만도 없는 것이 중년 사내 주위에 있던 사두용인이 검을 휘둘러온 것이었다. 황급히 뒤로 물러선 카렌이 즉시 연환상충폭뢰기를 끌어올리자 샤이닝 블레이드가 금세 밝게 물들며 방전을 일으키기 시작했다.

　그런 사태는 러쎌에게도 똑같이 일어났다. 하지만 어찌 보면 카렌보다 더 황당한 것은 거대하기 이를 데 없는 그레이트 엑스를 어린 소녀가 들고 있던 대거로 너무나 간단히 막아버린 것 때문이었다.

　상대가 자신의 예상보다 강한 것을 깨달은 러쎌은 즉시 벽력패황공을 끌어올려 그레이트 엑스에 주입했다. 푸르게 물든 그레이트 엑스를 확인한 러쎌은 소녀를 향해 다시 한 번 휘둘렀다.

　슉!

미약한 소리와 함께 소녀의 팔은 단숨에 잘려 나갔다. 하지만 그뿐이었다.

소녀는 다시 멀쩡한 팔로 대거를 꺼내서는 러쎌을 공격해 왔다.

비명을 지르며 물러설 것으로 생각했던 상대가 다시 공격해 오자 스스로 대담한 성격을 가졌다고 생각했던 러쎌도 깜짝 놀라며 물러서지 않을 수 없었다. 하지만 순순히 물러서지는 않았다.

"삼수삼환!"

와직!

러쎌의 커다란 주먹이 소녀의 얼굴에 닿기도 전에 소녀의 머리는 부서진 수박처럼 간단히 터져 나갔다. 소녀의 잔해가 주위에 있던 사두용인들에게 날아갔지만 어느 누구 하나 신경 쓰는 이가 없었다.

자신이 무공이 이들에게 통한다는 것을 확인한 것은 기쁜 일이었지만 자신보다 약한 존재들에게 무공을 사용한다는 것이 마치 자신이 폭력을 휘두르는 것 같은 생각이 들어 찜찜함을 버릴 수 없었다.

"혈뢰삼인!"

잠시 숨을 돌린 카렌은 헬 블레이드마저 뽑아 들고는 전력을 다해 지옥이도류를 펼쳤다.

그러자 눈이 금방이라도 멀 것 같은 섬광이 터졌고, 시력이 다시 정상으로 돌아왔을 때 카렌의 앞에 빽빽하게 서 있던 사두용인들의 모습은 어디에서도 찾을 수 없었다. 그 광경에 두려움을 모르던 사두용인들도 뒷걸음질을 쳤고, 당사자인 카렌도 놀라움을 금하지 못했다.

전력을 다한 지옥이도류의 위력이 이 정도일 줄은 그로서도 상상을 못했기 때문이었다.

뒷걸음질치는 사두용인들 뒤에 서 있던 노인 사두용인의 얼굴에도 두려운 기색이 역력했다. 하지만 곧 정신을 차리고는 외쳤다.

"흑신께서 지켜보고 계신다! 너희들의 몸을 태워 그분께 바쳐라. 흑신의 은총이 너희와 함께할 것이다."

노인 사두용인의 말에 다시 대열을 정비한 사두용인들은 마치 최면에라도 걸린 사람처럼 누가 먼저라고 할 것도 없이 카렌을 향해 몸을 날렸다. 그 모습에 샤이닝 블레이드와 헬 블레이드를 늘어뜨리고 있던 카렌은 두 도를 가슴 앞에서 교차하고는 다시 힘차게 휘둘렀다.

"혈뢰십방참!"

다시 한 번 눈을 뜰 수 없게 만드는 섬광이 터졌다. 하지만 이번에는 한쪽 방향이 아니라 사방을 향해 희고 검은 번개가 굽이쳐 휩쓸고 지나갔다.

그 번개에 닿은 것은 그것이 무엇이든 모조리 재가 되어 날아갔다.

연환상충폭뢰기가 만들어낸 번개만 해도 항거불능의 거력인데, 거기에 샤이닝 블레이드와 헬 블레이드에는 아레네스의 딸이라 일컬어지는 네로브의 신성력까지 담겨 있었기에 사두용인들이 견딜 방법이 있을 리 없었다.

단 두 초식이었지만 사두용인의 절반 이상이 사라졌다.

놀라운 파괴력이었고, 경이적인 살상 수법인 것은 사실이었지만 내력의 소모도 만만치 않았다. 소드 마스터 중급에 달한 카렌이 겨우 두 번의 공격 만에 마나의 절반 이상을 소모해 버린 것이었다. 한 번의 공격이 더 가능하긴 했지만 앞으로 저들을 상대할 때 반드시 염두에 두어야만 할 사항이었다.

공격의 효율성과 마나 축적.

반드시 해결해야만 할 사항이었다.

잠시 생각에 빠진 사이 러쎌이 나머지 사두용인들을 처치했다.

살아남은 사두용인들을 훑어보는 도중 이들에게 명령을 내리던 노인이 어느새 사라졌음을 눈치 챌 수 있었다. 아마도 생각에 잠시 빠진 사이에 도주를 한 모양이었다.

러쎌은 건틀릿을 낀 왼손과 오른손에 쥔 그레이트 엑스를 효율적으로 사용해 사두용인들을 상대하고 있었는데 블러드 피스트란 그의 명성답게 온전한 시체는 하나도 없었다.

마지막 남은 사두용인을 벽력권으로 상반신을 날려 버린 후 어깨에 그레이트 엑스를 둘러멘 러쎌은 주위를 둘러보았다. 사두용인들이 가지고 온 횃불이 모두 꺼져 버려 칠흑처럼 어두웠지만 주위를 살펴보는 것에는 아무런 문제도 없었다.

털썩!

무엇인가가 공중에서 떨어졌다. 확인을 하니 무릎 밑이 잘린 술집 노인이었다. 그리고 그 노인 곁에 알리샤가 내려섰다.

"살펴보니까 이 마을에는 이들밖에 없는 것 같아. 그리고 동물들의 상태가 정상인 것 같지 않아서 내가 모두 처치했어."

"수고했어, 알리샤. 러쎌, 너도 수고 많았다."

"카렌 너도."

"이 죽일 놈들, 이렇게나 많은 흑신의 아들딸들의 목숨을 해하다니…… 너희는 흑신의 저주가 두렵지도 않단 말이냐?"

"늙은이, 너희가 말하는 흑신의 아들딸들이 있는 곳을 대라. 그럼 곱게 죽여주마."

알리샤의 무감정한 말에 노인은 그녀를 무섭게 노려봤다. 그런 노인의 태도에 알리샤는 들고 있던 다크 문을 가볍게 휘둘렀다.

툭툭!

어깨에서 잘린 두 팔이 잠시 지면에서 꿈틀거리다가는 곧 나뭇가지처럼 앙상하게 말라 버렸다. 고통을 느끼지 못하는지 자신의 잘린 팔을 잠시 바라보던 노인은 의미를 알 수 없는 표정을 지었다.

"어차피 내 목숨을 흑신께 바친 것. 너희들을 죽음의 길로 안내하마. 이미 대륙의 북쪽은 흑신교단의 지배하에 들었다. 어디를 가든 흑신의 아들딸들을 만나게 될 것이다. 내 죽음으로 상부에서는 너희들의 존재를 금세 찾아내게 될 테니 어디로도 도망가지 못한다. 온갖 고통을 당하며 너희가 저지른 잘못에 대해… 컥!"

카렌을 노려보며 말을 내뱉던 노인은 알리샤가 심장에 다크 문을 찔러 넣자 금세 고개를 떨궜다. 그런데 노인의 시체가 조금 전 잘린 그의 팔처럼 급격히 말라 버렸다.

"그 검 때문이야?"

"나도 처음 알게 된 거야. 너희 아버지가 말한 대로 이 녀석은 생명체의 생명과 마력을 빨아들이나 봐."

"확실히 마검은 마검이군. 혹시 숨어 있는 자들이 있을지 모르니까 마을을 수색해 보는 게 좋을 것 같은데, 너희들은 여기서 잠깐 쉬고 있어. 내가 금방 다녀올게."

"같이 가. 셋이 하면 금방 할 수 있잖아."

"그래, 알리샤의 말대로 따로따로 살펴보고 다시 이 자리에서 만나자."

세 사람은 서로 흩어져 샅샅이 수색하기 시작했다.

잠시 후 카렌과 러셀은 돌아왔지만 알리샤는 시간이 지나도 돌아올 생각을 하지 않았다.

그녀를 찾으러 가야 할지 아니면 그냥 기다려야 할지 결정을 내리지 못해 잠시 망설일 때 저 멀리서 알리샤가 다가오는 모습이 보였다. 수색하러 가기 전과 비교해 더욱 강한 마기를 뿌리는 것을 확인하고는 혹시 그녀가 사두용인들에게 당한 것은 아닐까 하는 생각이 들었다.

그녀가 다가오자 은밀하게 확인한 카렌은 그제야 마음을 놓을 수 있었다.

마기는 그녀에게서 풍기는 것이 아니라 그녀가 가지고 있는 다크 문에서 풍기는 것이었기 때문이다.

"누구 집인지는 모르겠는데 들어가 보니 시커먼 신상 하나가 있었어. 사람은 없고. 그래서 그냥 나오려고 했더니 그때부터 이 녀석이 마기를 빨아들이기 시작하더라고."

알리샤는 말과 함께 허리에 차고 있던 다크 문을 툭 쳤다.

"그럴 때 보면 이 녀석이 꼭 살아 있는 생명체처럼 느껴져. 그래서 어떻게 하나 두고 보자는 생각에 그냥 지켜봤지. 결국 그 신상을 가루로 만들고서야 얌전해지더라. 다른 곳은 텅 비어 있었어."

"별일이 없었다니 다행이다. 그런데 그 녀석이 마기를 빨아들이는데 너한테 문제가 없는지 모르겠다."

"상관없어. 그리고 어떻게 된 일인지는 모르지만 이 녀석이 마기를 빨아들이면 빨아들일수록 내 무공도 조금씩 강해지고 있어."

알리샤의 말에 카렌은 그녀의 무공이 마기를 기본 바탕으로 완성된 것이기 때문일 것이라 판단했다.

"어떻게 되었든 이곳의 일은 해결된 것 같군."

"하지만 오러 블레이드를 사용하지 못한다면 피해는 극심할 수밖에 없을 것 같은데…… 네 생각은 어때?"

"내 생각이라고 다를 게 있겠어? 그런데 철혈대주는 왜 안 나타나는 거지? 무슨 일이라도 있나?"

"아까 저 늙은이가 결계를 만드는 마법을 사용하지 않았어?"

"맞다. 이스턴 대륙 사람들은 마법을 사용하지 못한다고 생각했던 것이 그만 고정관념이 돼버렸어."

세 사람은 마을 밖으로 향하다 눈에 보이지 않는 투명한 막이 마을 전체를 감싸고 있는 것을 확인했다. 그리고 마을 밖에서 초조하게 카렌들을 기다리고 있던 철혈대주와 철혈대를 곧 발견할 수 있었다.

결계의 막을 향해 러쎌이 그레이트 엑스를 휘둘렀지만 맥없이 튕겨져 나올 뿐이었다. 마나를 주입하고 다시 휘둘렀지만 결과는 마찬가지였다.

"러쎌, 잠깐 기다려 봐. 아까 그 노인이 이 결계를 만든 거라면 일반적인 방법으로는 파괴할 수 없을지 몰라. 내가 해볼게."

카렌은 샤이닝 블레이드를 뽑아 들고는 연환상충폭뢰기를 주입한 다음 결계의 막을 향해 휘둘렀다.

쩡!

거대한 철판을 두드리는 듯한 소리가 들린 후 결계는 사라졌다.

"무사하셨군요. 정말 걱정 많이 했습니다."

"이 마을에 있던 사람들은 모두 흑신교단의 교도들이었습니다."

"흑신교도라니…… 무슨 말씀이신지……."

"여러분이 재림교단이라고 알고 있던 자들 말입니다. 이들은 스스로를 흑신교단이라고 하더군요. 과거 이 땅에 강림했던 적이 있던 마신 지하르트를 믿고 따르는 자들입니다."

"그러니까 재림교단이 바로 흑신교단이란 말씀이시군요. 그런데 혹시…… 제가 말씀드린 인간의 탈을 쓴 뱀이라는 말이 무슨 뜻인지 알아내셨습니까?"

"일단 마을을 정리해 주시겠습니까?"

카렌의 말에 철혈대주는 곧 부하들에게 명령을 내렸다. 신속하게 마을로 진입했던 철혈대원들은 얼마 지나지 않아 다시 돌아왔는데 몇몇의 표정이 별로 편해 보이지 않았다.

"무슨 일이 있었나?"

"마을 중앙엔 인간의 잔해로 보이는 재와 으깨지고 절반으로 잘려진 잔해뿐이었습니다."

"그런데?"

"시체 중에는 노인과 어린아이들의 시신도 섞여 있었습니다."

"그래? 시체는 모두 화장을 하고 집들은 모두 태워 버려라."

"알겠습니다."

철혈대원들이 마을로 들어가고 난 후 카렌과 철혈대주는 마을 밖 초지로 향했다.

풀밭 위에 앉은 카렌은 어두운 밤하늘을 바라보았다. 하늘에 뒤덮인 마기 때문인지 별은 겨우 한두 개 정도밖에 보이지 않았다. 별이 쏟아질 것처럼 보였던 뮤란 대륙에서의 밤하늘과는 전혀 달랐다.

"이 마을 사람들은 모두 어떤 존재로 바뀐 후였습니다. 철혈대주가 언급한 생존자가 증언한 대로 외형이 뱀처럼 변합니다. 얼굴과 전신에 비늘 같은 것이 돋아나는데 웬만한 무기는 그대로 튕겨 버릴 정도로 단단합니다. 게다가 육체적인 힘도 엄청나게 늘어나게 되는데 일반적인 무인들도 검기를 사용하지 못하면 당할 수밖에 없을 정도로 강합니다."

　"하지만 그렇다고 그렇게 많은 숫자의 무인들이 싸우는 것은 고사하고 도망치지도 못하고 몰살당했다는 것이 전 이해가 가지 않습니다."

　"그건 그들이 마법을 사용했기 때문입니다."

　"마법이라니, 무슨 말씀이신 모르겠습니다. 혹시 술법(術法)이라면 모르겠지만 말입니다."

　"마법이든 술법이든 결계를 칠 수 있는 힘을 가진 것이라면 상관이 없습니다."

　"결계라면 일정한 지역을 내부와 외부를 완벽하게 차단하는 술법 아닙니까?"

　"그렇습니다. 아마도 집검련의 무력 단체가 몰살을 당한 것은 저들이 모습을 바꾸고 난 후 엄청나게 강한 힘과 비늘 때문이기도 하겠지만 무엇보다 결계 때문에 도망을 칠 수 없었기 때문일 겁니다."

　"그럼 결계를 칠 수 있는 자들을 먼저 공격해 처치하면 최소한 탈출해 목숨을 구할 수는 있겠군요."

　"휴우~ 이건 제 생각입니다만 그 방법은 그리 좋은 방법은 아닐 것 같습니다. 우선은 누가 결계를 칠 수 있는 자인지도 모를뿐더러, 검기를 사용하지 못하면 저들을 처치하는 것이 쉽지 않기 때문입니다. 그리고 아마 마기와는 반대되는 힘, 그러니까 신성력을 가지고 있는 물건이 있으면 저들을 상대하기 쉬울 겁니다. 이건 확실한 것이 아니니 꼭 확인을 하셔야 한다고 군사님께 전해주십시오."

　"문제가 아주 심각하군요. 검기를 사용할 줄 아는 사람은 집검련 전체를 통틀어 300명이 채 안 될 겁니다. 그 말은 저들을 상대할 수 있는 사람이 부족하다는 말인데 그 문제를 어떻게 해결해야 좋을지 모르겠습니다. 일단 군사께 보고를 하겠습니다.”

잠시 후 마을을 휘감은 화광(火光)이 밤하늘을 환하게 밝혔다.

카렌과 친구들은 제갈효가 제공한 정보를 바탕으로 흑신교단의 지부들을 철저히 괴멸시켜 갔다. 그 과정에서 철혈대주와 철혈대의 카렌과 친구들에 대한 생각은 존경을 넘어서 숭배의 단계에 접어들고 있었다.

그도 그럴 것이 위험한 지역에는 제일 먼저 달려갔고, 가장 많은 적들을 물리쳤으며, 후퇴할 때는 가장 늦게 전장을 떠났다. 그러면서도 말단 대원들에게도 친절했고, 교만하지 않았으며, 휴식을 취할 때마다 운공을 하거나 수련을 하는 등 그들이 하는 행동 하나하나가 모두 귀감이 될 만했다.

카렌과 철혈대는 크게 동서(東西)로 왕복을 하며 차츰 북쪽으로 전진해 갔다.

집검련에서도 련주를 포함한 다섯 개의 토벌대를 결성해 흑신교단의 지부를 없애면서 북쪽으로 전진했다. 카렌이 주의를 주었음에도 불구하고 흑신교단의 교도들과의 교전에서 상당한 피해를 입어야만 했다. 그런 상황이 몇 번인가 반복되다 군사인 제갈효가 각 왕국의 연합군부의 협조를 얻어 화포를 몇십 문 빌릴 수 있게 되면서 전세는 조금씩 역전되고 있었다.

물론 흑신교단의 지부를 찾아내는 데 수많은 무인들이 희생되었음은 말할 필요도 없었다.

집검련의 공격이 조직적으로 변하자 흑신교단의 지부도 대응이 달라졌다. 마을로 위장해 있던 지부를 철수시켰고, 그와 동시에 집검련의 무인들을 기습하는 작전을 펼쳤다.

서로에게 막대한 피해를 입히기는 했지만 전반적으로 집검련에게 유리하게 상황이 전개되었다. 그 이유는 화포의 지원과 각 교단에서 파견된 신관들의 참전이 큰 힘으로 작용했기 때문이다.

주로 부상자를 치료하던 이전까지의 신관들과는 달리 이번에 전투에 참가한 신관들은 집검련 무인들의 무기에 신성력을 부여하거나 신성력으로 일정한 지역을 정화시키는 방법으로 전투를 치러갔다. 물론 많은 피해가 발생했다. 하지만 이제까지와는 달리 집검련 쪽에서도 결사적으로 수복(收復)된 지역을 지켰다.

상황의 불리함을 깨달았기 때문에 후퇴를 한 것인지, 아니면 반격을 준비하기 위해 잠시 움츠러드는 것인지 한동안 흑신교단의 기습 공격은 없었다. 흑신교단의 의 속셈을 의심해 진격 속도를 늦추던 집검련도 한동안 흑신교단의 기습 공격이 없자 후방의 지원을 받으며 신속하게 전진해 갔다.

"오늘은 저 마을인가요?"

"그렇습니다, 사앙혈뢰(死殃血雷)님."

"사앙혈뢰? 그게 무슨 말입니까?"

"카렌님이 싸우시는 모습을 본 대원들이 그런 별호를 지은 것입니다. 러셀님께는 천잔마부(刑殘魔斧), 알리샤님은 묵영살검(默影殺劍)이라는 별호로 저희들끼리 부르는 모양입니다."

"사앙혈뢰, 천잔마부, 묵영살검이라…… 상당히 멋있는 별호군요."

"물론 세 분에 비하면 형편없는 별호입니다만, 요즘은 집검련의 다른 무인들도 그렇게 부른다고 들었습니다."

"이야기로 들었던 것보다 마을의 규모가 상당한 것 같습니다. 그런데……."

"하실 말씀이 있으시면 하십시오."

"왠지 이 마을은 다른 마을과는 달리 칙칙하고 어두운 기운은 느껴지지 않는 것 같군요."

"하지만 군사님이 저희에게 보내주신 명령서에 의하면 이 마을에 의심스러운 것이 한두 가지가 아니랍니다. 이미 제2토벌대를 이곳으로 보냈다고 하셨습니다."

"제2토벌대라면……."

"예, 두 분의 호법 가운데 한 분이신 문소천(門素天)님이 대주로 계신 토벌대입니다. 두 분의 호법 가운데……."

"좀 마르신 분이시군요."

"그, 그렇습니다. 카렌님들과 안 좋은 일이 있었다고 들었습니다만…… 원래부터 성격이 좋지 않은 분이라기보다는 흑신교단과 있었던 불행한 일 때문에 그렇게 변하셨다는 소문이 있습니다. 그래도 흑신교단과의 싸움에서 누구보다 혁혁한 전공을 세운 분이십니다."

철혈대주의 말에 카렌은 그저 고개를 끄덕일 뿐이었다.

그가 자신이나 알리샤에게 보인 무례를 용서할 생각은 없지만 한 면만을 보고 사람을 판단한다는 것이 얼마나 어리석은 일인지 잘 알고 있기에 철혈대주에게 악담을 하지는 않았지만 그렇다고 호의를 보이지도 않았다.

"일단 마을에 들어가서 살펴보도록 하죠. 대원들은 잠시 마을 밖에서 대기하도록 하는 것이 좋겠습니다."

"알겠습니다. 제가 모시겠습니다."

자신한테 너무나 깍듯한 철혈대주의 태도에 부담이 없는 것은 아니었지만 제지할 방법도 없기에 일단은 그냥 두고 볼 뿐이었다.

"참, 군사님께서 보내신 명령서에 카렌님께 7월 10일이라고 알려 드리란 말이 있었습니다."

"오늘이 5월 20일이니 앞으로 두 달도 채 남지 않았군요. 휴우~"

카렌이 한숨을 짓는 모습에 철혈대주는 신기한 것을 봤다는 눈빛으로 카렌을 쳐다봤다.

그처럼 강한 절대무인이 대체 무슨 일로 한숨을 쉬는 것인지 너무나 궁금했다.

"실례가 되지 않는다면 무슨 일 때문에 그러신지 알 수 있겠습니까?"

철혈대주의 질문에 카렌은 일식이 나타날 때 일어날 일에 대해 아는 대로 설명을 해주었다. 카렌의 설명이 이어질수록 철혈대주의 입은 점점 더 벌어졌다.

"그런 일이 일어난다니 정말 믿기 힘들군요. 하지만 흑신교단의 세력이 이 땅에서 물러나기만 한다면 피해가 있긴 하겠지만 그리 나쁜 일만도 아닌 것 같습니다. 그런데 카렌님께서는 왜 한숨을 쉬셨는지 저로서는 영문을 모르겠습니다."

"나중에는 모두 알겠지만 일단은 대주님만 알고 계십시오. 일식 때 일어나는 모든 자연재해는 이스턴 대륙이 뮤란 대륙과 충돌하기 때문에 일어나는 것입니다. 일식 때문에 일어나는 것은 아니지요. 그렇게 두 대륙이 다시 예전과 같이 연결이 되면 흑신교단의 무리는 연결된 대지를 통해 모두 뮤란 대륙으로 건너가게 되기 때문에 이스턴 대륙에서 저들이 사라지게 되는 겁니다."

카렌의 설명에 철혈대주는 그가 왜 한숨을 쉬었는지 짐작이 갔다.

"카렌님께서는 본인의 고향이라고 할 수 있는 뮤란 대륙에서 일어날 일 때문에 걱정을 하시는 거였군요."

"물론 그 일도 걱정이 안 되는 것은 아니지만 제가 한숨을 쉰 이유는 그전에 일식 때 일어날 천재지변 때 목숨을 잃을 일반 백성들이 걱정되기 때문입니다. 무인들은 위급한 상황에서 자신들을 충분히 지킬 수 있지만 일반인들은 다르지 않습니까? 군사님께 말씀을 드려 일반인들을 대피시키는 데 만전을 기해달라고 전해주십시오."

카렌의 말에 철혈대주는 부끄러운 마음을 감출 수 없었다.

아무리 자신만의 기준으로 상대를 판단하는 것이지만 이렇게까지 상대를 몰랐다는 사실에 철혈대주는 얼굴을 들 수 없었다. 상대는 이미 하늘을 날며 저 넓은 세상을 보고 있는데 우물 안의 개구리처럼 뚫린 구멍을 통해 하늘을 보고 세상의 전부라고 여기고 있는 자신이 너무나 한심했다.

"반드시 군사님께 그리 전하겠습니다. 그리고 조금 전 함부로 말씀드려 죄송합니다."

"아닙니다. 저희가 늦을지 모르니 어서 마을로 가도록 하는 것이 좋겠습니다."

"제가 앞장을 서겠습니다."

말을 마친 철혈대주가 앞장을 섰고, 카렌과 친구들이 뒤를 따랐다.

산을 끼고 돌아 마을에 도착해 보니 조금 전 산 위에서 보았을 때와는 달리 상당히 어수선하게 느껴졌다.

"무슨 일이 생긴 것 같습니다. 빨리 가보는 것이 좋겠습니다."

카렌의 말에 철혈대주는 아무 말도 없이 그의 뒤를 따랐다.

네 사람이 마을의 중앙으로 갔을 때 자신도 모르게 말을 세웠다.

마을의 중앙에는 처참한 광경이 벌어지고 있었다.

묶인 채 무릎을 꿇고 있는 사내들의 모습이 보였고, 조금 떨어진 곳에서는 가족들로 보이는 사람들이 일부는 대성통곡을 터뜨리고 있었고, 또 일부는 금방이라도 울음을 터뜨릴 것처럼 보였다. 그리고 그들 앞에는 바싹 마른 노인이 붉은 옷을 입은 청년들과 서서 위압스러운 표정을 짓고 있었다.

"마지막으로 묻겠다. 너희들 가운데 누가 흑신교단의 교도냐? 당장 대답하지 않는다면 이놈들은 모두 죽는다. 말을 하는 자는 살려줄 것이지만 입을 다물고 있는 자들은 흑신교단과 내통하는 자라 판단하고 즉시 참살할 것이다."

"나으리, 저희는 흑신교단이 뭔지도 모릅니다. 모르는 것을 어떻게……?"

"부대주."

무릎을 꿇고 있던 중년 사내의 대답에 문소천은 제2토벌대의 부대주를 불렀다.

"하명하십시오."

"죽여라."

문소천의 말에 냉혹한 인상의 청년은 잠시도 망설이지 않고 검을 휘둘러 무릎을 꿇고 있던 중년 사내의 목을 쳤다.

"아악!"

"아버지!"

"여보!"

중년 사내의 목이 하늘 높이 치솟았다가 지면에 떨어지자 조마조마한 마음으로 지켜보던 그의 가족들은 일제히 비명을 질렀다.

"다음은 너, 네가 말해라."

"나으리, 저희는 그저 산나물이나 캐먹고 사는 촌놈들입니다. 정말 흑신교단이 뭔지 모릅니다. 그러니 제발 저희들을 그냥 풀어주십시오."

"홍! 내가 원하는 대답이 아니다. 죽여라."

"커억!"

부대주의 검이 지체없이 청년의 심장을 파고들었다. 청년의 가슴은 순식간에 붉게 물들었고, 부대주가 검을 뽑자 그대로 쓰러졌다. 다시 한 번 가족들의 통곡 소리가 울려 퍼졌지만 문소천이나 마을 사람들을 포위하고 있던 제2토벌대원들은 눈썹 하나 까닥이지 않았다.

"다음은 너."

문소천에게 지목을 당한 청년은 공포에 질려 덜덜 떨다가 갑자기 미친 사람처럼 외치기 시작했다.

"그래, 내가 흑신교단인가 뭐가 하는 교단의 신도다! 어쩔 테냐?"

"흐흐흐, 드디어 실토를 하는 것인가?"

누가 봐도 미친 듯이 외치는 청년의 태도는 자포자기한 태도가 역력했다. 하지만 문소천은 신경도 쓰지 않았다.

"이놈의 가족과 친척들을 모조리 색출해 죽여라."

문소천의 냉혹한 말에 부대주는 부하들에게 즉시 명령을 내렸고, 사방으로 흩어진 토벌대원들은 무차별적인 살인을 벌이기 시작했다. 반항할 힘이 없는 노인이나 여인과 아이들은 물론 임산부에게도 가차없이 살수를 휘둘렀다.

"멈춰!"

너무나 황당한 광경을 목격한 탓일까?

카렌은 토벌대원들이 무자비한 학살 모습에 잠시 멍하게 쳐다만 보다가 곧 정신을 차리고 고함을 질렀다. 몸이 저절로 떨려왔다. 도저히 현실처럼 느껴지지가 않았다.

그 잠깐 사이에 이미 마을 사람들 절반 이상이 목숨을 잃었다.

특히 목이 잘리고 몸통이 잘린 노인과 어린아이들, 여인들의 시신이 지면을 뒤덮다시피 널브러져 있었다.

느닷없이 들려온 음성에 고개를 돌린 문소천의 얼굴이 사정없이 일그러졌다.

그렇지 않아도 어떻게 하면 복수를 할 수 있을까 하고 기회만 노리고 있던 계집이 바로 눈앞에 있는 것이 아닌가. 더군다나 일행으로 보이는 젊은 놈이 자신의 행사를 방해했으니 이제 무자비하게 응징하는 일만 남았다.

문소천은 사앙혈뢰니 묵영살검이니 하는 말은 믿지도 않았다.

"무슨 일인가?"

"무슨 일이냐고? 너희들, 지금 무슨 짓을 하는 것이냐?"

"어린 녀석이 말버릇이 고약하구나. 너보다 몇 배는 더 산 인생의 선배에게……."

"닥쳐!"

문소천의 말에 카렌은 극한의 인내심을 발휘하고 또 발휘해 봤지만 치미는 분노 때문에 언제 끊어질지 모르는 한 오라기의 실처럼 간당간당했다.

"저항할 능력도 없는 노인과 어린아이에게 살수를 휘두르는 놈이 감히 내게 인생의 선배 운운해? 네 눈에는 이들이 흑신교단의 교도들로 보이나?"

"네 녀석은 조금 전 이 녀석이 자신의 입으로 흑신교단의 교도라고 떠드는 소리를 듣지도 못했단 말이냐? 나는 당연히 우리 집검련의 적인 흑신교단의 교도를 죽인 것이다. 그리고 이들은 흑신교단의 교도를 도운 그의 동료들이다. 그런 버러지 같은 놈들은 당연히 죽여야 한다."

문소천의 말에 겨우 유지되고 있던 카렌의 인내심이 마침내 바닥을 보이고 말았다.

무영보 중 영보를 극한의 속도를 밟아 문소천 곁으로 달려간 카렌은 주먹을 들어 문소천의 옆구리를 사정없이 두들겼다.

우두둑!

"크아악!"

퍽!

문소천은 옆구리를 움켜잡으며 뒤로 날아갔지만, 이미 그곳에서 기다리고 있던 카렌은 발을 들어 그대로 문소천을 걷어찼다. 하늘 높이 치솟은 문소천은 이미 정신을 잃었는지 그저 흐느적거릴 뿐이었다. 하지만 카렌은 용서를 하지 않았다.

허공으로 몸을 날려서는 떨어지는 문소천을 향해 번개 같은 주먹을 날렸다.

퍼퍼퍼—퍽!

불과 눈 한 번 깜빡일 사이에 몇 번의 공격이 작렬한 것인지 셀 수조차 없었다.

특히 카렌 곁에 있던 철혈대주는 카렌의 모습이 사라졌다고 느끼는 순간 비명 소리를 들었고, 정신을 차리고 보니 카렌이 바닥에 쓰러진 문소천을 사정없이 짓밟고 있었다.

"이 살인마 같은 놈! 죽어! 죽어버려!"

이미 전신은 문소천이 흘린 피로 범벅이 되어 있었지만 카렌은 멈출 생각을 하지 않았다. 또한 그의 태도가 너무나 살벌해 누구 하나 말릴 생각을 하지 못했다.

질긴 것이 사람의 목숨이라 그때까지 목숨을 부지하고 있던 문소천은 비명을 지르지도 못한 채 일방적으로 짓밟히고 있었다. 설사 그가 이 자리에서 살아난다 하더라도 평생 일어나 앉기조차 어려울 것 같았다.

모두들 극한의 두려움 때문에 꼼짝도 못하고 있을 때 카렌을 뒤에서 껴안은 사람이 있었다. 바로 러쎌이었다.

"카렌, 제발 진정해."

"러쎌, 이거 놔! 이런 자식은 살 가치도 없는 놈이야."

"죽일 때 죽이더라도 이성을 잃지 말란 말이야."

"네가 볼 땐 내가 미치기라도 한 것 같아? 차라리 미쳤으면 좋겠다. 우리가 무엇 때문에 이 낯선 곳에 와서 검을 휘두르고 있는데? 내가 지금까지 무엇 때문에 제대로 쉬지도 못하면서 검을 휘둘러 왔는데? 내가 왜 저런 살인마 자식하고 같은 취급을 받아야 하는데?"

카렌의 외침은 거의 울부짖음에 가까웠다.

러쎌은 대체 누가 카렌에게 그런 소리를 했냐고 물으려 했다. 하지만 그럴 필요가 없었다. 살아남은 마을 사람들이 카렌이나 다른 사람들을 쳐다보는 눈초리에는 가없는 분노와 저주가 실려 있었다. 만약 눈빛만으로 살인이 가능했다면 아마도 이 자리에 있는 집검련의 무인들은 이미 수천, 수만 조각으로 찢겨져 나갔을 것이다.

"철혈대는 명을 받아라!"

"복명."

"지금 즉시 제2토벌대의 무장을 해제시키고 모두 포박해라."

"존명."

"반항하는 자는 무조건 참살해라."

살기가 어린 철혈대주의 말에 철혈대원들은 즉시 제2토벌대원들의 무장을 해제시키기 시작했다. 대부분은 철혈대원들에게 순순히 협조를 했지만 몇몇은 무기를 휘두르며 반항하기도 했다. 그러나 집검련의 정예 중 정예라고 할 수 있는 철검대원들의 무공을 당해낼 수는 없었다.

제2토벌대원들은 즉시 포박된 채 자신들의 손에 죽은 자들이 흘린 선혈 속에 무릎을 꿇어야만 했다.

"난 대주님의 명을 받아 따른 죄밖에 없다. 내가 왜 무장을 해제해야 하느냐? 난 받아들일 수 없다!"

"그럼 죽어라."

격렬하게 반항하던 부대주의 그림자 속에서 튀어나온 시커먼 칼 한 자루가 어이없을 정도로 간단히 그의 심장을 꿰뚫어 버렸다. 하지만 정작 놀랄 일은 그 다음에 벌어졌다. 심장 부위부터 말라비틀어지기 시작하더니 곧 전신이 겨울철 나뭇가지처럼 바짝 말라 버렸다.

"실력도 없는 놈이 시끄럽기는."

다크 문을 회수하며 내뱉은 알리샤의 말에 근처에 있던 철혈대원들은 소름이 오싹 끼치는 것을 느껴야만 했다. 언제 그림자 속으로 숨어든 것인지, 언제 공격을 한 것인지, 그리고 왜 죽은 부대주의 시신이 저렇게 말라 버린 것인지 어느 것 하나 아는 것이 없었기 때문이다.

맥이 빠진 카렌은 잠시 지면에 털썩 주저앉아 있다가 일어나서는 시신들을 하나둘 정리하기 시작했다. 목이 잘린 사람은 목을 몸에 붙였고, 팔다리가 잘린 사람은 잘린 곳에 팔다리를 가져다 두었다. 특히 어린아이들의 시신을 다룰 때는 격정이 치미는지 잠시 멈칫거리기도 했지만 토벌대원들에게 죽은 마을 사람들의 시신을 끝까지 수습했다.

"철혈대주님."

"말씀하십시오, 카렌님."

"억울하게 죽은 이분들의 혼을 위로할 수 있는 방법이 혹시 있습니까?"

"위령제를 말씀하시는 겁니까?"

"그럼 그 위령제를 지낼 수 있도록 준비를 해주시겠습니까?"

"잠시만 기다리십시오."

잠시의 시간이 지나고 급히 제단이 만들어졌고, 조촐한 제물과 함께 위령제가 치러졌다.

지전(紙錢)이 탄 연기가 제단을 한 번 휘돌다가 허공으로 흩어져 나갔다. 또한 살아남은 사람들의 통곡 소리가 지켜보는 사람의 폐부를 갈가리 찢고 있었다.

위령제가 끝나고 제주(祭主)의 역할을 했던 노인이 카렌에게 다가왔다.

"난 이번에 죽은 촌장 대신 촌장으로 뽑힌 늙은이라네. 젊은이 덕분에 마을 사람들이 생명을 구하기는 했지만 애초에 그대들이 이 마을에 오지 않았다면 이런 슬픔은 생기지 않았을 것이네. 이제 촌장으로서 말하겠네. 자네와 자네의 동료들을 데리고 이만 이 마을에서 떠나주기를 바라네."

촌장의 말에 카렌은 아무런 말도 할 수 없었다.

카렌과 일행들은 포박된 토벌대원들을 데리고 마을을 떠났다. 하지만 넝마가 되다시피 한 문소천은 일부러 데리고 가지 않았다. 원한이 극에 달한 마을 사람들에게 제물로 넘긴 것이었다. 평소의 카렌이었다

면 결코 하지 않았을 행동이지만 이때만큼은 카렌으로서도 어쩔 수 없
었다. 문소천을 넘겨주지 않는다면 카렌 앞에서 스스로 목숨을 끊어버
리겠다는 유족들의 요구를 거절할 수 없었기 때문이다.

　마을을 떠나고도 한참 동안 카렌은 우울해했다.
　철혈대원들도 될 수 있으면 그의 심기를 건드리지 않기 위해 노력했
기에 일행들의 분위기는 한동안 어두울 수밖에 없었다. 하지만 임무는
계속해서 완수해 갔다.
　그러던 어느 날이었다.
　초원을 가로질러 이동하던 카렌은 문든 주위가 어두워지기 시작한
것을 깨닫고는 고개를 들어 천공을 쳐다봤다.
　드디어 일식이 시작된 것이다.
　동시에 지면이 심하게 요동치는 것을 깨닫고는 재빨리 일행들에게
주의를 주었다.
　바닥에 납작 엎드려 지진이 그치기만을 기다렸지만 지진은 좀처럼
멈춰지지 않았다.
　그렇게 카렌과 일행들이 지진을 피하고 있을 때 이스턴 대륙과 뮤란
대륙은 대륙 전역에서 발생한 엄청난 지진과 해일, 그리고 화산 폭발
때문에 몸서리를 쳐야만 했다.

〈6권에 계속〉